हिंदी काव्य

हिंदी काव्य

संपादक

डॉ. पुनीत बिसारिया • डॉ. वीरेंद्र सिंह यादव

डॉ. यतेंद्र सिंह कुशवाहा

प्रभात प्रकाशन

प्रकाशक • **प्रभात प्रकाशन प्रा. लि.**
4/19 आसफ अली रोड,
नई दिल्ली–110002

छात्र संस्करण • प्रथम, 2022
छात्र संस्करण मूल्य • एक सौ पच्चीस रुपए
मुद्रक • आर–टेक ऑफसेट प्रिंटर्स, दिल्ली

HINDI KAVYA
Ed. Dr. Puneet Bisaria • Dr. Virendra Singh Yadav
Dr. Yatendra Singh Kushwaha Student Edition ₹ 125.00
Published by Prabhat Prakashan Pvt. Ltd., 4/19 Asaf Ali Road, New Delhi-2
e-mail: prabhatbooks@gmail.com ISBN 978-93-5521-083-8

प्रस्तावना

भारत सरकार द्वारा राष्ट्रीय शिक्षा नीति-2020 को पारित करने के बाद से ही उत्तर प्रदेश सरकार प्रदेश में इस नीति को लागू करने की दिशा में सचेष्ट हो गई थी। प्रदेश सरकार ने तदनुरूप यह निर्णय लिया कि प्रदेश के समस्त विश्वविद्यालयों हेतु समस्त विषयों का एकीकृत पाठ्यक्रम होगा तथा राष्ट्रीय शिक्षा नीति-2020 के प्रावधानों के अनुसार सेमेस्टर आधारित एकीकृत पाठ्यक्रम तैयार किए जाएँगे। इसी लक्ष्य को ध्यान में रखते हुए प्रदेश सरकार के यशस्वी मुख्यमंत्री माननीय योगी आदित्यनाथ की प्रेरणा से तथा माननीय उपमुख्यमंत्री एवं उच्च शिक्षा मंत्री डॉ. दिनेश शर्मा के मार्गदर्शन में उच्च शिक्षा विभाग द्वारा विभिन्न समितियों का गठन किया गया, जिसमें एक राज्य स्तरीय अनुश्रवण समिति और पाँच पर्यवेक्षण समितियों का गठन किया गया, जिनमें भाषा पर्यवेक्षण समिति भी एक थी। भाषा पर्यवेक्षण समिति के अनंतर विभिन्न भाषाओं के विषयों के संयोजक नियुक्त किए गए, जिन्होंने शासन के निर्देशानुसार अपने-अपने विषयों हेतु पाठ्यक्रम निर्माण समितियों का गठन किया। भाषा समिति के सदस्य तथा हिंदी पाठ्यक्रम निर्माण समिति के संयोजक एवं बुंदेलखंड विश्वविद्यालय, झाँसी के हिंदी विभाग के अध्यक्ष डॉ. पुनीत बिसारिया के संयोजन में गठित हिंदी पाठ्यक्रम निर्माण समिति के सदस्यों दीनदयाल उपाध्याय गोरखपुर विश्वविद्यालय, गोरखपुर के हिंदी विभाग के अध्यक्ष प्रो. अनिल राय, डॉ. शकुंतला मिश्रा राष्ट्रीय पुनर्वास विश्वविद्यालय, लखनऊ के हिंदी विभाग के पूर्व अध्यक्ष डॉ. वीरेंद्र सिंह यादव तथा डी.ए.वी. कॉलेज, कानपुर के हिंदी विभाग के सहायक आचार्य डॉ. यतेंद्र सिंह कुशवाहा ने स्नातक स्तर का त्रिवर्षीय सेमेस्टर आधारित हिंदी पाठ्यक्रम तैयार करने का दायित्व निर्वहन किया।

कोरोना संक्रमण की कठिन चुनौती के बीच लगभग छह माह की अनवरत ऑनलाइन बैठकों तथा भाषा पर्यवेक्षण समिति एवं राज्य स्तरीय अनुश्रवण समिति

से तालमेल बैठाते हुए और समस्त पाठ्यक्रमों हेतु एक समान पाठ्यक्रम संरचना की जटिलताओं से जूझते हुए हिंदी का पाठ्यक्रम तैयार कर जनवरी 2021 में उत्तर प्रदेश शासन द्वारा आम जनता से सुझाव प्राप्त करने के उद्देश्य से ऑनलाइन पोर्टल पर अपलोड किया गया। प्रदेश के हिंदी शिक्षकों, विद्यार्थियों एवं आम जनता से प्राप्त सुझावों पर गहन विचार-विमर्श एवं मंथन करने के पश्चात् हिंदी पाठ्यक्रम निर्माण समिति के समस्त सदस्यों ने सर्वसम्मति से हिंदी पाठ्यक्रम को अंतिम रूप देते हुए सरकार के समक्ष प्रस्तुत किया, जिसे उत्तर प्रदेश सरकार द्वारा स्वीकार करते हुए सत्र 2021-22 से प्रदेश के समस्त राज्य विश्वविद्यालयों, निजी विश्वविद्यालयों, राजकीय एवं अनुदानित महाविद्यालयों तथा स्ववित्तपोषित महाविद्यालयों में अध्ययन करनेवाले विद्यार्थियों हेतु लागू करने का निर्णय लिया। हिंदी पाठ्यक्रम निर्माण समिति तथा भाषा पाठ्यक्रम पर्यवेक्षण समिति इस हेतु उत्तर प्रदेश सरकार के प्रति आभार ज्ञापित करती है।

उत्तर प्रदेश सरकार द्वारा स्वीकृत हिंदी पाठ्यक्रम को राष्ट्रीय शिक्षा नीति-2020 के प्रावधानों को अक्षरश: ध्यान में रखते हुए तैयार किया गया है तथा पाठ्यक्रम के प्रत्येक सेमेस्टर के प्रश्नपत्रों को इस प्रकार व्यवस्थित किया गया है कि विद्यार्थी प्रथम सेमेस्टर से ही रोजगारपरक पाठ्यक्रम का अध्ययन कर आवश्यक कौशल विकास प्राप्त कर सकें और रोजगार प्राप्त करने हेतु स्वयं को सक्षम बना सकें।

राष्ट्रीय शिक्षा-नीति में यह प्रावधान किया गया है कि यदि किसी कारणवश कोई विद्यार्थी अपनी स्नातक उपाधि पूर्ण नहीं कर पाता और बीच में ही पढ़ाई छोड़ने को बाध्य होता है तो पूर्व की भाँति उसकी पढ़ाई अधूरी न रह जाए, बल्कि स्नातक का प्रथम वर्ष उत्तीर्ण कर लेने पर प्रमाण-पत्र, द्वितीय वर्ष उत्तीर्ण करने पर डिप्लोमा, तृतीय वर्ष उत्तीर्ण करने पर स्नातक की उपाधि या डिग्री तथा चतुर्थ वर्ष उत्तीर्ण करने पर शोध सहित स्नातक की उपाधि प्रदान की जाए और पंचम वर्ष में अध्ययन करनेवाले विद्यार्थी को परास्नातक की उपाधि दी जाए। इस दौरान विद्यार्थी किसी भी समय कोई भी विषय बदलकर ले सकता है तथा किसी भी समय संकाय को भी परिवर्तित कर सकता है, आवश्यकता पड़ने पर वह एक विश्वविद्यालय या महाविद्यालय से दूसरे विश्वविद्यालय या महाविद्यालय में जा सकता है। इतनी लचीली विषय चयन की सुविधा से विद्यार्थी कभी भी किसी भी विषयं अथवा संस्था का चयन कर सकता है, लेकिन इसके कारण हिंदी का पाठ्यक्रम तैयार करते समय यह बड़ी चुनौती हमारे सामने उपस्थित थी कि हम हिंदी के पाठ्यक्रम को इस प्रकार विकसित करें कि प्रत्येक वर्ष का पाठ्यक्रम

विद्यार्थी को हिंदी विषय की आवश्यक मूलभूत जानकारी देने में सक्षम हो।

इन समस्त चुनौतियों के कारण ही प्रदेश सरकार ने विद्यार्थियों की सुविधा हेतु एकीकृत पाठ्यक्रम को प्रदेश में लागू करने का ऐतिहासिक निर्णय लिया। हिंदी के पाठ्यक्रम को तैयार करते समय शासन के निर्देशानुसार स्नातक प्रथम वर्ष तथा द्वितीय वर्ष के क्रमशः प्रथम, द्वितीय, तृतीय तथा चतुर्थ सेमेस्टर में 06-06 क्रेडिट के एक-एक प्रश्न-पत्र रखे गए तथा स्नातक तृतीय वर्ष के पंचम तथा षष्ठ सेमेस्टर में 05-05 क्रेडिट के दो-दो प्रश्न-पत्र रखे गए। स्नातक चतुर्थ वर्ष और परास्नातक के क्रमशः सप्तम, अष्टम सेमेस्टर तथा नवम दशम सेमेस्टर में 05-05 क्रेडिट के चार-चार प्रश्न-पत्र निर्धारित किए गए। इसके अतिरिक्त प्रत्येक सेमेस्टर के प्रत्येक प्रश्न-पत्र की सत्रीय परीक्षा हेतु सामान्य तथा विशेष निर्देश दिए गए, जिनका विस्तृत विवरण प्रत्येक पाठ्यपुस्तक में दिया जाएगा।

उपर्युक्त निर्देशों के अनुसार सभी पाठ्यक्रमों की संरचनागत एकरूपता को दृष्टिगत रखते हुए स्नातक के प्रथम तीन वर्षों के हिंदी पाठ्यक्रम के सेमेस्टरवार प्रश्न-पत्र निम्नांकित हैं—

1. बी.ए. प्रथम वर्ष प्रथम सेमेस्टर — हिंदी काव्य
2. बी.ए. प्रथम वर्ष द्वितीय सेमेस्टर — कार्यालयीय हिंदी और कंप्यूटर
3. बी.ए. द्वितीय वर्ष तृतीय सेमेस्टर — हिंदी गद्य
4. बी.ए. द्वितीय वर्ष चतुर्थ सेमेस्टर — हिंदी अनुवाद
5. बी.ए. तृतीय वर्ष पंचम सेमेस्टर, प्रथम प्रश्न-पत्र — साहित्यशास्त्र और हिंदी आलोचना
6. बी.ए. तृतीय वर्ष पंचम सेमेस्टर, द्वितीय प्रश्न-पत्र — हिंदी का राष्ट्रीय काव्य
7. बी.ए. तृतीय वर्ष षष्ठ सेमेस्टर, प्रथम प्रश्न-पत्र — भाषा विज्ञान, हिंदी भाषा तथा देवनागरी लिपि
8. बी.ए. तृतीय वर्ष षष्ठ सेमेस्टर, द्वितीय प्रश्न-पत्र — लोक साहित्य एवं लोक संस्कृति

उपर्युक्त पाठ्यक्रम में आंचलिक प्रश्न-पत्र को स्थान देने के उद्देश्य से उत्तर प्रदेश शासन की मंशा को ध्यान में रखते हुए बी.ए. तृतीय वर्ष षष्ठ सेमेस्टर के लोक साहित्य एवं लोक संस्कृति शीर्षक से तैयार किए गए द्वितीय प्रश्न-पत्र को विभिन्न विश्वविद्यालयों की आंचलिक बोलियों के साहित्य को स्थान देने हेतु निर्धारित किया गया है। समस्त संबंधित विश्वविद्यालय इस प्रश्न-पत्र के

माध्यम से 30 प्रतिशत तक बदलाव की प्रदेश शासन की नीति को अमल में ला सकते हैं और अंचल विशेष के लोक साहित्य और लोक संस्कृति को पाठ्यक्रम में स्थान देकर प्रदेश की सामासिक संस्कृति को पाठ्यक्रम में रख सकते हैं। शेष पाठ्यक्रम को इस प्रकार विकसित किया गया है कि उत्तर प्रदेश के समस्त विश्वविद्यालयों के पाठ्यक्रमों में एकरूपता स्थापित की जा सके और विद्यार्थी को कौशल विकास हेतु तथा विभिन्न प्रतियोगी परीक्षाओं की तैयारी हेतु आवश्यक सामग्री तथा अध्ययन की सुविधा प्रदान की जा सके, ताकि प्रदेश के हिंदी के विद्यार्थी भी प्रतियोगी परीक्षाओं में सफल हो सकें।

हिंदी के पाठ्यक्रम का निर्माण करने के पश्चात् हिंदी पाठ्यक्रम निर्माण समिति के सदस्यों ने यह अनुभव किया कि चूँकि सत्र 2021-22 से ही उत्तर प्रदेश सरकार के समस्त राज्य विश्वविद्यालयों, निजी विश्वविद्यालयों, राजकीय एवं अनुदानित महाविद्यालयों तथा स्ववित्तपोषित महाविद्यालयों में यह पाठ्यक्रम लागू किया जाना है, अतः इस हेतु आवश्यक पाठ्य पुस्तक भी समय से प्रदेश के सभी हिंदी विद्यार्थियों तक पहुँचनी चाहिए। इस सत्र की शुरुआत से बी.ए. प्रथम वर्ष प्रथम सेमेस्टर की हिंदी पाठ्य पुस्तक 'हिंदी काव्य' की सबसे पहले पठन-पाठन हेतु आवश्यकता होगी, इसे दृष्टिगत रखते हुए 'हिंदी काव्य' शीर्षक से यह पाठ्य पुस्तक आप सबके समक्ष प्रस्तुत की जा रही है।

'हिंदी काव्य' पुस्तक में विद्यार्थीगण भारतीय ज्ञान परंपरा में हिंदी काव्य के स्थान के रेखांकन को समझते हुए प्रथम दो इकाइयों में 12-12 व्याख्यानों के माध्यम से आदिकालीन एवं मध्यकालीन हिंदी काव्य का इतिहास, इतिहास लेखन की परंपरा एवं विकास का अध्ययन करेंगे और आधुनिककालीन काव्य के इतिहास से अवगत हो सकेंगे। तृतीय इकाई के अंतर्गत वे 10 व्याख्यानों के माध्यम से आदिकाल के प्रतिनिधि कवियों विद्यापति, गोरखनाथ और अमीर खुसरो की महत्त्वपूर्ण रचनाओं का अध्ययन करेंगे। चतुर्थ इकाई के अंतर्गत वे 11 व्याख्यानों के माध्यम से भक्तिकालीन सगुण काव्यधारा के प्रतिनिधि कवियों सूरदास और गोस्वामी तुलसीदास की महत्त्वपूर्ण रचनाओं का अध्ययन करेंगे। पंचम इकाई के अंतर्गत वे 10 व्याख्यानों के माध्यम से भक्तिकालीन निर्गुण भक्तिधारा के प्रतिनिधि कवियों कबीर और मलिक मोहम्मद जायसी की महत्त्वपूर्ण रचनाओं का अध्ययन करेंगे। षष्ठ इकाई के अंतर्गत वे 11 व्याख्यानों के माध्यम से रीतिकाल के प्रतिनिधि कवियों केशवदास, बिहारीलाल और घनानंद की महत्त्वपूर्ण रचनाओं का अध्ययन करेंगे। सप्तम इकाई के अंतर्गत वे 12 व्याख्यानों के माध्यम से आधुनिक काल के प्रतिनिधि कवियों भारतेंदु हरिश्चंद्र, जयशंकर प्रसाद, सूर्यकांत

त्रिपाठी 'निराला', सुमित्रानंदन पंत और महादेवी वर्मा की महत्त्वपूर्ण रचनाओं का अध्ययन करेंगे और अंतिम, अर्थात् अष्टम इकाई के अंतर्गत वे 12 व्याख्यानों के माध्यम से खंड 'अ' के अंतर्गत छायावादोत्तर काव्य धारा के प्रतिनिधि कवियों सच्चिदानंद हीरानंद वात्स्यायन 'अज्ञेय', गजानन माधव 'मुक्तिबोध', नागार्जुन, धर्मवीर भारती और सुदामा पांडे 'धूमिल' की महत्त्वपूर्ण रचनाओं का अध्ययन करेंगे एवं खंड 'ब' के अंतर्गत 'हिंदी साहित्य में शोध' शीर्षक से विद्यार्थियों को शोध की मूलभूत जानकारी दी जाएगी, ताकि उनमें शोध के प्रति आरंभ से ही रुझान विकसित किया जा सके। आगे की कक्षाओं में भी क्रमिक रूप से शोध की बारीकियों की जानकारी समय-समय पर उन्हें दी जाएगी, ताकि परास्नातक उपाधि प्राप्त करने के पश्चात् विद्यार्थी हिंदी विषय में शोध के लिए मानसिक रूप से तैयार हो सकें तथा उनमें मौलिक सोच विकसित की जा सके।

हिंदी काव्य के पाठ्यक्रम हेतु 6 क्रेडिट में 75 अंक लिखित परीक्षा हेतु तथा 25 अंक सत्रीय परीक्षा हेतु निर्धारित किए गए हैं। प्रत्येक विद्यार्थी को उत्तीर्ण होने के लिए लिखित परीक्षा में न्यूनतम 30 अंक तथा सत्रीय परीक्षा में न्यूनतम 10 अंक प्राप्त करना आवश्यक होगा। तदनुरूप प्रत्येक इकाई के अंत में लिखित एवं सत्रीय परीक्षा हेतु आवश्यक दिशा-निर्देश दिए गए हैं, ताकि शिक्षकों एवं विद्यार्थियों को सुविधा हो सके और संपूर्ण विश्व में मान्य CBCS, अर्थात् चॉइस बेस क्रेडिट सिस्टम पर आधारित इस नवीन पाठ्यक्रम व्यवस्था से किसी को कोई परेशानी न हो।

उत्तर प्रदेश सरकार के एकीकृत हिंदी पाठ्यक्रम को विकसित करने में हमें उच्च शिक्षा विभाग की अपर मुख्य सचिव मोनिका एस. गर्ग जी का प्रेरक मार्गदर्शन प्राप्त हुआ है, साथ ही हम राज्य स्तरीय अनुश्रवण समिति और भाषा पर्यवेक्षण समिति के सभी सम्मानित सदस्यों के प्रति अपना आभार व्यक्त करते हैं, जिनके कुशल समन्वय से यह पाठ्यक्रम तथा परिणामस्वरूप यह पुस्तक अस्तित्व में आ सकी।

'हिंदी काव्य' पाठ्यपुस्तक में उत्तर प्रदेश सरकार द्वारा अनुमोदित हिंदी पाठ्यक्रम में जिन कवियों को शामिल किया गया है, उनसे संबंधित प्रकाशनाधिकार हमने मौखिक/लिखित रूप से संबंधित स्वामित्वधारकों से प्राप्त कर लिये हैं। संबंधित कवियों के प्रकाशनाधिकार प्रदान करने हेतु हम कवियों के वंशजों और स्वामित्वधारकों के प्रति कृतज्ञता ज्ञापित करते हैं।

हमारे लिए यह हर्ष का विषय है कि देश के अग्रणी प्रकाशक प्रभात प्रकाशन, नई दिल्ली ने उत्तर प्रदेश सरकार द्वारा राष्ट्रीय शिक्षा नीति-2020 के अनुरूप प्रदेश

के समस्त विश्वविद्यालयों एवं महाविद्यालयों हेतु पुनर्गठित एकीकृत हिंदी पाठ्यक्रम की समस्त निर्धारित पाठ्यपुस्तकों के प्रकाशन का महती दायित्व अपने सुदृढ़ कंधों पर लिया है, जैसा कि सर्वविदित है, प्रदेश में हिंदी पढ़ने वाले विद्यार्थियों की संख्या सर्वाधिक होती है और प्रत्येक विश्वविद्यालय, महाविद्यालय, शिक्षक, विद्यार्थी एवं संस्था के पुस्तकालय में समय पर पाठ्यपुस्तकें पहुँचें, यह एक बड़ी चुनौती का कार्य है, जिसे प्रकाशक महोदय का विशाल नेटवर्क एवं सुदीर्घ अनुभव पूरा करने में सफल होगा, ऐसा हमारा विश्वास है।

आशा है, हिंदी के शिक्षकों एवं विद्यार्थियों के मध्य हिंदी पाठ्यक्रम के इस प्रथम पुष्प का स्वागत होगा। आप सभी के सुझावों का सर्वदा हृदय से स्वागत है।

श्रीकृष्ण जन्माष्टमी, भाद्रपद कृष्ण पक्ष, अष्टमी

30 अगस्त, 2021

—डॉ. पुनीत बिसारिया

—डॉ. वीरेंद्र सिंह यादव

—डॉ. यतेंद्र सिंह कुशवाहा

अनुक्रमणिका

इकाई–1

हिंदी साहित्य के इतिहास लेखन की परंपरा, आदिकाल, भक्तिकाल और रीतिकाल

यद्यपि हिंदी साहित्य के इतिहास लेखन की परंपरा 19वीं शताब्दी से आरंभ होती है, किंतु 19वीं शताब्दी से पूर्व के इतिहास आधारित कतिपय ग्रंथ प्राप्त होते हैं, जैसे—'भक्तमाल', 'कविमाला', 'कालिदास हजारा', 'चौरासी वैष्णवन की वार्त्ता' आदि, परंतु इन सभी में ऐतिहासिक दृष्टिकोण का अभाव स्पष्ट परिलक्षित होता है। आधुनिक स्वरूप में इतिहास लेखन की परंपरा का प्रथम प्रयास फ्रेंच विद्वान् गार्सा द तासी के ग्रंथ 'इस्तवार द ला लितरेत्युर ऐन्दुई ऐन्दुस्तानी' (सन् 1839) के रूप में उपलब्ध होता है, किंतु इस ग्रंथ में हिंदी व उर्दू के कवियों का अंग्रेजी वर्णमाला के अनुसार वर्णन है और काल विभाजन व युगीन प्रवृतियों की अवहेलना आदि की कमियाँ हैं। दूसरा महत्त्वपूर्ण ग्रंथ शिवसिंह सेंगर का 'शिवसिंह सरोज' (सन् 1883) है। इसमें लगभग एक हजार कवियों के जीवन चरित्र एवं उनकी कविताओं के उदाहरण देखने को मिलते हैं। 'एशियाटिक सोसायटी ऑफ बंगाल' पत्रिका के विशेषांक के रूप में जार्ज ग्रियर्सन ने 'द मॉडर्न वर्नाक्यूलर लिटरेचर ऑफ हिंदुस्तान' (सन् 1888) लिखकर इस परंपरा को आगे बढ़ाया और इसमें पहली बार कवियों और लेखकों का कालक्रमानुसार वर्णन के साथ ही काव्य-प्रवृत्तियों का उल्लेख तथा युगीन परिस्थितियों का चित्रण भी किया गया है। इतिहास लेखन की परंपरा को आगे बढ़ाने का कार्य मिश्र बंधुओं द्वारा 'मिश्र बंधु विनोद' (सन् 1913) लिखकर किया गया है। इसमें लगभग 5000 कवियों का परिचय दिया गया है तथा आठ कालखंडों में विभाजन, साहित्यिक अंगों का विश्लेषण है, किंतु इसमें भी इतिहास दृष्टि का अभाव है।

हिंदी साहित्य के इतिहास लेखन की परंपरा को व्यवस्थित रूप से आगे बढ़ाने

का कार्य नागरी प्रचारिणी सभा के प्रयासों से उपलब्ध महत्त्वपूर्ण ग्रंथ के रूप में आचार्य रामचंद्र शुक्ल के 'हिंदी साहित्य का इतिहास' (सन् 1929) का उल्लेख किया जा सकता है। इसकी दृष्टि ऐतिहासिक तथा प्रस्तुति वैज्ञानिक है। आचार्य शुक्ल ने पहली बार साहित्य को आम जनमानस से संबद्ध किया। शुक्लजी का मानना है कि 'जबकि प्रत्येक देश का साहित्य वहाँ की जनता की चित्तवृत्तियों का संचित प्रतिबिंब होता है, तब यह निश्चित है कि जनता की चित्तवृत्ति के परिवर्तन के साथ-साथ साहित्य के स्वरूप में भी परिवर्तन होता चला जाता है, आदि से अंत तक इन्हीं चित्तवृत्तियों की परंपरा को परखते हुए साहित्य परंपरा के साथ उनका सामंजस्य दिखाना 'साहित्य का इतिहास' कहलाता है।'

शुक्लजी के इतिहास की सबसे बड़ी विशेषता है—काल निर्धारण तथा नामकरण। उन्होंने हिंदी साहित्य के इतिहास को चार कालों में विभाजित किया है—

वीरगाथा काल	1050 - 1375 वि.सं.
भक्तिकाल	1375 - 1700 वि.सं.
रीतिकाल	1700 - 1900 वि.सं.
आधुनिककाल	1900 - अद्यतन

यह शुक्लजी की ऐतिहासिक दृष्टि की परिपक्वता का ही प्रमाण है कि आज तक वीरगाथा काल के अतिरिक्त प्रत्येक युग का नामकरण उन्हीं की दृष्टि के अनुकूल स्वीकार किया जाता है।

आचार्य हजारीप्रसाद द्विवेदी ने 'हिंदी साहित्य की भूमिका', 'हिंदी साहित्य का आदिकाल' तथा 'हिंदी साहित्य का उद्‌भव और विकास' नामक ग्रंथों की रचना की है। द्विवेदीजी की इतिहास दृष्टि कुछ प्रसंगों में शुक्लजी की दृष्टि से भिन्न है। द्विवेदीजी हिंदी साहित्य के संपूर्ण विकास को संस्कृत और अपभ्रंश साहित्य की परंपरा के विकास के रूप में ही देखने का आग्रह करते हैं।

इतिहास लेखन की परंपरा को बढ़ाते हुए अनेक विद्वानों ने वैज्ञानिक, विश्लेषणपरक तथा आलोचनात्मक प्रयास किए हैं, जिनमें डॉ. रामकुमार वर्मा कृत 'हिंदी साहित्य का आलोचनात्मक इतिहास' (सन् 1938) में धाराओं तथा युगों में कुछ संशोधन किए गए, यथा—चारणकाव्य, संतकाव्य, प्रेमकाव्य आदि। डॉ. धीरेंद्र वर्मा द्वारा संपादित 'हिंदी साहित्य', डॉ. नगेंद्र द्वारा संपादित 'हिंदी साहित्य का इतिहास' (सन् 1973) तथा इस परंपरा को आगे बढ़ाने का कार्य डॉ. रामविलास शर्मा, डॉ. रामस्वरूप चतुर्वेदी, डॉ. बच्चन सिंह प्रभृति विद्वानों द्वारा कालांतर में किया गया।

डॉ. रामस्वरूप चतुर्वेदी ने 'हिंदी साहित्य और संवेदना का विकास' में साहित्य को युगीन संवेदना के संदर्भ में जाँचा और परखा है। चतुर्वेदीजी का मानना

है कि संवेदना में बदलाव को समझने से साहित्यिक युगों की परिकल्पना और उनके बीच के महत्त्वपूर्ण अंतरालों को समझा जा सकता है, जो साधारण दृष्टि के लिए ओझल बने रहते हैं।

डॉ. बच्चन सिंह ने 'हिंदी साहित्य का दूसरा इतिहास' में सभी कालों के नामकरण पर असहमति व्यक्त की है। वे 'आदिकाल', 'मध्यकाल', 'आधुनिककाल' संज्ञाओं को भ्रामक मानते हैं। वे लिखते हैं कि "आदिकाल नाम भ्रामक है। इससे बाबा आदम के जमाने का आभास होता है।"

हिंदी साहित्येतिहास की लेखन परंपरा विकासशील रही है। शुक्लजी की इतिहास दृष्टि और द्विवेदीजी की इतिहास दृष्टि परस्पर विरोधी नहीं, बल्कि परस्पर पूरक है। हिंदी साहित्य का आदर्श इतिहास तो वह हो सकता है, जो शुक्लजी तथा द्विवेदीजी की दृष्टियों का समन्वय करता हो, किसी भी दृष्टि की एकांगिता से बचता हो तथा हिंदी साहित्य की एक संश्लिष्ट-समग्र व्याख्या करने में सक्षम हो।

आदिकाल

हिंदी के आरंभिक काल को आदिकाल कहते हैं। इसका काल संवत 1050-1375 ई. है। आचार्य शुक्ल ने उस काल को 'वीरगाथाकाल' कहा है, क्योंकि इस काल में वीर रस की रचनाएँ लिखी गई हैं, लेकिन इस काल में मात्र वीरकाव्य ही नहीं श्रृंगार एवं लोक कथाओं पर आधारित रचनाएँ भी लिखी गईं हैं। वस्तुतः हिंदी साहित्य की विभिन्न प्रवृत्तियों का आरंभ इस काल से शुरू हुआ, इसलिए इसे आदिकाल कहा गया है। आचार्य रामचंद्र शुक्ल सन् 993 ई. से सन् 1318 ई. तक आदिकाल का समय निर्धारित करते हैं, जबकि ग्रियर्सन सन् 769 ई. से सन् 1400 ई. तक, मिश्रबंधु सन् 769 ई. से सन् 1389 ई. तक स्वीकार करते हैं।

इस नामकरण के विषय में विद्वानों में मतभेद है। जार्ज ग्रियर्सन ने इसे 'चारण काल' कहा, क्योंकि इस समय राज्याश्रित चारण कवियों ने राजाओं की प्रशंसा में अतिशयोक्तिपूर्ण काव्यों की बहुतायत में रचना की, किंतु इन्होंने आदिकाल का आरंभ संवत 700 से माना और उस समय ऐसी कोई प्रवृत्ति नहीं मिलती, अतः यह नाम दोषरहित नहीं है।

डॉ. रामकुमार वर्मा ने इसे 'संधिकाल और चारण काल' कहा, क्योंकि यह काल भाषा की दृष्टि से संधि काल था, साथ ही इसमें चारणों द्वारा रचित काव्यों की रासो परंपरा की बहुलता मिलती है। 'संधिकाल' भाषा की विशिष्टता बताता है, साहित्य की नहीं और 'चारण काल' उस समय साहित्य रचना करनेवाले बड़े वर्ग

के एक विशेष वर्ग का ही संकेत करता है। राहुल सांकृत्यायन इसे 'सिद्ध-सामंत युग' का काल कहते हैं, क्योंकि वे सिद्ध रचनाकार थे और सामंत रचना प्रेरक, लेकिन इस नाम से कई महत्त्वपूर्ण प्रवृत्तियों की उपेक्षा होती है। नाथों जैनों आदि का धार्मिक साहित्य, चारण कवियों का रासो साहित्य, अन्य कवियों का लौकिक साहित्य उपेक्षित रह जाता है। मिश्रबंधु इस काल को 'प्रारंभिक काल' कहते हैं और महावीरप्रसाद द्विवेदी ने इसे 'बीजवपन काल' कहा है, किंतु ये नाम केवल आरंभ का संकेत करते हैं। आचार्य रामचंद्र शुक्ल इसे 'वीरगाथा काल' कहते हैं। उन्होंने आदिकालीन साहित्य में वीर रस की प्रधानता के आधार पर यह नामकरण किया।

आचार्य हजारीप्रसाद द्विवेदी का मत है कि धार्मिक रचनाओं को काव्य के बाहर नहीं रखा जा सकता, नहीं तो भक्तिकाल के संपूर्ण साहित्य पर प्रश्न चिह्न लगाना होगा। आचार्य हजारीप्रसाद द्विवेदी ने इस दिशा में कुछ सफल प्रयास करते हुए इसे 'आदिकाल' कहा है। उनका मानना था कि प्रस्तुत काल में अंतर्विरोधों के साहित्य को देखते हुए किसी एक साहित्यिक प्रवृत्ति को आधार बनाकर इस काल का नामकरण करना उपयुक्त नहीं लगता। 'आदिकाल' कहने से प्राय: कोई एक प्रवृत्ति नहीं झलकती। साथ ही इस नाम से इस साहित्य के लिए पहले से उपलब्ध व्यापक पृष्ठभूमि का बोध भी होता है।

डॉ. शिव सिंह सेंगर ने सातवीं सदी में उत्पन्न 'पुष्य' या 'पुंड' नामक किसी कवि को हिंदी का प्रथम कवि माना था, परंतु अभी तक उनकी कोई रचना उपलब्ध नहीं हुई है। आचार्य हजारीप्रसाद द्विवेदी ने हिंदी का प्रथम कवि 'अब्दुर्रहमान' को माना है। ये मुलतान के निवासी और जाति के जुलाहे थे। इनका समय सन् 1010 ई. है। इनकी कविताएँ अपभ्रंश में हैं। डॉ. गणपति चंद्र गुप्त ने 'भरतेश्वर बाहुबली रास' के रचयिता 'शालिभद्र सूरि' को हिंदी का प्रथम कवि माना है, जो तर्क सम्मत नहीं है। राहुल सांकृत्यायन ने सातवीं शताब्दी के 'सरहपा' या 'सरहपाद' को हिंदी का प्रथम कवि माना है। वे चौरासी सिद्धों में एक थे। सरहपा ने दोहा और पदों की शैली का प्रयोग अपनी कविता में किया है। सरहपा की भाषा अपेक्षाकृत हिंदी के अधिक निकट है, इसलिए उन्हें हिंदी का प्रथम कवि माना जा सकता है।

इस काल तक भारत में केंद्रीय शासन समाप्त हो गया था और छोटे-छोटे राज्यों का जन्म हो गया था। हर्षवर्धन की मृत्यु के बाद पूर्वी भारत के पालवंश, राजस्थान के गुर्जर प्रतिहार तथा महाराष्ट्र-कर्नाटक के राष्ट्रकूट राजाओं में त्रिपक्षीय संघर्ष हुआ। मध्य देश में चंदेल वंश, कलचुरि वंश, चौहान वंश, परमाल वंश और चालुक्य वंश निरंतर आपस में युद्धरत थे। राजनीतिक एकता की कमी के इसी वातावरण में तुर्कों के आक्रमण हुए और देश में सल्तनत काल का अत्याचार प्रारंभ हुआ। वेदांत, बौद्ध, जैन मत की भिन्न-भिन्न प्रांतों में विभिन्न शाखाएँ दिखाई

देने लगीं। बौद्ध मत महायान और हीनयान में विभाजित हो गया। कालांतर में इन्हीं से सहजयान, मंत्रयान, वज्रयान आदि शाखाएँ निकलीं। शैव, शाक्त और वैष्णव आचार्यों ने अनेक मतों-सिद्धांतों का प्रचार किया। शाक्तों ने शैव और तंत्र मत को मिलाकर ब्रह्म और शक्ति को एक कर लिया। इस काल का सामाजिक संगठन धर्म पर आधारित था। हिंदी साहित्य के आदिकाल को अध्ययन की सुविधा के लिए निम्नलिखित वर्गों में विभक्त किया जा सकता है—

रासो साहित्य

'रासो' का अर्थ विवादास्पद है। आचार्य शुक्लजी इसका अर्थ 'रसायन' से निष्पन्न बताते हैं। आचार्य द्विवेदी इसका प्रयोग 'रासक' के रूप में तथा डॉ. रामस्वरूप चतुर्वेदी 'रस' के रूप में करते हैं। समग्रत: 'रासो' शब्द का प्रयोग 'रस' के लिए ही किया जाता है। रासो काव्य में ऐसे संकेत भी मिलते हैं—

"रासउ असंभु नवरस सरस छंदु चंदु किअ अमिअ सम।
शृंगार, वीर, करुणा, बिभछ, भय, अदभुयत्तह संत समं॥"

रासो काव्यधारा में तीन प्रकार के रासो ग्रंथों वीरता प्रधान, शृंगार प्रधान एवं उपदेश प्रधान की रचना हुई। इसमें चारण एवं भाट कवियों द्वारा रचित वीर काव्यों के अतिरिक्त शृंगार-प्रधान तथा वीरता प्रधान रचनाएँ भी आती हैं। चारण कवियों ने आश्रयदाताओं की प्रशंसा हेतु अतिशयोक्तिपूर्ण वीर काव्य लिखे हैं, यथा—चंदबरदाई कृत पृथ्वीराज रासो, शार्ङ्गधर कृत हमीर रासो, दलपति विजय कृत खुमाण रासो आदि।

इन काव्यों में सामंती मूल्यों की स्पष्ट झलक दिखाई देती है—

"एउ जिम्मु नग्गुहँ गिउ, भडसिरि खग्ग न भग्गु।
तिक्खा तुरीय ण माणिया, गोरी गले न लग्गु।"

अर्थात् ऐसे व्यक्ति को धिक्कार है, जिसने अपने सिर से तलवार को न तोड़ा हो, खतरनाक घोड़े को वश में न किया हो तथा गोरी को गले न लगाया हो।

शृंगारपरक रासो काव्यों में अंगीरस शृंगार है। शृंगार के संयोग व वियोग दोनों पक्षों का चित्रण है। प्राय: वियोग शृंगार प्रबल है। अब्दुर्रहमान का 'संदेश रासक' व नरपति नाल्ह का 'बीसलदेव रासो' इस काल के उल्लेखनीय विरह काव्य हैं।

धार्मिक रासो काव्य की रचना जैन कवियों द्वारा अपने धर्म व उपदेश का प्रचार करने के लिए की गई, इसमें जिनदत्त सूरि रचित 'उपदेश रसायन रास', शालिभद्र सूरि कृत 'भरतेश्वर बाहुबली रास' उल्लेखनीय हैं।

रासो काव्य की प्रवृत्तियाँ

(i) इतिहास और कल्पना का सम्मिश्रण
(ii) अतिशयोक्तिपूर्ण वर्णन
(iii) वीरता तथा शृंगार का चित्रण
(iv) युद्धों का जीवंत चित्रण
(v) जनचेतना की अनुपस्थिति

रासो काव्य मुख्यतः प्रबंधात्मक हैं। 'पृथ्वीराज रासो' हिंदी का पहला महाकाव्य है। 'बीसलदेव रासो' खंडकाव्य का उदाहरण प्रस्तुत करता है, जबकि उपदेशात्मक रासो काव्य मुक्तक में रचे गए। इन काव्यों में भाषिक विविधता दिखाई देती है। वीर रस प्रधान काव्य 'डिंगल' में लिखे गए। शृंगार काव्यों की रचना में पिंगल भाषा की प्रधानता रही तो उपदेशात्मक रासो काव्य अपभ्रंश में मिलते हैं। इसके अतिरिक्त अरबी, फारसी, प्राकृत, पंजाबी, ब्रज आदि का प्रयोग भी हुआ। रासो काव्य में अनेक छंदों का प्रयोग हुआ। 'पृथ्वीराज रासो' में ही 68 छंदों का प्रयोग हुआ, जिनमें दोहा, चौपाई, रोला आदि प्रमुख हैं। कथानक रूढ़ियों, यथा शुक-शुकी संवाद, स्वप्नदर्शन आदि का भी यथास्थान कथाप्रवाह हेतु प्रयोग हुआ है।

धार्मिक साहित्य

आदिकालीन धार्मिक साहित्य में प्रायः तीन प्रकार के साहित्य हैं। बौद्ध धर्म से संबद्ध साहित्य तथा सनातन एवं जैन धर्म से संबद्ध साहित्य। बौद्ध धर्म से संबद्ध साहित्य की धारा हैं—सिद्ध साहित्य और सनातन एवं जैन धर्म से संबद्ध साहित्य की धारा है—नाथ साहित्य।

(क) सिद्ध साहित्य

सिद्ध परंपरा बौद्ध धर्म से प्रभावित एक धार्मिक आंदोलन है। बौद्ध धर्म की हीनयान व महायान शाखाओं में महायान में आगे चलकर तांत्रिक क्रियाओं, मंत्रों द्वारा सिद्धि चाहनेवाले वाममार्गी सिद्ध कहलाए। राहुल सांकृत्यायन तथा आचार्य हजारीप्रसाद द्विवेदीजी ने सिद्धों की संख्या चौरासी बताई है, यद्यपि अभी तक मात्र चौदह सिद्धों की रचनाएँ उपलब्ध हैं, जिनमें सरहपा, शबरपा, लुइपा, कण्हपा, कुक्कुरिपा आदि प्रमुख हैं।

सिद्धों ने साहित्य की रचना अपने संप्रदाय के विचारों के प्रचार-प्रसार हेतु की। इनकी अभिव्यक्ति सरल तथा स्वाभाविक है, यद्यपि उनमें साहित्यिक दृष्टि

नहीं मिलती है, क्योंकि साहित्य उनके लिए साधन है साध्य नहीं। सिद्ध साहित्य में स्वाभाविक सुख भोगों को स्वीकार किया गया है। इन्होंने गृहस्थ जीवन में ही रहकर निर्वाण प्राप्ति को संभव बताया है। सिद्ध साहित्य में शारीरिक साधना पर विशेष बल देकर गुरु को विशेष महत्त्व प्रदान किया गया है। सिद्धों ने वैदिक अनुष्ठानों, धार्मिक कर्मकांडों तथा सामाजिक असमानताओं का विरोध किया। सरहपा की एक उक्ति उल्लेखनीय है—

"पंडिअ सअल सत्य बक्खाणअ।
देहहि बुद्ध बसंत ण जाणअ।"

(अर्थात् पंडित सभी शास्त्रों का बखान करते हैं, किंतु शरीर में निवास करनेवाले शुद्ध ब्रह्म से परिचित नहीं हैं।)

सिद्धों का उपदेशात्मक साहित्य मुक्तक में लिखा गया है, जो विशेषत: 'दोहा कोष' व 'चर्यापद' के रूप में संकलित हैं, जिनमें दोहा, चौपाई, सोरठा, छप्पय आदि छंदों का प्रयोग मिलता है। इनकी भाषा को 'संधा भाषा' कहा जाता है। इन्होंने अपनी अंत: साधनात्मक अनुभूतियों की अभिव्यक्ति हेतु काव्य रचना की, इसलिए इनके काव्य में संध्या अथवा धुँधलापन दिखाई देता है।

(ख) नाथ साहित्य

नाथ संप्रदाय सिद्ध परंपरा का ही विकसित स्वरूप है। गोरखनाथ इसके प्रवर्तक माने जाते हैं। उनके गुरु मत्स्येंद्रनाथजी थे, जो अन्य सिद्धों की भाँति भक्ति भोग प्रधान साधना में लीन थे, किंतु गोरखनाथ ने भोग प्रधान साधना के स्थान पर योग प्रधान हठयोग साधना को बल दिया। नाथ शब्द का अर्थ है—'मुक्ति देनेवाला'। नाथों ने अपने साहित्य में सांसारिक भोगों से मुक्ति प्राप्त करने पर बल दिया। इन्होंने शैव मत के सिद्धांतों को स्वीकार करते हुए 'शिव' को आदिनाथ माना तथा संयम व सदाचार को महत्त्व दिया। सिद्धों के प्रवृत्ति मार्ग से नाथों के निवृत्ति मार्ग को प्रकट करती हुई एक उक्ति प्रसिद्ध है—'भाग मछिंदर गोरख आया'। नाथ योगियों की संख्या नौ है, जिनमें चर्पटीनाथ, जलंधर नाथ आदि के नाम प्रमुख हैं। नाथों की विभिन्न रचनाओं में सबद, पद, प्राणसंकली, आत्मबोध, पंचमात्रा आदि प्रमुख हैं। नाथ साहित्य में संयम, सदाचार, ब्रह्मचर्य आदि पर बल देते हुए नारी से दूर रहने पर बल दिया गया है। इस संदर्भ में गोरखनाथ की उक्ति उल्लेखनीय है—

"नौ लख पातरि आगे नाचें, पीछे सहज अखाड़ा।
ऐसो मन लै जोगी खेलै, तब अंतरि बसै भंडारा॥"

नाथ साहित्य में हठयोग साधना द्वारा कुंडलिनी को जाग्रत् करके अनहद

नाद की स्थिति तक पहुँचकर मोक्ष प्राप्ति को संभव बताया गया है। हठयोग साधना में 'ह' सूर्य का तथा 'ठ' चंद्र का प्रतीक है। वे अपने साधना से सूर्य व चंद्र का मिलाप करवाना चाहते हैं, अर्थात् इंद्रियों की सामान्य प्रवृत्तियों को अपनी साधनामूलक क्रियाओं से परिवर्तित करने का लक्ष्य रखते हैं। इन्होंने गुरु को विशेष महत्त्व दिया—

"जाणि के अजाणि होय बात तूँ ले पछाणि।
चेले हो दूआ लाभ हाइगा गुरु होइओ आणि।"

(ग) जैन साहित्य

जैन शब्द 'जिन' से बना है, जिसका अर्थ है—'विजय प्राप्त करनेवाला' और यह विजय सांसारिक आकर्षणों पर है। जैन मुनियों ने दया, करुणा, अहिंसा, त्याग को अधिक महत्त्व दिया। जैन साहित्य के प्रमुख कवियों में स्वयंभू, पुष्पदंत, रामसिंह व धनपाल के नाम आते हैं। जैन कवियों ने 'पउम चरिउ', 'रिट्ठणेमि चरिउ' आदि काव्यों की रचना की। स्वयंभूकृत 'पउम चरिउ' राम चरित्र पर आधारित जैन रामायण है। इस रचना के कारण स्वयंभू को 'अपभ्रंश का वाल्मीकि' भी कहा जाता है। पुष्पदंत ने 'णयकुमार चरिउ' तथा रामसिंह ने 'पाहुड़ दोहा' की रचना की है। जैन मुनियों का मूल उद्देश्य अपने संप्रदाय की शिक्षाओं का प्रसार करना था। इसलिए इनके काव्यों की प्रवृत्ति उपदेशात्मक है।

हेमचंद्र जैन मुनि थे और विद्या व पांडित्य के कारण अत्यंत विख्यात थे। गुजरात के राजा सिद्धराज जयसिंह व उसके बाद भतीजे कुमारपाल द्वारा इन्हें सम्मानित किया गया। इन्होंने जैन मुनियों के नैतिक उपदेशों का प्रसार करने के लिए साहित्य की रचना की, साथ ही जैन सिद्धांतों के अपवाद के रूप में इन्होंने वीरतापरक व श्रृंगार तथा प्रेम से पूरित अभिव्यक्तियाँ भी प्रस्तुत कीं। उनकी वीर प्रधान उक्ति का उदाहरण निम्नलिखित है—

"खग्ग विसाहिउ जहिं लहहुँ, पिय ताहि देसहिं जाहुँ।
रण दुब्भिक्खें भग्गाइँ, विणु जुज्झें न बलाहुँ॥"

(नायिका प्रिय से कहती है कि मुझे उस देश में ले चलो, जहाँ तलवारों का व्यापार होता है। यहाँ तो युद्धों का अकाल पड़ गया है, बिना युद्ध के हम कमजोर हो जाएँगे।)

श्रृंगार का एक उदाहरण इस प्रकार है—

"सिरि जरखंडी लोअडी, गलि मणियडा न बीस।
ते कि गोट्ठडा कराविआ मुद्धहे उट्ठ बईस॥"

लौकिक साहित्य

हिंदी साहित्य के आदिकाल में जैन, नाथ और सिद्ध साहित्य का सृजन धर्माश्रय तथा रासो साहित्य का सृजन राज्याश्रय में हुआ, परंतु इन सबसे अलग कुछ लोक साहित्य का भी सृजन हुआ, जो लोकाश्रित होने के कारण संरक्षित नहीं हो सका।

'ढोला मारू-रा-दूहा' नामक ग्रंथ की रचना कल्लोल कवि ने की। सन् 1561 ई. में जैन कवि 'कुशललाभ राय' कथावाचक ने इसके पदों का संकलन किया। इसका नायक ढोला (उपनाम है) है। इसमें कुल 788 छंद हैं। इसकी भाषा राजस्थानी, शैली डिंगल है। यह प्रेमगाथात्मक गेय रचना है।

'बसंत विलास' में कुल 84 दोहे हैं। इसका रचनाकाल 13वीं से 14वीं सदी के मध्य माना जाता है। इसका रचनाकार अज्ञात है। यह सर्वश्रेष्ठ लौकिक रचना मानी जाती है। इसमें बसंत ऋतु के मादक प्रभाव का चित्रण किया गया है।

'राउलवेल' एक चंपू, अर्थात् गद्य-पद्य मिश्रित काव्य है। इसके रचनाकार रोढा नाम के कवि माने जाते हैं, इसका रचनाकाल दसवीं, ग्यारहवीं शताब्दी माना जाता है। इसकी कहानी 'राउल' नाम की नायिका के नखशिख वर्णन से शुरू होती है। इसकी भाषा में हिंदी की सात बोलियों के शब्द मिलते हैं, जिनमें राजस्थानी प्रधान है। इस रचना का मूलपाठ मुंबई के 'प्रिंस ऑफ वेल्स म्यूजियम' में सुरक्षित है।

'उक्ति-व्यक्ति-प्रकरण' पं. दामोदर शर्मा द्वारा रचित है। यह बारहवीं शताब्दी का महत्त्वपूर्ण 'व्याकरण ग्रंथ' माना जाता है।

'वर्णरत्नाकर' मैथिली और हिंदी में रचित महत्त्वपूर्ण गद्य ग्रंथ है, इसके रचनाकार ज्योतिरीश्वर ठाकुर (मैथिल कवि) हैं। इसकी रचना चौदहवीं शताब्दी में हुई थी। यह एक शब्दानुकोशनुमा ग्रंथ है। हिंदी गद्य के विकास में 'राउलवेल' के बाद 'वर्णरत्नाकर' का महत्त्वपूर्ण योगदान है।

भक्तिकाल

भगवद्विषयक प्रेम भक्ति कहलाता है। अलौकिक सत्ता से संबंध स्थापित करने के लिए कई माध्यम हैं। एक माध्यम ज्ञान हो सकता है, जो बुद्धि पर आधारित है। एक अन्य मार्ग 'योग' हो सकता है, जिसमें, कठिन शारीरिक साधनाओं का आश्रय लिया जा सकता है और एक मार्ग 'भक्ति' का हो सकता है, जो भावना पर आधारित है। भावना का संबंध हृदय से होता है। यह सर्वसुलभ मार्ग है, जिसमें

आराध्य एवं भक्त के मध्य सीधा संबंध स्थापित होता है।

आठवीं शताब्दी में शंकराचार्य ने अद्वैतवाद के सिद्धांत का प्रतिपादन किया और उन्होंने ब्रह्म को एकमात्र सत्य कहा तथा जगत् को मिथ्या बताया। उन्होंने कहा कि भक्ति के लिए भक्त एवं भगवान् की दो भिन्न सत्ताएँ अनिवार्य हैं और भिन्नता तथा द्वैत की भावना केवल माया है। आत्मा एवं परमात्मा में द्वैत नहीं है, आत्मा ही परमात्मा है।

शंकराचार्य के अद्वैतवादी सिद्धांत की प्रतिक्रिया अलग-अलग सिद्धांतों के रूप में हुई। रामानुजनाचार्य के विशिष्टाद्वैत, वल्लभाचार्य के शुद्धाद्वैत, निंबार्काचार्य के द्वैताद्वैत और मध्वाचार्य के द्वैत के सिद्धांत ने अपने-अपने तर्कों के आधार पर यह सिद्ध किया कि ब्रह्म और जीव में एक विशेष प्रकार का संबंध है, जिसके कारण वह एक होते भी भिन्न है और पुनः उस अभिन्नता को प्राप्त करने के लिए जीव को ब्रह्म की भक्ति करनी चाहिए और इस तरह शंकराचार्य ने भक्ति के मार्ग को सर्वसुलभ बताया।

भक्तिकाल का उद्भव भक्ति आंदोलन से जुड़ा है। भक्ति आंदोलन के उद्भव की विभिन्न व्याख्याएँ दी गई हैं, जिनमें से प्रमुख व्याख्याएँ इस प्रकार हैं—जार्ज ग्रियर्सन का मत है कि हिंदी साहित्य में भक्तिकाल का उदय विदेशी प्रभाव के कारण हुआ है। ग्रियर्सन का मानना है कि भक्ति करुणा एवं प्रेम पर आधारित भावना है और भावना प्रधान भक्ति भारत में नहीं थी। उनका कहना है कि ईसाई धर्म के मूल में भगवान् यीशु का बलिदान और करुणा है। इस करुणा भाव के कारण जिस तरह यूरोप में सेंट थेरेसा का आंदोलन बिजली की कौंध की तरह फैल गया था, उसी तरह भारत में भक्ति फैली, किंतु इस तर्क का खंडन किया गया क्योंकि ईसा से 600 वर्ष पूर्व बौद्ध पंथ का जन्म हो चुका था, जिसके मूल में करुणा की भावना निहित है, अतः करुणा पर आधारित भक्ति को विदेशी भावना कहना तर्कसंगत प्रतीत नहीं होता है।

आबिद हुसैन एवं डॉ. ताराचंद का मानना है कि भक्ति आंदोलन अरबों की देन है। ग्यारहवीं सदी में सूफी संतों ने ही प्रेम साधना पर बल दिया था। उन्होंने लौकिक प्रेम के द्वारा ईश्वरीय प्रेम को संभव बताया था। यह मत भी गलत है, क्योंकि सूफियों से पूर्व भारत में भागवत के द्वारा प्रेम प्रधान साधना की स्थापना हो चुकी थी।

भक्तिकाल को कुछ विद्वान् इस्लाम के आक्रमण की प्रतिक्रिया मानते हैं। उनका कथन है कि अपने पौरुष से हताश जाति के पास भगवान् की शक्ति और करुणा में ध्यान लगाने के अतिरिक्त दूसरा मार्ग ही क्या था ? उनका मानना था कि

मुसलमान शासक अत्यंत आक्रामक थे और उन आक्रांताओं ने तेजी से बलपूर्वक इस्लाम का प्रचार आंरभ कर दिया था। उस समय दक्षिण में भक्ति की लहर चल पड़ी थी, वह लहर उत्तर भारत में अपने अनुकूल परिस्थितियाँ पाकर विकसित होने लगी।

आचार्य शुक्ल इस व्याख्या का कुछ बिंदुओं पर विरोध करते हुए कहते हैं कि भक्ति का उदय इस्लाम की प्रतिक्रियास्वरूप नहीं हुआ, वरन् उसका सहज विकास हुआ। उनका मानना है कि ओजस्विता से पूर्ण साहित्य डरी हुई और हताश जाति का नहीं हो सकता। वे कहते हैं कि यदि इस्लाम नहीं भी आता तो भी इस साहित्य का बारह-आना वैसा ही होता जैसा आज दिखता है। वस्तुतः आचरण की पवित्रता, कर्मकांडों के विरोध और मानव की समानता आदि के संस्कारों की स्थापना हेतु भारतीय भक्ति परंपरा का सहज विकास हआ।

भक्तिकालीन साहित्य का वर्गीकरण

भक्तिकाल को प्राथमिक रूप से दो भागों में विभाजित किया गया है—निर्गुण एवं सगुण काव्य। भक्तिकाल की इन दो धाराओं की दो-दो उपधाराएँ भी हैं। निर्गुण काव्यधारा में दो प्रकार के कवि आते हैं—संत या ज्ञानाश्रयी कवि तथा सूफी या प्रेमाश्रयी कवि। संत काव्य धारा निर्गुण ज्ञानाश्रयी काव्यधारा है। इस धारा के प्रमुख कवि कबीर हैं तथा प्रेमाश्रयी शाखा के प्रतिनिधि कवि मलिक मुहम्मद जायसी हैं।

सगुण काव्यधारा के भी दो उपभेद हैं—रामभक्ति काव्यधारा तथा कृष्णभक्ति काव्यधारा। ये दोनों धाराएँ वैष्णव काव्यधाराएँ हैं तथा भगवान् विष्णु के दो अवतारों राम तथा कृष्ण की भक्ति के आधार पर एक-दूसरे से अलग हैं। रामाश्रयी शाखा के प्रतिनिधि कवि गोस्वामी तुलसीदास तथा कृष्णाश्रयी शाखा के प्रतिनिधि कवि सूरदास हैं।

निर्गुण काव्य की ज्ञानाश्रयी शाखा

ज्ञानाश्रयी शाखा के भक्त-कवि निराकार ब्रह्म के उपासक थे। वे गुरु का बहुत सम्मान करते थे और जाति-व्यवस्था के भेदों को नहीं मानते थे। वे वैयक्तिक साधना को प्रमुखता देते थे तथा मिथ्या आडंबरों और रूढ़ियों का विरोध करते थे। लगभग सभी संत पढ़े-लिखे नहीं थे, लेकिन अनुभव की दृष्टि से बहुत ही समृद्ध थे। प्रायः सभी सत्संगी थे और उनकी भाषा में बहुत सी बोलियों का घालमेल था, इसीलिए इस भाषा को आचार्य शुक्ल द्वारा सधुक्कड़ी कहा गया। साधारण जनता पर इन संतों की वाणी का जबरदस्त प्रभाव पड़ा। इन संतों में कबीरदास प्रमुख हैं। अन्य मुख्य संत कवि नानक, रैदास, दादूदयाल, सुंदरदास, मलूकदास आदि हैं।

ज्ञानाश्रयी शाखा की विशेषताएँ

(क) आत्मविश्वास की प्रबलता

(ख) सद्‌गुरु का महत्त्व

(ग) निर्गुण ब्रह्म के प्रति आस्था

(घ) माया का विरोध

(ङ) शास्त्रों का विरोध

(च) आडंबरों का विरोध

(छ) सामाजिक असमानताओं का विरोध

संत कवि मूलतः भक्त पहले हैं और कवि बाद में। इन्होंने ईमानदारी के साथ सीधे-सीधे अपने कथनों को अभिव्यक्त किया है। स्वयं को श्रेष्ठ कवि साबित करना इनका उद्‌देश्य कभी नहीं था। ये घुमक्कड़ प्रवृत्ति के थे। जगह-जगह जाकर उपदेश देना इनका स्वभाव था, अतः इनकी भाषा में भिन्न-भिन्न स्थानों के शब्द जुड़ गए। इन्होंने अनेक संप्रदायों के मतों को ग्रहण किया, इसीलिए उन्हीं प्रतीकों का प्रयोग भी स्वाभाविक रूप में किया। इनकी भक्ति भी निराकार ब्रह्म के प्रति थी। इन सबका प्रभाव इनकी भाषा पर पड़ा और स्वभावतः इनकी भाषा 'सधुक्कड़ी' हो गई। इनकी भाषा में ब्रज, राजस्थानी, पंजाबी, अरबी, फारसी आदि भाषाओं के शब्दों का प्रयोग हुआ।

हठयोग के प्रभाव के कारण इनकी भाषा में उलटबाँसियों का प्रयोग हुआ है, उन्हें समझने हेतु उनकी प्रतीकात्मक शब्दावली को सुलझाना आवश्यक है।

संतों का सारा साहित्य मुक्तकों के रूप में उपलब्ध है। जिस अमूर्त की चर्चा उन्होंने की और जिस अंतः साधनात्मक अनुभूतियों को वे अभिव्यक्त करना चाहते थे, उसके लिए मुक्तक शैली ही उपयुक्त थी।

निर्गुण संतों ने दोहा, सबद, रमैनी, फाग आदि छंदों में रचनाएँ लिखीं।

निर्गुण काव्य की प्रेमाश्रयी शाखा/सूफी काव्यधारा

इस धारा के साधक परमात्मा को पत्नी एवं आत्मा को पति के रूप में परिकल्पित करते हैं। ये कवि खुदा के साथ भय का नहीं, वरन् प्रेम का संबंध स्थापित करते हैं। इनका लक्ष्य 'मारफत', यानी सिद्धावस्था है, जिसमें साधक अपने को आत्मा और परमात्मा में लीन कर देता है। ये 'इश्कमजाजी' से 'इश्कहकीकी' तक की यात्रा में विश्वास रखते हैं। भक्तिकाल की निर्गुण भक्तिधारा के अंतर्गत प्रेमाख्यान परंपरा में प्रेम तत्त्व सर्वोपरि है। सूफी कवियों ने अपनी भक्ति संबंधी भावनाओं को भारतीय संस्कृति में प्रचलित प्रेमाख्यानों द्वारा अभिव्यक्त किया है।

हिंदी साहित्य में सूफी काव्य परंपरा का समय लगभग 14वीं शताब्दी से 18वीं शताब्दी तक माना जा सकता है। इस परंपरा का सूत्रपात सन् 1379 ई. में मुल्ला दाउद के 'चंदायन' से होता है। इस शाखा के सवाधिक महत्त्वपूर्ण कवि जायसी हैं, जिन्होंने 'पद्मावत', 'अखरावट' और 'आखरी कलाम' की रचना की। अन्य कवि व उनकी क्रमशः रचनाएँ हैं—मंझन-मधु मालती, उसमान-चित्रावली और कासिम शाह-हंसजवाहिर।

प्रेमश्रयी शाखा/सूफी काव्यधारा की विशेषताएँ

(क) प्रेम की मूल्य के रूप में स्थापना

(ख) सांस्कृतिक समन्वय का सूत्रपात

(ग) लोक कथाओं का प्रतीकात्मक चित्रण

(घ) भावनात्मक रहस्यवाद

(ङ) प्रकृति का समात्मक चित्रण

(च) विरह का अतिशयोक्तिपूर्ण वर्णन

(छ) गुरु की प्रतिष्ठा

प्रायः सभी प्रेमाख्यान प्रबंधात्मक है। इन प्रबंधों में सूफियों ने भारतीय प्रेम कहानियों के कलेवर में सूफी सिद्धांतों को कुशलता से प्रस्तुत किया है। इनके काव्यों में परंपरागत प्रबंध रूढ़ियाँ भी विद्यमान हैं। इन्होंने भारतीय काव्य रूपों के अनुसार सर्गों की योजना का ध्यान नहीं रखा है। उनके स्थान पर वर्ण्य वस्तु संबंधी शीर्षकों की योजना की है। इनके प्रबंधों की शैली मसनवी है, जिसमें आरंभ में ईश्वर वंदना, फिर राजा की प्रशंसा, उसके बाद गुरु की वंदना और बाद में काव्य वस्तु आती है। 'पद्मावत' एकमात्र महाकाव्य है। इनकी भाषा ठेठ अवधी और मुहावरेदार है। इन्होंने अरबी, फारसी, उर्दू, भोजपुरी एवं अन्य लोकभाषाओं के शब्दों का बहुतायत से प्रयोग किया है, जो इनकी समन्वयवादी दृष्टि का प्रतीक है—

"तुरकी, अरबी, हिन्दुई, भाषा जेती आहि,
जहि महँ मारग, प्रेम कर सवै सरा है ताहि।"

इसमें मुख्यतः दोहा और चौपाई छंदों को अपनाया गया है। पद्मावत में सात चौपाइयों के बाद एक दोहा आता है।

सूफी कवियों ने उपमा, रूपक, उत्प्रेक्षा, समासोक्ति, अन्योक्ति आदि अलंकारों का प्रयोग किया है।

सूफी कवियों ने प्रायः भारतीय लोक-कथाओं का प्रयोग अपने साहित्य में किया, जो इनकी लोकवादी, सांस्कृतिक समन्वयात्मक दृष्टि का उत्कृष्ट प्रतीक है।

सगुण काल की रामाश्रयी/रामभक्ति काव्यधारा

रामानुजाचार्य ने 'श्री' संप्रदाय की स्थापना की। उन्हीं की शिष्य परंपरा में रामानंद ने रामभक्ति शाखा की स्थापना की। इनके अनुसरण में अनेक रामभक्त कवियों ने इस शाखा को विकसित किया। इस शाखा के अग्रणी कवि तुलसीदास हैं। इसके अतिरिक्त केशवदास, नाभादास, अग्रदास, हृदयराम आदि अन्य प्रसिद्ध कवि हैं। राम काव्य धारा में अवतारवादी उपासना तथा समन्वयवादी दृष्टिकोण है।

रामभक्ति काव्यधारा की विशेषताएँ

(क) राम के मर्यादा पुरुषोत्तम रूप की स्थापना

(ख) लोकमंगल की साधना

(ग) समन्वयात्मक जीवन दृष्टि

(घ) नारी के प्रति द्वैधात्मक दृष्टिकोण

(ङ) दास्य भक्ति

(च) आर्थिक समस्याओं की पहचान

रामकाव्य मुख्यत: प्रबंधात्मक है, यद्यपि इसमें अपवाद-स्वरूप कुछ मुक्तक रचनाएँ भी मिलती हैं। 'रामचरितमानस' हिंदी का सर्वोत्कृष्ट महाकाव्य है, जो राम काव्यधारा ने हिंदी साहित्य को दिया है।

इस काव्यधारा की सभी रचनाएँ अवधी व ब्रज में मिलती हैं। इन्होंने संस्कृत के स्थान पर जनभाषाओं को प्रधानता दी है। तुलसीदास का कहना था—

"का भाषा का संस्कृत, प्रेम चाहिए साँच।
काम जु आवै कामरी, का लै करिय कुमाच॥"

रामभक्त कवियों ने अपने काव्यों में अलंकारों का समुचित प्रयोग किया है। अर्थालंकारों का प्रयोग शब्दालंकारों की तुलना में अधिक है, क्योंकि इन्होंने शब्दों से चमत्कार पैदा करने के स्थान पर अर्थों पर अधिक बल दिया है। 'रामचरितमानस' इस काव्य परंपरा का सर्वोत्तम महाकाव्य है।

रूपक—

"चरण-कमल बंदौ हरिराई"

अतिशयोक्ति—

"हनुमान की पूँछि में, लगन न पाई आगि।
लंका सारी जरि गई, गए निशाचर भागि॥"

अधिकांश राम काव्यधारा के कवियों ने पद, दोहा, कुंडलियाँ, छप्पय, चौपाई, 'कवित्त' सवैया आदि छंदों का प्रयोग किया है।

सगुण काल की कृष्णाश्रयी कृष्णभक्ति काव्यधारा

भक्तिकाल की सगुण भक्ति धारा में कृष्ण काव्य का विशेष महत्त्व है। संस्कृत में जयदेव ने गीत-गोविंद की रचना करके कृष्ण की सख्य भक्ति का प्रारंभ किया था, जो हिंदी साहित्य में लगातार प्रवाहमान रही। कृष्णभक्ति के कवियों में वल्लभाचार्य के 'पुष्टि संप्रदाय' का बहुत बड़ा योगदान माना जाता है। वल्लभाचार्य ने कवियों को कृष्ण की लीलाओं का गुणगान करने की प्रेरणा दी। उनके पुत्र विट्ठलनाथ ने कृष्णभक्ति के सवश्रेष्ठ गायक सूरदास, परमानंददास, कुंभनदास और कृष्णदास (वल्लभाचार्य के चार शिष्य) तथा अपने चार शिष्य नंददास, गोविंदस्वामी, छीतस्वामी और चतर्भुज दास को मिलाकर अष्टछाप की मंडली की स्थापना की।

कृष्णभक्ति काव्यधारा की विशेषताएँ

(क) श्रीकृष्ण की लीलाओं का मधुर वर्णन

(ख) वात्सल्य की प्रधानता

(ग) प्रेम की प्रधानता

(घ) भ्रमरगीतों का मौलिक वर्णन

(ङ) नारी मुक्ति का स्वर

(च) श्रृंगार के दोनों स्वरूपों का अंकन

कृष्ण काव्य धारा लोकरंजक कृष्ण के प्रति प्रेम की गहन अनुभूतियों का काव्य है। अनुभूति की गहनता के कारण इन कवियों की रचनाएँ मुक्तक पदों में मिलती हैं। इन पदों में उन्मुक्त किस्म का प्रबंध भी दिखाई देता है, इसलिए इन्हें 'लीला' की विशिष्ट संज्ञा दी गई है।

इस धारा की सरस अभिव्यक्ति ब्रज भाषा में हुई है। ब्रज की मधुरता विलक्षण है।

दोहा, कवित्त, सवैया आदि छंदों का प्रयोग किया गया है। पदों का प्रयोग एक विशिष्ट पहचान है।

अलंकारों का यहाँ भरपूर प्रयोग हुआ है। श्रृंगार व वात्सल्य पर आधारित लीलाओं को विभिन्न अलंकारों के माध्यम से नए-नए रूपों में प्रस्तुत करने का महान् कार्य इन्होंने किया है। शुक्लजी ने लिखा है कि सूर को उपमा देने की झक सी चढ़ जाती है और वे उपमा पर उपमा तथा उत्पेक्षा पर उत्प्रेक्षा दिए चले जाते हैं।

रसों में मुख्यत: श्रृंगार रस का प्रयोग है। वियोग में इन कवियों का मन अधिक रमा है।

इन कवियों ने बिंब एवं प्रतीकों का सफल प्रयोग किया है। कृष्ण ब्रह्म के एवं गोपियाँ आत्मा का प्रतीक हैं।

रीतिकाल

रीति का अभिप्राय

इस प्रश्न को लेकर काफी मतभेद रहा है कि रीतिकाल में निहित 'रीति' शब्द का अर्थ क्या है? कुछ विद्वान् मानते हैं कि यह काव्यशास्त्र का रीति संप्रदाय ही है, जिसके प्रवर्तक आचार्य वामन हैं। इस संप्रदाय में काव्य की तीन शैलियों के रूप में तीन रीतियों की चर्चा की गई है। भाषा के विशेष प्रकार के प्रयोग से ये रीतियाँ होती हैं।

आचार्य रामचंद्र शुक्ल सहित कई विद्वानों ने स्पष्ट किया है कि 'रीतिकाल' नामकरण में रीति शब्द का प्रयोग रीति संप्रदाय के संदर्भ में नहीं हुआ है। इसका अर्थ है—अनुकरण करने की प्रवृत्ति। इस काल में बहुत सी रचनाएँ काव्यशास्त्रीय या अन्य प्रकार के शास्त्रीय ग्रंथों या अनुकरण की पद्धति अथवा नियमों को दृष्टि में रखकर की गई हों।

रीतिकाल की इस अनुकरणमूलक मानसिकता के लिए 'रीति' शब्द का प्रयोग हिंदी के आधुनिक साहित्येतिहासकारों ने नहीं किया, बल्कि रीतिकाल के कवियों ने ही करना आरंभ कर दिया था। उदाहरण के लिए कुछ कवियों के कुछ कथन देखे जा सकते हैं—

"रीति सुभाषा कवित्त की बरनत बुध अनुसार"।

—चिंतामणि

"अपनी-अपनी रीति के काव्य और कवि रीति।"

—देव

"काव्य की रीति सिखी सुकवीन सों।"

—भिखारीदास

रीति शब्द के इस प्रकार के सर्वसम्मत प्रयोग के कारण हिंदी साहित्येतिहास लिखनेवाले विद्वानों ने भी इस काल की मानसिकता को 'रीतिकाव्य' कहना ठीक समझा है।

रीतिकाल का उद्भव

रीतिकाल का आरंभ उस युग में हुआ, जब राजनीतिक दृष्टि से मुगल सत्ता भारत की केंद्रीय सत्ता के रूप में प्रतिष्ठित थी। छोटे राज्यों-रजवाड़ों पर नियंत्रण

होने के कारण युद्ध प्राय: नहीं हो रहे थे। दरबारी परिवेश में मूलत: दो भावों की कविता ही संभव है—वीरता और श्रृंगार। आदिकाल में युद्ध हो रहे थे, इसलिए दोनों प्रवृत्तियाँ साहित्य में थीं। इसके विपरीत रीतिकाल में युद्ध प्राय: नहीं थे, अत: श्रृंगार ही कविता के केंद्र में था।

इस युग में फारसी काव्य परंपरा का भी हिंदी पर प्रभाव पड़ने लगा। फारसी काव्य परंपरा की प्रमुख विशेषता यह है कि कविताएँ प्राय: प्रेम के विरह पक्ष पर केंद्रित होती हैं तथा उनमें विरह की मात्रा बहुत अधिक होती है, इसके अतिरिक्त शायरी की प्रमुखता के कारण मुक्तक काव्य परंपरा का अभूतपूर्व विकास भी इस काल में होने का यही कारण है कि रीतिकाल की कविताओं में प्राय: मुक्तक ही लिखे गए हैं।

रीतिकाल का नामकरण

सामान्यत: सं. 1900 तक के काल को हिंदी साहित्य में रीतिकाल कहा जाता है। इस काल का नामकरण करते समय विभिन्न विद्वानों ने अनेक दृष्टियों से विचार किया है, जिसका विवेचन निम्नांकित है—

मिश्रबंधु इसे 'अलंकृति काल' कहते हैं। नि:संदेह इस काल में अलंकारों के लक्षण और उदाहरण के रूप में काव्य रचना हुई है, लेकिन अलंकारों के साथ अन्य काव्यांगों का भी विस्तृत निरूपण हुआ है। इस नामकरण का खंडन इस तर्क से भी किया जाता है कि यह नाम लक्षण ग्रंथों की प्रवृत्ति को समेट नहीं पाता।

आचार्य विश्वनाथ प्रसाद मिश्र ने इस काल को 'श्रृंगार काल' कहा है। यह नामकरण करते समय उन्होंने श्रृंगार रस के प्रमुख होने का तर्क दिया। नि:संदेह इस काल के काव्य में श्रृंगार रस की प्रधानता है, किंतु श्रृंगार भाव आश्रयदाताओं की प्रशंसा करने हेतु ओढ़ा हुआ लगता है। भिखारी दास लिखते हैं—

"आगे के सुकवि रीझिहैं तो कविताई, न तौ
राधिका कन्हाई नाम सुमिरन कौ बहानौ है।"

रमाशंकर शुक्ल 'रसाल' इसे 'कला काल' का नाम देते हैं, किंतु यह नाम भी उचित प्रतीत नहीं होता। इस काल में शिल्प के सौंदर्य पर अवश्य ही अधिक ध्यान रखा गया, किंतु भावपक्ष भी पूर्णत: उपेक्षित नहीं था। पूरा रीतिमुक्त काव्य तथा रीति सिद्ध काव्य अनुभूतिपरक है।

आचार्य रामचंद्र शुक्ल इस काल को 'रीतिकाल' का नाम देते हैं, क्योंकि इस काल में रीति पद्धति पर लिखने की प्रवृत्ति थी। प्रत्येक कवि रस, अलंकार, शब्द शक्ति, छंद, गुण, ध्वनि आदि काव्यांगों का विवेचन कर रहा था। रीतिकाल

कहने से लक्षण ग्रंथ परंपरा अपनी संपूर्णता के साथ व्यक्त होती है। रीतिमुक्त और रीतिइतर कवि अपवादस्वरूप कहे जा सकते हैं।

इस काल में रीति पद्धति पर लिखना कवियों के लिए प्रतिष्ठा सूचक बन गया था, अत: रीति उस समय के कवियों की मानसिकता का सूचक थी। 'रीति' लक्षण परंपरा के साथ-साथ श्रृंगार को भी समेटती है, अत: इस पर आधारित नामकरण सर्वश्रेष्ठ प्रतीत होता है।

रीतिकालीन साहित्य का वर्गीकरण

रीतिबद्ध काव्य : यह काव्यधारा उन कवियों की है, जो राजाओं को समझाने के लिए लक्षण ग्रंथों की रचना की या पहले एक लक्षण या सिद्धांत से अनुवाद करके हिंदी में प्रस्तुत करते थे और फिर उदाहरण के रूप में कविता लिखते थे। इसी काव्यधारा को लक्षणग्रंथ परंपरा भी कहते हैं। चूँकि इन कवियों ने ज्ञान को सरस तथा सरल रूप में प्रस्तुत किया, इन्हें आचार्य कवि भी कहा जाता है। आपके पाठ्यक्रम में ऐसे कवि केशवदास की चर्चा की गई है।

रीतिसिद्ध : रीतिसिद्ध काव्य मानसिकता के स्तर पर रीतिबद्ध काव्य के समान ही है। इस धारा के कवियों के काव्यशास्त्र के सिद्धांत या लक्षण प्रस्तुत नहीं किए हैं, केवल कविताएँ लिखी हैं, पर ये कविताएँ मूल संस्कार में काव्यशास्त्र लक्षणों को ध्यान रखकर ही लिखी गई हैं। राजाओं की प्रशस्ति, जैसी जो विशेषताएँ रीतिबद्ध काव्य में हैं। वे इस काव्य में भी हैं। बिहारी इस काव्यधारा के प्रमुख कवि हैं, जो आपके पाठ्यक्रम में भी हैं।

रीतिमुक्त काव्य : परिवेश में ये कवि भी दरबारी हैं, पर रीतिवाद का पालन करने को तैयार नहीं हैं। दरबार में रहकर भी ये कवि अनुभूति की प्रामाणिकता तथा दायित्वमूलक प्रेम का पालन करनेवाले कवि हैं। इन्हीं कवियों की परंपरा को रीतिमुक्ता काव्य कहते हैं। घनानंद इस धारा के सर्वप्रमुख कवि हैं।

अभ्यास

लघु एवं दीर्घ उत्तरीय प्रश्न

1. हिंदी में साहित्येतिहास लेखन की परंपरा का विस्तारपूर्वक वर्णन कीजिए।
2. हिंदी साहित्येतिहास के काल विभाजन का विवेचन कीजिए।
3. आदिकाल के नामकरण पर टिप्पणी लिखिए।
4. आदिकाल की प्रवृत्तियों पर प्रकाश डालिए।
5. भक्तिकाल के उदय की परिस्थितियों की चर्चा कीजिए।

6. भक्तिकाल को हिंदी साहित्य का स्वर्ण युग क्यों कहा जाता है? स्पष्ट कीजिए।
7. भक्तिकाल की प्रवृत्तियों का विस्तारपूर्वक विवेचन कीजिए।
8. भक्तिकाल की विभिन्न काव्य धाराओं का विवेचन कीजिए।
9. रीतिकाल की प्रवृत्तियों का विश्लेषण कीजिए।
10. रीतिकाल की विभिन्न काव्य धाराओं का विवेचन कीजिए।

परियोजना कार्य

- हिंदी साहित्येतिहास के काल विभाजन पर परियोजना कार्य पूर्ण कीजिए।
- आदिकाल की साहित्यिक प्रवृत्तियों पर परियोजना कार्य पूर्ण कीजिए।
- भक्तिकाल की साहित्यिक प्रवृत्तियों पर परियोजना कार्य पूर्ण कीजिए।
- रीतिकाल की साहित्यिक प्रवृत्तियों पर परियोजना कार्य पूर्ण कीजिए।

दक्षता-परीक्षण

- आदिकाल पर उपलब्ध सामग्री का अध्ययन कर पावर प्वॉइंट प्रस्तुतीकरण दीजिए।
- भक्तिकाल पर उपलब्ध सामग्री का अध्ययन कर पावर प्वॉइंट प्रस्तुतीकरण दीजिए।
- रीतिकाल पर उपलब्ध सामग्री का अध्ययन कर पावर प्वॉइंट प्रस्तुतीकरण दीजिए।

□

इकाई-2

आधुनिककाल

आधुनिककाल के प्रवेश करते ही साहित्यिक जागरण के साथ-साथ जनता में सामाजिक, राजनीतिक और धार्मिक जागृति भी होने लगी थी। विदेशी शासन ने भारत में अपने धर्म का प्रचार-प्रसार का काम भी चला रखा था, इसके पहले मुस्लिम शासकों ने भी यही काम किया था, परंतु उनमें और इनमें अंतर केवल इतना ही था कि उनका धर्म के प्रति प्रचार-प्रसार मात्र तलवार के जोर पर आधारित था, इनका बुद्धिवाद अपने-अपने धार्मिक विचारों के प्रचार-प्रसार, खंडन-मंडन के लिए पद्य उपयुक्त माध्यम नहीं था। प्राचीनकाल में मुद्रण-यंत्रों के अभाव में साहित्य की सुरक्षा के लिए पुस्तकें कंठस्थ की जाती थीं। पद्य की संगीतात्मकता के कारण वह सरलता से याद हो जाता था। अंग्रेजों के साथ-साथ इस देश में मुद्रण-यंत्र भी आए। पुस्तकों को कंठस्थ करना अब अनावश्यक सा समझा जाने लगा। फलतः गद्य को भी अब स्थान मिलने लगा। इसलिए इस काल को गद्य काल भी कहा जाता है।

भारतेंदु युगीन परिस्थितियाँ

सन् 1857 ई. के बाद महारानी विक्टोरिया का भारत पर अधिकार हो गया और सन् 1900 ई. तक आते-आते ब्रिटिश राज्य ने अपनी आवश्यकताओं को ध्यान में रखते हुए भारत में कई सुधार कार्य किए। सन् 1885 ई. में कांग्रेस की स्थापना के बाद भारतीय जनता के औपनिवेशिक हितों के विषय में चर्चा प्रारंभ हुई। इस तरह सन् 1857 ई. से सन् 1885 ई. तक ब्रिटिश सरकार के स्पष्ट स्वरूप के विषय में एक द्वंद्व की स्थिति रही। इसीलिए इस युग की कविता में जहाँ राष्ट्रभक्ति के स्वर मिलते हैं, वहीं दूसरी और राजभक्ति की कविताएँ भी देखने को मिलती हैं। तत्कालीन समय में यह राजनीतिक परिस्थितियों तथा अंग्रेजों के दमन में भी राष्ट्रभक्ति का दीप जलाने का अति महत्त्वपूर्ण कार्य था।

धीरे-धीरे ब्रिटिश शासन से आमजन का मोह भंग होना प्रारंभ हुआ, जिससे

भारत में प्रत्येक क्षेत्र में बुद्धिवाद, मानवतावाद, सहिष्णुता, न्यायप्रियता एवं व्यक्तिवाद को महत्त्व दिया जाने लगा। इस युग में न तो रीतिकालीन राज्याश्रय था और न ही रीतिवादी मानसिकता, अतः इस काल में जो कविता लिखी गई, उसमें देश, समाज की चिंता को प्रमुखता से उठाया गया।

हिंदी साहित्य में आधुनिकता का प्रारंभ भारतेंदु युग से माना जाता है और वास्तव में भारतेंदु युग का साहित्य इसका सच्चा हकदार भी है। आधुनिकता वैज्ञानिक दृष्टिकोण में विश्वास रखती है एवं कोरी भावुकता का निषेध करती है। इसीलिए आधुनिकता के दौर में जो साहित्य लिखा गया, वह लौकिक जीवन की चिंता करता है। इस युग में ईश्वर की धारणा व्यक्तिगत आस्था के रूप में स्वीकृत होती है। अतः प्रेम और भक्ति, लौकिक और अलौकिक का अंतर यहाँ आकर विलीन हो जाता है।

भारतेंदु युगीन प्रवृत्तियाँ

(क) अंतर्विरोधों का काव्य
(ख) राजभक्ति एवं राष्ट्रभक्ति
(ग) श्रृंगार की प्रमुखता
(घ) भक्ति भावना
(ङ) समस्यापूर्ति
(च) सामाजिक समस्याओं को स्वर

इस युग में मूल रूप से मुक्तक काव्य की रचना हुई। कुछ प्रबंध काव्य भी मिलते हैं, जैसे प्रेमघन कृत 'जीर्ण जनपद'। इसके अतिरिक्त प्रगीत मुक्तक, लोकगीत तथा मुकरियाँ भी देखने को मिलती हैं। भारतेंदुजी की एक मुकरी का उदाहरण देखा जा सकता है—

"सब गुरुजन को बुरा बतावै, अपनी खिचड़ी आप पकावै।
भीतर तत्त्व न झूठी तेजी, क्यों सखि साजन! नहीं अंग्रेजी!!"

भारतेंदु युग के कवियों की अधिकतर काव्य रचनाएँ ब्रजभाषा में हैं। ब्रजभाषा में कोमलकांत पदावली तथा ओजपूर्ण शब्दावली एवं प्रचलित मुहावरों व लोकोक्तियों का प्रयोग हुआ है। इस समय के गद्य साहित्य में खड़ीबोली का सफल प्रयोग हुआ, किंतु काव्य में उसे विशेष सफलता नहीं मिली। भाषा के संदर्भ में भारतेंदु का मत था—

"अंग्रेजी पढ़ि के यद्यपि, सब गुण होत प्रवीन।
पै निज भाषा ज्ञान बिन रहत हीन के हीन।"

भारतेंदु युग की कविता में दोहा, चौपाई, हरिगीतिका, कवित्त आदि परंपरागत छंदों के अतिरिक्त लावनी, कजली व होली छंदों का प्रयोग हुआ है।

यह कविता जनसामान्य की समस्याओं से सीधे जुड़ती है, इसलिए अलंकारों की सजावट पर ध्यान नहीं देती, किंतु अर्थालंकारों का जहाँ भी प्रयोग हुआ है, वह सफल है।

भारतेंदु हरिश्चंद्र, बद्रीनारायण चौधरी 'प्रेमघन', राधाचरण गोस्वामी, राधाकृष्ण दास, प्रतापनारायण मिश्र आदि भारतेंदु युग के प्रतिनिधि कवि हैं।

द्विवेदी युग (1900 से 1918 ई.)

सन् 1900 से सन् 1918 ई. तक की कविता को द्विवेदी युगीन काव्य कहा जाता है। इस युग की साहित्यिक चेतना को नई दृष्टि व दिशा देने में आचार्य महावीरप्रसाद द्विवेदी ने मुख्य भूमिका निभाई। उनके अविस्मरणीय योगदान के कारण इस युग को 'द्विवेदी युग' के नाम से जाना जाता है।

द्विवेदी युग में दो काव्य धाराएँ प्रवाहित हुईं—पहली स्वच्छंदतावादी धारा, जिसमें श्रीधर पाठक, मुकुटधर पांडेय तथा रामनरेश त्रिपाठी आदि प्रमुख कवि हैं तथा दूसरी अनुशासनबद्ध धारा, जिसके प्रणेता स्वयं द्विवेदीजी हैं। इनके अतिरिक्त अयोध्या सिंह उपाध्याय 'हरिऔध', मैथिलीशरण गुप्त, नाथूराम शर्मा आदि रचनाकार हैं।

द्विवेदी युग की विशेषताएँ

(क) समाज में नवीन मानदंडों की स्थापना

(ख) साहित्य के उद्देश्य को प्रमुखता

(ग) राष्ट्रीयता की नवीन संकल्पना

(घ) विषयों की विविधता

(ङ) आधुनिकता बोध की कविता

इस समय तक भाषा का द्वैत समाप्त हो गया था। द्विवेदी युग में गद्य व पद्य दोनों की भाषा खड़ीबोली हो गई। पं. गौरी दत्त, बाबू श्याम सुंदर दास और अयोध्या प्रसाद खत्री ने इस आंदोलन में प्रमुख भूमिका निभाई। 'प्रिय-प्रवास' खड़ीबोली का पहला महाकाव्य है। अयोध्या सिंह 'हरिऔध' 'प्रिय प्रवास' की भूमिका में लिखते हैं—'यदि खड़ीबोली में कांतता और मधुरता नहीं आई है तो यह मेरी बुद्धि, विद्या तथा प्रतिभा का दोष है, खड़ीबोली का नहीं।'

द्विवेदी युग में मध्यकालीन छंदों के स्थान पर संस्कृत के वर्णिक छंदों

का प्रयोग हुआ है। यहाँ दोहे भी लिखे गए हैं। मैथिलीशरण गुप्त का प्रिय छंद हरिगीतिका है।

द्विवेदी युग में प्रबंध काव्य लिखे गए हैं तथा मुक्तक अपेक्षाकृत कम लिखे गए हैं।

द्विवेदी युग में काव्य अभिधात्मक है। बातों को सीधे-सीधे कहा गया है, इस कारण इस काव्य पर इत्तिवृत्तात्मक होने का दोष लगाया जाता है। इस पर उथलेपन का आरोप भी है। इस कविता का सांस्कृतिक महत्त्व है। इसमें काव्य सौंदर्य को पुष्ट करने पर ध्यान नहीं दिया गया। भारतेंदु युग में आधुनिकता का जो चिंतन आरंभ हुआ था, उसे कुल मिलाकर द्विवेदी युग में तार्किकता व गंभीरता देखने को मिलती है।

छायावाद (1918-36 ई.)

छायावाद शब्द के अर्थ के संबंध में विद्वानों ने विभिन्न मत दिए, परंतु छायावाद की कोई एक निश्चित परिभाषा तय नहीं हो सकी। इस शब्द के प्रथम प्रयोक्ता मुकुटधर पांडेय ने अपने निबंधों में छायावाद की पाँच विशेषताओं का उल्लेख किया है, जिसके आधार पर छायावाद को समझा जा सकता है। ये पाँच विशेषताएँ इस प्रकार हैं—

1. वैयक्तिकता
2. स्वातंत्र्य चेतना
3. रहस्यवादिता
4. शैलीगत वैशिष्ट्य
5. अस्पष्टता।

विभिन्न विद्वानों ने 'छायावाद' शब्द की निम्नलिखित व्याख्या की है—

1. आचार्य महावीरप्रसाद द्विवेदी : "छायावाद से लोगों का क्या मतलब है, कुछ समझ में नहीं आता। शायद उनका मतलब है कि किसी कविता के भावों की छाया यदि कहीं अन्यत्र जाकर पड़े तो उसे छायावादी कविता कहना चाहिए।"

2. आचार्य रामचंद्र शुक्ल : "छायावाद शब्द का प्रयोग दो अर्थों में समझना चाहिए—एक तो रहस्यवाद के अर्थ में, जहाँ उसका संबंध काव्यवस्तु से होता है, अर्थात् जहाँ कवि उस अनंत और अज्ञात प्रियतम को आलंबन बनाकर अत्यंत चित्रमयी भाषा में प्रेम की अनेक प्रकार से व्यंजना करता है।"

3. आचार्य हजारीप्रसाद द्विवेदी : "छायावाद शब्द केवल चल पड़ने के

जोर से ही स्वीकारणीय हो सका है, नहीं तो इस श्रेणी की कविता की प्रकृति को प्रकट करने में यह शब्द एकदम असमर्थ है। बहुत दिनों तक इस काव्य का उपहास किया गया है और बाद में भी इसे या तो चित्रभाषा-शैली की प्रतीक पद्धति के रूप में माना गया या फिर रहस्यवाद के अर्थ में।

4. डॉ. नगेंद्र : "छायावाद स्थूल के प्रति सूक्ष्म का विद्रोह है।"

5. नामवर सिंह : "छायावाद उस राष्ट्रीय जागरण की काव्यात्मक अभिव्यक्ति है, जो एक ओर पुरानी रूढ़ियों से मुक्ति चाहता था और दूसरी ओर विदेशी पराधीनता से।"

बीसवीं शती के दूसरे दशक के उत्तरार्ध में हिंदी कविता में एक नई प्रवृत्ति का उदय हो रहा था, जो पूर्व की काव्य प्रवृत्तियों से भिन्न थी, जो द्विवेदी युग की वस्तुवादी-नैतिकतावादी दृष्टि से भिन्न थी। इसी उदित होती नई प्रवृत्ति, जिसे स्वच्छंदतावाद (रोमांटिसिज्म) कहा जाता है, ने छायावाद के लिए पृष्ठभूमि तैयार की।

छायावाद की विशेषताएँ

(क) वैयक्तिकता
(ख) अनुभूति की प्रतिष्ठा
(ग) जिज्ञासा
(घ) वेदना का आधिक्य
(ङ) प्रेमानुभूति
(च) सौंदर्य चेतना
(छ) सुकुमारता
(ज) प्रकृति प्रेम
(झ) मानवीकरण
(ञ) राष्ट्रीयता के स्वर

छायावादी पक्ष

छायावादी कविता भावनात्मक है, इसलिए गीतात्मक है। छायावाद में प्रगीतों की रचना हुई, जिनमें निराला के प्रतीक अग्रगण्य हैं। महादेवी ने गीत लिखे। पंत व निराला व प्रसाद ने लंबी कविताएँ लिखीं। लंबी कविताओं में अंतर्वस्तु प्रबंधात्मक एवं विस्तृत होती है, पर बाहरी विधान प्रबंध के नियम के अनुकूल नहीं होता। 'कामायनी' इस युग का एकमात्र महाकाव्य है।

छायावाद ने कर्कश कही जानेवाली खड़ीबोली में कोमल भावों को प्रस्तुत करने की चुनौती को स्वीकार किया है। अज्ञेय लिखते हैं कि अपने नए कथ्य के अनुरूप अपनी नई भाषा की तलाश छायावादी कवियों के सामने एक ऐतिहासिक चुनौती थी और इस चुनौती का सामना छायावादी कवियों ने साहस के साथ किया।

छायावादियों ने नए-नए शब्दों की रचना की, जैसे—स्वर्णिम, स्वप्निल आदि इनके शब्दों में संगीतात्मकता के दर्शन होते हैं—

"उठ-उठ री, लघु लघु लोल लहर।"

—प्रसाद

छायावाद में लक्षणा पर बल है!

छायावाद की स्वातंत्र्य चेतना ने छंदों के परंपरागत ढाँचे को तोड़ दिया। निराला ने मुक्त छंदों की रचना की—

"रवि हुआ अस्त ज्योति के पत्र पर लिखा अमर,
रह गया राम रावण का अपराजेय समर, आज का।"

—निराला

प्रसाद ने 'आँसू छंद' की योजना की।

अलंकार : छायावादी कवियों ने अर्थालंकार का प्रयोग किया है। यहाँ दो नए अलंकार प्रयुक्त हुए हैं—

विशेषण विपर्यय अलंकार : 'बच्चे के तुतले भय से'

मानवीकरण : प्रकृति का मानस रूप में चित्रण।

सुमित्रानंदन पंत का मानना था कि अलंकार केवल वाणी की सजावट के लिए नहीं, वरन् वे भावाभिव्यक्ति के विशेष द्वार हैं। इसीलिए छायावादी काव्य में भावों की विविधता है।

छायावादी कवियों ने बिंबों का सफल प्रयोग करके काव्य को अत्यधिक मार्मिक बनाया। इनके काव्य में विराट् व संश्लिष्ट बिंबों की योजना फलीभूति हुई है। छायावादी कविता लाक्षणिक व प्रतीकात्मक है। इसमें वैचारिक प्रतीकों की भी रचना हुई है। राम की शक्ति पूजा में राम राष्ट्रीयता के प्रतीक हैं तो रावण ब्रिटिश सत्ता का प्रतीक है।

छायावाद चतुष्ट्य के कवियों में जयशंकर प्रसाद, सूर्यकांत त्रिपाठी 'निराला', सुमित्रानंदन पंत और महादेवी वर्मा आते हैं। अन्य कवियों में डॉ. रामकुमार वर्मा, भगवतीचरण वर्मा, गोपाल सिंह 'नेपाली', उदयशंकर भट्ट, मोहनलाल महतो 'वियोगी', गुरुभक्त सिंह 'भक्त' प्रमुख हैं।

प्रगतिवाद (सन् 1936-1943 ई.)

साहित्य में प्रगतिवाद का अर्थ उस युग से है, जब मार्क्सवादी विचारधारा को केंद्र में रखकर साहित्य लिखा गया। छायावाद के बाद एक साहित्यिक आंदोलन के रूप में प्रगतिवाद का उदय हुआ। यह आंदोलन शोषण, दमन के विरोध एवं लोकोन्मुखी अवधारणाओं तथा समानता में विश्वास रखता है, अतः वह प्रत्येक साहित्यकार, जो मार्क्स में भले ही विश्वास न रखे, परंतु यदि वह इन जीवन-मूल्यों में विश्वास रखता है तो प्रगतिवादी है।

इन कवियों का मानना है कि कविता स्वांतः सुखाय नहीं होती, बल्कि इसके सामाजिक सरोकार होते हैं। साहित्य तो वह है, जो क्रांति पैदा करे या उन मूल्यों में निष्ठा पैदा करे। इनका मानना है कि कवि नागरिक पहले है, कवि बाद में है। प्रगतिवादी कविता में कथ्य को महत्त्व देते हैं, शिल्प को नहीं।

पेरिस में सन् 1935 ई. में हेनरी बारबूज ने विश्व के प्रगतिशील लेखकों की एक सभा की। सन् 1935 में ई.एम. फोस्टर की अध्यक्षता में पेरिस में 'प्रोग्रेसिव राइटर्स एसोसिएशन' की स्थापना की गई। इसी से प्रेरित होकर सन् 1936 ई. में प्रेमचंद की अध्यक्षता में भारत में लखनऊ में 'प्रगतिशील लेखक संघ' की स्थापना की गई। एक साहित्यिक आंदोलन के रूप में प्रगतिवाद की शुरुआत इसी से हुई, अतः इस काल में जो कविता लिखी गई, वह प्रगतिवादी चेतना से प्रभावित थी।

प्रगतिवाद की प्रवृत्तियाँ

1. मार्क्सवाद में आस्था
2. शोषकों से घृणा
3. शोषितों तथा दलितों के प्रति करुणा
4. सामाजिक व्यवस्था में परिवर्तन
5. वर्ग संघर्ष
6. ग्राम्य प्रकृति का क्रांतिकारी स्वरूप

प्रगतिवादी आंदोलन कथ्य का था, शिल्प का नहीं। उसके अनुसार शिल्प का काम केवल कथ्य को संभव बनाना है। प्रगतिवादी कविता सर्वहारा की कविता होने के नाते यह दायित्व समझती है कि अभिव्यक्ति आम आदमी को एकदम समझ में आने वाली होनी चाहिए। अतः प्रगतिवादी काव्य में प्रबंधात्मकता का अभाव है, क्योंकि यह कविता संघर्ष ध्वंस की कविता है। ऐसी कविता में प्रबंध के अनुशासन को बनाए रख पाना संभव नहीं है।

प्रगतिवादी काव्य में लोक धुनों पर विशेष महत्त्व दिया गया है। प्रगतिवादी कविता, जिस संघर्ष की बात करती है, उसमें संगीतात्मकता नहीं आ सकती।

प्रगतिवादी कविता के बिंब प्रायः सामान्य जीवन से लिये गए हैं। छायावादी बिंबों से एकदम भिन्न ये बिंब लोक-जीवन से संबंधित हैं।

प्रगतिवादी कवि साफ कहना अपेक्षित समझते हैं, इसलिए उनमें प्रतीकों का मोह नहीं है, क्योंकि प्रतीक छिपाते हैं। इन्होंने कथ्य को धारदार एवं मार्मिक बनाया है रहस्यवादी नहीं।

त्रिलोचन शास्त्री, नागार्जुन और केदारनाथ अग्रवाल प्रगतिवादी काव्यधारा के प्रमुख कवि हैं। इनके अतिरिक्त पंत, निराला, दिनकर, मुक्तिबोध आदि कवियों ने भी समय-समय पर प्रगतिवादी कविताएँ लिखी हैं।

प्रयोगवाद (सन् 1943 से 1960 ई.)

अज्ञेय ने काव्य को प्रयोग का विषय माना था, उनके कथन के फलस्वरूप धीरे-धीरे उन कविताओं को प्रयोगवादी कहा जाने लगा, जो कथ्य एवं शिल्प की दृष्टि से प्रगतिवादी कविता से भिन्न थी।

प्रयोगवादी कवि काव्य को किसी विचारधारा विशेष में सीमित कर देखने के विरोधी रहे हैं, ये नए विचारों एवं मतों का समर्थन करते हैं। ये न केवल नए सत्य की खोज, बल्कि प्रेषण के नए माध्यम की खोज की घोषणा भी करते हैं। अज्ञेय के शब्दों में 'प्रयोग दोहरा साधन है, एक तो उस सत्य को जानने का साधन है, जिसे कवि प्रेषित करता है, दूसरे वह उसे प्रेषण की क्रिया को और उसके साधनों को भी जानने का साधन है।' इस तरह ये कवि शिल्प को अधिक महत्त्व देते हैं।

प्रमुख प्रयोगवादी कवि हैं—अज्ञेय, मुक्तिबोध, गिरिजा कुमार माथुर, भारत भूषण अग्रवाल, शमशेर बहादुर सिंह और नरेश मेहता।

प्रगतिवाद स्वाधीनता संघर्ष से जुड़ा था तो प्रयोगवाद स्वाधीनता के उपरांत के जीवन से। आजादी मिल जाने के बाद लोगों के सम्मुख ऐसा आदर्श नहीं बचा, जो उन्हें जोड़ पाता। इसलिए सामूहिकता की भावना की जगह व्यक्तिवाद की भावना पनपने लगी। द्वितीय विश्वयुद्ध के बाद संपूर्ण विश्व पूँजीवाद और समाजवाद को लेकर दो खेमों में बँट गया। साम्राज्यवादी देशों ने समाजवादी देशों के विरुद्ध व्यक्ति की स्वतंत्रता का नारा प्रबल किया। प्रयोगवाद के उदय में इसी व्यक्तिवादी भावना ने महत्त्वपूर्ण भूमिका निभाई।

प्रयोगवाद के उदय का एक अन्य कारण यह भी था कि प्रगतिवादी आंदोलन एक खास विचारधारा पर केंद्रित था। उससे इतर विचार की उसके लिए कोई

उपयोगिता न थी, जिसने कलात्मकता के स्थान पर प्रचार को अधिक बढ़ावा दिया। दूसरे, वे साहित्य के कलापक्ष के प्रति उदासीन रहे। इन दोनों कारणों से साहित्य में प्रगतिवाद का स्थान प्रयोगवाद ने ले लिया।

प्रयोगवाद की प्रमुख प्रवृत्तियाँ

1. भावुकता तथा बौद्धिकता का संश्लेषण
2. नवीन राहों का अन्वेषण
3. वैचारिक प्रतिबद्धता का निषेध
4. वैयक्तिकता पर बल
5. समाज बनाम व्यक्ति
6. काल का महत्त्व
7. भाषा का महत्त्व
8. यौन कुंठाओं की प्रबलता

प्रयोगवादी कवियों ने शिल्प को प्राथमिक महत्त्व दिया है। इन्होंने शिल्प को कविता का मुख्य अंश माना है। अज्ञेय के अनुसार—"भाषा सिर्फ अभिव्यक्ति का माध्यम नहीं, बल्कि जानने का माध्यम भी है। जितनी हमारी भाषा होती है, हम उतना ही सोच सकते हैं।"

प्रयोगवादी कवियों ने तत्सम, तद्भव, अंग्रेजी आदि स्रोतों से शब्दों का चयन किया और शब्द शक्तियों की दृष्टि से लक्षणा का प्रयोग किया। इन्होंने संज्ञा शब्दों को विशेषण रूप में प्रयुक्त किया और इस तरह नए शब्दों को विकसित किया। इन्होंने अक्षरों के टाइप पर विशेष ध्यान दिया।

इनके यहाँ उपमान बहुत महत्त्वपूर्ण हैं, क्योंकि कविता केवल वर्णन नहीं, वरन् चित्र विधान भी है।

प्रयोगवादियों ने नए-नए प्रयोग करने हेतु कुछ नए छंदों की सृष्टि की है, वैसे मूल रूप से इनमें छंद का निषेध ही दिखता है, किंतु लय का विशेष ध्यान रखा गया है।

इन्होंने न प्रबंध लिखे न ही मुक्तक। यह कविता प्रयोगधर्मी होने के कारण पारंपरिक काव्यशास्त्र के ढाँचे का प्रत्येक स्तर पर विरोध करती है।

नई कविता (सन् 1951-1960 ई.)

सन् 1954 में डॉ. जगदीश गुप्त की पत्रिका 'नई कविता' के प्रकाशन से नई कविता का आरंभ हुआ। नई कविता में अनुभूति की अभिव्यक्ति पर विशेष ध्यान दिया गया। नई कविता के प्रमुख कवियों में अज्ञेय, भवानीप्रसाद मिश्र, रघुवीर सहाय, सर्वेश्वर दयाल सक्सेना, विजय देव नारायण साही, डॉ. धर्मवीर भारती, श्रीकांत वर्मा, लक्ष्मीकांत वर्मा, मुक्तिबोध, गिरिजाकुमार माथुर, विपिन चंद्र अग्रवाल और अशोक बाजपेयी शामिल हैं।

लक्ष्मीकांत वर्मा ने नई कविता का आरंभ सन् 1951 से माना है, जो अज्ञेय द्वारा संपादित दूसरा सप्तक का प्रकाशन वर्ष है। यह भी उल्लेखनीय है कि सन् 1952 में अज्ञेय ने पहली बार अपनी कविताओं को 'नई कविताएँ' नाम से संबोधित किया था। प्रयोगवाद एवं नई कविता में गहरा संबंध होने के कारण किसी एक वर्ष या घटना को नई कविता के आरंभ के रूप में मानना कठिन है, पर यदि कोई घटना सर्वप्रथम इस परिवर्तन को इंगित करती है तो वह 'दूसरा सप्तक' का प्रकाशन है। इसकी भूमिका में अज्ञेय ने प्रयोगवाद नाम का खंडन कर दिया था। अत: सन् 1951 से नई कविता का प्रारंभ माना जाना चाहिए।

नई कविता की शुरुआत स्वतंत्रता मिलने के कुछ वर्ष बाद हुई। उस दौर के कवियों ने यह अनुभव किया कि भारत में स्वतंत्रता के बाद देश के नेतृत्व ने जनता की समस्याओं पर ध्यान नहीं दिया, जिस कारण आर्थिक विषमता कम नहीं हुई और देश में असंतोष एवं निराशा की स्थितियाँ निर्मित होने लगीं। स्वतंत्रता प्राप्ति के बाद लोगों के सपने पूरे नहीं हुए और आम जनता ने स्वयं को ठगा हुआ महसूस किया। इसी पृष्ठभूति ने नई कविता के उदय की परिस्थितियाँ निर्मित कीं। स्वतंत्रता प्राप्ति के बाद जो भी विकास हुआ, उसमें मशीनीकरण और शहरीकरण पर विशेष बल दिया गया, जिसने समाज में यांत्रिकता, कुंठा और अकेलापन उत्पन्न किया। इस मशीनीकरण से उत्पन्न नई सभ्यता के मूल्यों को आधुनिकतावाद कहा गया, जिनका प्रभाव नई कविता पर पड़ा।

नई कविता में हर विषय पर कविता लिखी गई। इससे पहले प्रयोगवादी चेतना प्रगतिवाद का विरोध करते हुए विकसित हुई। इस तरह दूसरों का विरोध करते-करते इनका दायरा सीमित हो गया, जबकि नई कविता इन सब सीमाओं के बाहर है और वहाँ यथार्थ बोध के दर्शन होते हैं। एक ऐसा, यथार्थ जिसमें वायवीयता नहीं है, वस्तुनिष्ठता है।

नई कविता में लघुमानव की प्रतिष्ठा की गई है। लघुमानव वह है, जो

प्रजातंत्र, शहरों और मशीनों के कारण मानव के महत्त्व में कमी आने से पैदा हुआ है। वह अपने आत्मसम्मान, संकल्प, जय, पराजय आदि परिस्थितियों को समेटकर आगे बढ़ता है। वह संकट में फँसकर अपना रास्ता स्वयं बनाता है।

नई कविता पर अस्तित्ववाद का प्रभाव है। यह जीवन की विकृति की कविता है। यह कविता नकारात्मकता को उत्सव भाव से चित्रित करती है। यह सब वह आधुनिक भावबोध के नाम पर करती है। यह संस्कृति परंपरा और मनुष्य के उदात्त मूल्यों की उपेक्षा करती है। नई कविताएँ वेदना की प्रतिष्ठा हैं, किंतु यह वेदना अर्जित होने के कारण सकारात्मक है। यह भावों से नहीं, वरन् विचारों से पैदा होती है। जब परंपरा के द्वारा प्रदत्त मूल्य संशय पैदा करता है तो व्यक्ति के जीवन से अर्थ खत्म होने लगता है, जीवन में यांत्रिकता आ जाती है, जो निरर्थकताबोध को जन्म देती है। फलतः सभी मूल्य अप्रासंगिक लगने लगते हैं।

चूँकि नई कविता महानगर की कविता है, अतः नई कविता की विषयवस्तु का आधार नगरीय जीवन है। इस नगरीय जीवन में विडंबना और विसंगति की त्रासदियाँ हैं। यहाँ जीता हुआ आदमी अपनी पहचान, अपने जीने का अर्थ, आदमी होने की शर्तें सब कुछ खो चुका है।

नई कविता केवल क्षण को ही सत्य मानती है। उसकी व्यक्तिवादी चेतना उसमें क्षणवाद को विकसित करती है। इसी क्षणवाद ने एक ओर कवियों को सत्य खोजने की प्रेरणा दी तथा दूसरी ओर भोगवाद की प्रेरणा दी।

नई कविता में सक्रिय राजनीतिक चेतना है। इसका प्रमुख स्वर राजनीति के चरित्र का पर्दाफाश करना है। यहाँ राजनीतिक मोहभंग की स्थिति है, जहाँ स्वतंत्रता नाम मात्र की है।

नई कविता में शिल्प पर सजगता के साथ ध्यान दिया गया है। नई कविता में प्रायः दो काव्य रूप मिलते हैं। लम्बी कविता, जो नाटकीयता से लैस है तथा प्रगीतात्मक छोटी कविता। ये कवि भाषा पर अत्यधिक बल देते हैं। फलस्वरूप नई कविता में अंग्रेजी, हिंदी, उर्दू और लोकभाषा के शब्दों का निःसंकोच प्रयोग हुआ है।

नई कविता छंदमुक्त है। यहाँ लय भी शब्दों में नहीं, वरन् अर्थों में हैं तथा नई कविता में भाव बोध की अभिव्यक्ति के लिए नए-नए उपमानों का प्रयोग हुआ है। नई कविता बिंबों पर बहुत अधिक बल देती है जिससे कविता कठिन हो गई है।

नई कविता में फंतासी शिल्प का प्रयोग हुआ है। फंतासी एक स्वप्न है, जो चेतन की अनुभूतियों को पूरा करता है। मुक्तिबोध एवं श्रीकांत वर्मा ने इसका प्रयोग किया है। यहाँ पर राजनैतिक मोहभंग की अनुभूति है, किंतु व्यवस्था में परिवर्तन न कर पाने की असमर्थता भी है, इसलिए विवशता पर व्यंग्य किया गया है।

समकालीन कविता

समकालीन कविता नई कविता के बाद की कविता है। सन् 1960 ई. के बाद की कविताओं को समकालीन कविता कहा गया है। इसको दो धाराओं में विभाजित किया जा सकता है। पहली को 'साठोत्तरी' या 'अकविता' कहा जा सकता है और दूसरी को सन् 1980 ई. के बाद के दौर की कविता कहा जा सकता है। यहाँ यह ध्यातव्य है कि समकालीन शब्द यहाँ समसामयिकता का पर्याय नहीं है।

सन् 1962 का भारत-चीन युद्ध और सन् 1965 तथा 1971 के भारत-पाक युद्ध एवं सत्तारूढ़ कांग्रेस पार्टी की लोकप्रियता में लगातार होती कमी, आपातकाल आदि अनेक कारणों से समकालीन कविता के स्वर भिन्न धरातल पर दिखाई पड़ते हैं। 1960 के आसपास नई कविता की रूढ़िबद्धता की प्रतिक्रिया में कई नए काव्य आंदोलन आरंभ हुए, जैसे—अकविता, नूतन कविता, बीट कविता, सहज कविता, विचार कविता आदि। इनमें अकविता आंदोलन प्रमुख था। अकविता का अर्थ है, ऐसी कविता जो परंपरागत कविता की विरोधी है। सन् 1967 के बाद रघुवीर सहाय, सर्वेश्वरदयाल सक्सेना, लीलाधर जगूड़ी, राजकमल चौधरी, मुक्तिबोध आदि की कविताओं में व्यक्तिवादी दृष्टिकोण का प्रभाव कम हो रहा था और इनकी कविताओं में एकात्मकता, वामपंथी रूझान दिखाई दिया। इन कविताओं को प्रगतिशील जनवादी कविता कहा गया।

छायावाद से प्रगतिवाद तक के दौर में गीत लिखने की परंपरा चलती रही। प्रयोगवाद और नई कविता के दौर में यह परंपरा अवरुद्ध हो गई। नई कविता के बाद के युग में गीत पुनः लिखे जाने लगे जिन पर छायावादी रोमानियत का प्रभाव नहीं था। इन्हें नवगीत कहा गया। आठवें दशक में लोकगीतों के प्रभाव में गीत लिखे जाने लगे जिन्हें जनवादी गीत कहा जाने लगा। समकालीन कविता किसी विचारधारा विशेष में आबद्ध नहीं है, वरन् इसमें समस्त विचारधाराएँ, परंपराएँ और समकालीनता एक सुर में आकर निबद्ध हो गई हैं।

अभ्यास

लघु एवं दीर्घ उत्तरीय प्रश्न

1. आधुनिककाल के उदय की परिस्थितियों पर विचार व्यक्त कीजिए।
2. भारतेंदु युगीन काव्य प्रवृत्तियों का विवेचन कीजिए।
3. भारतेंदु युग के प्रमुख कवियों तथा उनकी रचनाओं पर प्रकाश डालिए।
4. द्विवेदी युगीन काव्य प्रवृत्तियों का विवेचन कीजिए।
5. द्विवेदी युग के प्रमुख कवियों तथा उनकी रचनाओं पर प्रकाश डालिए।

6. छायावाद के नामकरण तथा छायावादी काव्य की प्रवृत्तियों का विश्लेषण कीजिए।
7. छायावाद के प्रमुख कवियों तथा उनकी रचनाओं पर प्रकाश डालिए।
8. छायावाद को आधुनिक हिंदी साहित्य का स्वर्ण युग कहना कहाँ तक उचित है? स्पष्ट कीजिए।
9. 'प्रगतिवाद कविता में कथ्य को महत्त्व देता है, शिल्प को नहीं'। इस कथन की विवेचना कीजिए।
10. प्रगतिवाद के प्रमुख कवियों तथा उनकी रचनाओं पर प्रकाश डालिए।
11. प्रगतिवादी काव्य प्रवृत्तियों का विवेचन कीजिए।
12. प्रयोगवाद के प्रमुख कवियों तथा उनकी रचनाओं पर प्रकाश डालिए।
13. प्रयोगवादी काव्य प्रवृत्तियों का विवेचन कीजिए।
14. नई कविता की काव्य प्रवृत्तियों का विवेचन कीजिए।
15. नई कविता के प्रमुख कवियों तथा उनकी रचनाओं पर प्रकाश डालिए।
16. समकालीन कविता की दोनों काव्य धाराओं का विवेचन कीजिए।
17. समकालीन कविता की काव्य प्रवृत्तियों का विवेचन कीजिए।
18. समकालीन कविता के प्रमुख कवियों तथा उनकी रचनाओं पर प्रकाश डालिए।

परियोजना कार्य

- आधुनिककाल के उदय की पृष्ठभूमि पर परियोजना कार्य पूर्ण कीजिए।
- भारतेंदु युग की साहित्यिक प्रवृत्तियों पर परियोजना कार्य पूर्ण कीजिए।
- द्विवेदी युग की साहित्यिक प्रवृत्तियों पर परियोजना कार्य पूर्ण कीजिए।
- छायावाद की साहित्यिक प्रवृत्तियों पर परियोजना कार्य पूर्ण कीजिए।
- प्रगतिवाद की साहित्यिक प्रवृत्तियों पर परियोजना कार्य पूर्ण कीजिए।
- प्रयोगवाद की साहित्यिक प्रवृत्तियों पर परियोजना कार्य पूर्ण कीजिए।
- नई कविता की साहित्यिक प्रवृत्तियों पर परियोजना कार्य पूर्ण कीजिए।
- समकालीन कविता की साहित्यिक प्रवृत्तियों पर परियोजना कार्य पूर्ण कीजिए।

दक्षता-परीक्षण

- आधुनिककाल पर उपलब्ध सामग्री का अध्ययन कर पावर प्वॉइंट प्रस्तुतीकरण दीजिए।

- भारतेंदु युग पर उपलब्ध सामग्री का अध्ययन कर पावर प्वॉइंट प्रस्तुतीकरण दीजिए।
- द्विवेदी युग पर उपलब्ध सामग्री का अध्ययन कर पावर प्वॉइंट प्रस्तुतीकरण दीजिए।
- छायावाद पर उपलब्ध सामग्री का अध्ययन कर पावर प्वॉइंट प्रस्तुतीकरण दीजिए।
- प्रगतिवाद पर उपलब्ध सामग्री का अध्ययन कर पावर प्वॉइंट प्रस्तुतीकरण दीजिए।
- प्रयोगवाद पर उपलब्ध सामग्री का अध्ययन कर पावर प्वॉइंट प्रस्तुतीकरण दीजिए।
- नई कविता पर उपलब्ध सामग्री का अध्ययन कर पावर प्वॉइंट प्रस्तुतीकरण दीजिए।
- समकालीन कविता पर उपलब्ध सामग्री का अध्ययन कर पावर प्वॉइंट प्रस्तुतीकरण दीजिए।

□

इकाई–3

आदिकालीन कवि
विद्यापति

साहित्यिक परिचय

विद्यापति भारतीय साहित्याकाश की श्रृंगार परंपरा के दैदीप्यमान नक्षत्र हैं। मैथिली भाषा के सर्वश्रेष्ठ कवि होने के कारण उन्हें 'मैथिल कोकिल' की संज्ञा से विभूषित किया गया है। उनके पिता का नाम गणपति ठाकुर और माँ का नाम हाँसिनी देवी था। लोक मान्यता है कि उनके पिता ने भगवान् कपिलेश्वर महादेव की आराधना करके उन्हें प्राप्त किया था। कहा जाता है कि स्वयं भगवान् भोलेनाथ गणपति ठाकुर के घर आकर 'उगना' नामक नौकर बनकर रहे थे। वर्तमान बिहार के दरभंगा जिले के 'बिस्फी' नामक गाँव में उनका जन्म हुआ था। उनके जन्म वर्ष के विषय में स्पष्ट तौर पर कुछ नहीं कहा जा सकता। ग्रियर्सन, महामहोपाध्याय उमेश मिश्र तथा नगेंद्रनाथ गुप्त ने विद्यापति के एक पद के आधार पर सन् 1350 ई. में उनका जन्म होना स्थापित किया है।

विद्यापति संस्कृत, अवहट्ठ और मैथिली के प्रकांड विद्वान् थे। यह भी प्रचलित है कि उनमें बाल्यकाल से ही काव्य प्रतिभा विद्यमान थी। एक किंवदंती के अनुसार बालक विद्यापति, जब आठ वर्ष के थे, तब अपने पिता गणपति ठाकुर के साथ शिव सिंह के राजदरबार में पहुँचे थे और राजा शिवसिंह के कहने पर इन्होंने निम्नलिखित दो पंक्तियों का निर्माण किया था—

"पोखरि रजोखरि अरु सब पोखरा।
राजा शिवसिंह अरु सब छोकरा॥"

यद्यपि उनकी बाल्यावस्था के बारे में विशेष जानकारी नहीं मिलती है, लेकिन माना जाता है कि हरिमिश्र से उन्होंने विद्या ग्रहण की थी तथा अपने समय के विख्यात नैयायिक जयदेव मिश्र उर्फ पक्षधर मिश्र उनके सहपाठी थे। जनश्रुतियों से ऐसा ज्ञात होता है कि विद्यापति अपने पिता गणपति ठाकुर के साथ बचपन से ही

राजदरबार में जाया करते थे। राजा शिवसिंह विद्यापति के बालसखा और मित्र थे। राजा शिवसिंह ने उन्हें यथेष्ट सम्मान देते हुए बिस्फी गाँव उन्हें दान में पारितोषिक के रूप में दिया था। कृतज्ञ महाकवि ने भी अपने गीतों द्वारा अपने अभिन्न मित्र एवं आश्रयदाता राजा शिवसिंह एवं उनकी पत्नी रानी लखिमा देवी को अमर कर दिया।

महाकवि विद्यापति संस्कृत, अवहट्ठ, मैथिली आदि अनेक भाषाओं के प्रकांड पंडित थे। कर्मकांड हो या धर्म, दर्शन हो या न्याय, संयोग शृंगार हो या वियोग शृंगार, भक्ति हो या प्रशस्ति, सभी क्षेत्रों में विद्यापति अपनी कालजयी रचनाओं के कारण जाने जाते हैं। शास्त्र और लोक दोनों पर उनका समान अधिकार था। काव्य सर्जन के क्षेत्र में विद्यापति के अनेक ग्रंथ माने जाते हैं, किंतु उनकी कीर्ति के प्रमुख आधार 'पदावली', 'कीर्ति लता' और 'कीर्ति पताका' ग्रंथ हैं। उन्होंने मैथिली में 'पदावली', अवहट्ठ में 'कीर्तिलता' तथा संस्कृत में अनेक ग्रंथ लिखे, जिनमें 'शैव सर्वस्वसार', 'लिखनावली', 'वर्ष कृत्य', 'पुरुष परीक्षा' एवं 'प्रमाणभूत प्रमाण संग्रह' प्रमुख हैं। 'गोरक्ष विजय' नाटक में संस्कृत और मैथिली दोनों भाषाओं का प्रयोग हुआ है, इसीलिए मिश्रबंधु ने उन्हें हिंदी का पहला नाटककार माना है। 'कीर्ति लता', 'कीर्ति पताका' प्रशस्ति ग्रंथ हैं, जो वीर रस में लिखे गए हैं। आचार्य रामचंद्र शुक्ल ने 'कीर्ति लता' की भाषा पूर्वी अपभ्रंश अथवा टकसाली अपभ्रंश मानी है।

पदावली विद्यापति की ख्याति का सर्वाधिक महत्त्वपूर्ण ग्रंथ है और इसी रचना के आधार पर विद्यापति को 'मैथिल कोकिल', अर्थात् मिथिला की कोयल की संज्ञा दी जाती है। हरिऔध ने विद्यापति के काव्य की प्रशंसा करते हुए कहा है—'गीतगोविंद के रचनाकार जयदेव की मधुर पदावली पढ़कर जैसा अनुभव होता है, वैसा ही विद्यापति की पदावली पढ़कर।' निराला ने पदावली को 'नागिन की मादक लहर' कहा है।

विद्यापति मूलतः शिवभक्त कवि हैं, किंतु पदावली में उनका राधा-कृष्ण के प्रति अनन्य प्रेम, शृंगार एवं भक्ति का वर्णन भी यत्र-तत्र देखा जा सकता है। पदावली के कारण ही साहित्य जगत् में यह विवाद उठ खड़ा हुआ है कि विद्यापति शृंगारी कवि हैं, भक्त कवि हैं या रहस्यवादी कवि हैं। आचार्य हजारीप्रसाद द्विवेदी, चैतन्य महाप्रभु, श्यामसुंदर दास, जैसे विद्वानों ने विद्यापति को भक्त कवि की संज्ञा दी है, जबकि आचार्य रामचंद्र शुक्ल, डॉ. रामकुमार वर्मा, रामवृक्ष बेनीपुरी तथा डॉ. बच्चन सिंह ने उन्हें शृंगारी कवि माना है तथा हरप्रसाद शास्त्री ने विद्यापति को शृंगारी कवि मानते हुए भी पंचदेवोपासक भक्तकवि माना है। इसके विपरीत जार्ज ग्रियर्सन विद्यापति को रहस्यवादी कवि मानते हैं।

विद्यापति पर जयदेव का प्रभाव सर्वत्र परिलक्षित होता है। उनके इस वैशिष्ट्य पर रीझते हुए उनके आश्रयदाता राजा शिवसिंह ने उन्हें 'अभिनव जयदेव' की उपाधि प्रदान की थी। इसके अतिरिक्त उन्हें 'मैथिल कोकिल', 'लेखन कवि', 'खेलन कवि', 'वय:संधि के कवि', 'दशावधान' तथा 'कविकंठहार' जैसी उपाधियों से भी विभूषित किया गया है।

विद्यापति वस्तुत: समन्वय के कवि हैं और वे आदिकाल को भक्तिकाल से जोड़नेवाले सेतु का कार्य करते हैं। यही कारण है कि विद्यापति को हिंदी के पहले ऐसे कवि की संज्ञा दी गई है, जिनके काव्य में भक्ति, श्रृंगार एवं वीर रस की त्रिवेणी प्रवाहित हुई है। हिंदी में गीतिकाव्य परंपरा के पुरस्कर्ता विद्यापति माने जाते हैं। उनकी पदावली से ही भक्ति और श्रृंगार की द्वंद्वात्मक परंपरा प्रारंभ हुई, कालांतर में जिसकी परिणति रीतिकालीन श्रृंगारिक काव्य परंपरा के रूप में हमारे समक्ष उपस्थित हुई।

इनकी मृत्यु के विषय में भी विद्वानों में मतभेद है, किंतु जनश्रुतियों से यह ज्ञात होता है कि जब विद्यापति वृद्धावस्था में अत्यंत रुग्ण हो गए तो उन्होंने अपने पुत्रों और परिजन को बुलाकर यह कहा कि अब मैं इस शरीर का त्याग करना चाहता हूँ। मेरी अंतिम इच्छा यह है कि मैं गंगा किनारे खड़ा होकर गंगाजल को स्पर्श करते हुए अंतिम साँस लूँ, इसलिए आप लोग मुझे पालकी में बिठाकर आज ही सिमरिया घाट स्थित गंगा तट ले चलें। जब उनकी पालकी गंगा तट से पौने दो कोस की दूरी पर थी तो उन्होंने पालकी रोकने का आदेश दिया और कहा कि यहाँ तक मैं आ गया हूँ, अब माँ गंगा अपने बेटे को अंतिम विदाई देने स्वयं यहाँ आएँगी। कुछ ही क्षणों के बाद एक उफनती गंगा की धार वहाँ पहुँच गई और कार्तिक मास की त्रयोदशी तिथि को उन्होंने यह नश्वर शरीर छोड़ दिया। डॉ. नगेंद्रनाथ गुप्त मानते हैं कि विद्यापति का निधन सन् 1440 ई. में हुआ, जबकि महामहोपाध्याय उमेश मिश्र के अनुसार सन् 1466 ई. में विद्यापति विद्यमान थे। डॉ. सुभद्र झा लिखते हैं—"विश्वस्त अभिलेखों के आधार पर हम यह कहने की स्थिति में हैं कि हमारे कवि का समय सन् 1352 ई. और 1448 ई. के मध्य का है।" डॉ. शिवप्रसाद सिंह ने विद्यापति का मृत्यु काल सन् 1447 ई. माना है।

काव्य खंड

राधा की वंदना

देख-देख राधा रूप अपार।
अपुरुब के बिहि आनि मिलाओल
खिति-तल लावनि-सार॥
अगहि अंग अनँग मुरछायत
हेरए पड़ए अथीर।
मनमथ कोटि-मथन करु जेजन
से हेरि महि-मधि गीर॥
सामर बरन, नयन अनुरंजित,
जलद-जोग फुल कोका।
कट-कट बिकट ओठ-पुट पॉडरि
लिचुर-फेन उठ फोका॥
घनघन घनए घुघुर कत बाजय,
हनहन कर तुअ काता
विद्यापति कवि तुअ पद-सेवक,
पुत्र विसरु जनि माता॥

श्रीकृष्ण का प्रेम

पथ-गति नयन मिलल राधा कान।
दुहु मन मनसिज पूरल संधान॥
दुहु मुख हेरइत दुहु भेल भोर।
समय न बूझय अचतुर चोर॥
विद्गाधि संगिनी सब रस जान।
कुटिल नयन फएलन्हि समधान॥
चलल राज-पथ दुहु उरझाई।
कह कवि-सेखर दुहु चतुराई॥

राधा का प्रेम

ए सखि पेखलि एक अपरूप।
सुनइत मानबि सपन-सरूप॥

कमल जुगल पर चाँदक माला।
तापर उपजल तरुन तमाला॥
तापर बेढ़लि बिजुरि-लता।
कालिंदी तट धीरे चलि जाता॥
साखा-सिखर सुधाकर पाँति।
ताहि नव पल्लव अरुनक भाँति॥
बिमल बिंब फल जुगल बिकास।
तापर कीर थीर करु बास॥
तापर चंचल खंजन-जोर।
तापर साँपिनि झाँपल मोर॥
ए सखि रंगिनि कहल निसान।
हेरइत पुनि मोर हरल गिआन॥
कवि विद्यापति एह रस मान।
सुपुरुख मरम तुहू भल जान॥

अभ्यास

लघु एवं दीर्घ उत्तरीय प्रश्न

1. विद्यापति की रचनाओं के नाम लिखिए।
2. विद्यापति की श्रृंगारिकता और भक्ति भावना पर टिप्पणी कीजिए?
3. पठित पाठ के आधार पर विद्यापति की काव्य भाषा की पाँच विशेषताएँ लिखिए।
4. विद्यापति की काव्य कला का मूल्यांकन कीजिए।
5. विद्यापति का साहित्यिक परिचय दीजिए।

परियोजना कार्य

- विद्यापति की रचनाओं के भाषिक विश्लेषण पर परियोजना कार्य पूर्ण कीजिए।

दक्षता-परीक्षण

- विद्यापति पर उपलब्ध सामग्री का अध्ययन कर पावर प्वॉइंट प्रस्तुतीकरण दीजिए।

□

गोरखनाथ

साहित्यिक परिचय

विद्वानों ने गोरखनाथ का जन्मकाल विक्रम संवत् 10वीं शताब्दी के मध्य माना है। उनके जन्म के संबंध में कथा मिलती है कि एक बार गुरु मत्स्येंद्रनाथ घूमते हुए अयोध्या के निकट स्थित एक नगर में पहुँचे। वहाँ उन्होंने एक ब्राह्मणी के घर जाकर भिक्षा माँगी। उसने बड़े आदर और सम्मान के साथ उन्हें भिक्षा दी। मत्स्येंद्रनाथ उस ब्राह्मणी का सेवाभाव देखकर अत्यंत प्रसन्न हुए, किंतु जब उन्होंने उसके चेहरे पर उदासीनता के चिह्न देखकर इसका कारण पूछा तो ब्राह्मणी ने उन्हें बताया कि उसकी कोई संतान नहीं है, यही उसके उदास होने का कारण है। यह सुनकर योगिराज ने अपनी झोली से एक चुटकी भभूत निकाली और उसे देकर कहा कि इसे खा लेने से तुम्हें अवश्य पुत्ररत्न की प्राप्ति होगी, परंतु गुरु मत्स्येंद्रनाथ के जाने के बाद उसने एक पड़ोसन से इस बात की चर्चा की तो उसने उसे डराते हुए कहा कि इसके खाने से उसे नुकसान हो सकता है। इससे डरकर उस ब्राह्मणी ने भभूत को गायों को बाँधने के स्थान के निकट एक गोबर के गड्ढे में फेंक दिया। बारह वर्ष व्यतीत हो जाने के पश्चात् एक दिन मत्स्येंद्रनाथ पुनः उस गाँव में पधारे और उस ब्राह्मणी के घर जाकर उससे पूछा कि अब तो तेरा पुत्र बारह वर्ष का हो गया होगा होगा, मैं उसका चेहरा देखना चाहता हूँ। यह सुनकर ब्राह्मणी घबरा गई और उसने उन्हें समस्त घटना सच-सच बता दी, तब मत्स्येंद्रनाथजी ने जहाँ भभूत फेंकी गई थी, वहाँ जाकर अलख की ध्वनि की, जिसे सुनते ही बारह वर्ष का तेजपुंज बालक बाहर आया और आकर गुरु मत्स्येंद्रनाथ के चरणों में झुक गया। यही तेजस्वी बालक आगे चलकर 'गोरखनाथ' अपना 'गोरक्षनाथ' नाम से प्रसिद्ध हुआ। इसका प्रत्यक्ष स्पष्टीकरण स्वयं गोरखनाथजी देते हुए लिखते हैं—

"आदिनाथ नाती मच्छन्दरनाथ पूता,
निज तत् निहारै गोरख अवधूता॥"

गुरु मत्स्येंद्रनाथ बालक गोरखनाथ को अपना शिष्य बनाकर अपने साथ ले गए और उन्होंने उस दिव्य बालक को योग की संपूर्ण शिक्षा दी। वे गुरु की शिक्षा और स्वानुभव से योग मार्ग में पारंगत हो गए। अनेक लोगों का मत है कि योग सिद्धि के प्रभाव से उन्होंने अमरत्व की स्थिति प्राप्त की थी और आज भी वे किसी भाग्यशाली व्यक्ति को दर्शन दे जाते हैं। अनेक विद्वानों का मत है कि गोरखनाथ ने भारतीय संस्कृति के संरक्षण में अत्यंत महत्त्वपूर्ण भूमिका निभाई है।

नाथपंथ की प्राचीनता अवर्णनीय है। नाथपंथ की सनातन जीवनधारा आदिकाल से प्रवाहित होती आ रही है। वैदिककाल से ही 'नाथ' शब्द का प्रयोग होता रहा है। परम योगाचार्य महायोगी गुरु गोरखनाथजी धार्मिक-सांस्कृतिक संधिकाल की महान् विभूति थे। ऋग्वेद में 'नाथ' शब्द का प्रयोग सृष्टिकर्ता, ज्ञाता तथा सृष्टि के निमित्त किया गया है। महायोगी गुरु गोरखनाथ की 'गोरखबानी' में 'नाथ' शब्द दो अर्थों में लिया गया है—पहला रचयिता के रूप में तथा दूसरा परमतत्व के रूप में। नाथ मार्ग योग प्रधान मार्ग है। नाथपंथ के अंतर्गत वे सभी अनुयायी आते हैं, जो नाथ संप्रदाय की मान्यताओं के प्रति अपनी आस्था एवं श्रद्धा समर्पित करते हुए अपना जीवनयापन करते हैं। इस पंथ में संत एवं गृहस्थ सभी समाहित हैं। ऐतिहासिक दृष्टि से महायोगी गुरु गोरखनाथ का आविर्भाव काल सातवीं से तेरहवीं शताब्दी के बीच ठहरता है।

गोरखनाथजी के आविर्भाव काल में वैदिक धर्म, बौद्ध, जैन, शैव, पाशुपत, कापालिक, कश्मीरी शैव, वीर शैव एवं रसेश्वेर मत आदि अनेक धर्म एवं मत थे। शाक्तमत का एक साधन वाममार्ग था। इन सभी पंथों या मतों में कालांतर में काफी विकृतियाँ आ गई थीं। वैष्णव धर्म का विकास 'भक्ति मार्ग' के रूप में हुआ, परंतु इस भक्ति मार्ग की तत्कालीन रूढ़िवादी धार्मिक मान्यताओं, राजनीतिक एवं सामाजिक परिस्थितियों के कारण दिशा और दशा दोनों ही विकृत हो गई थी। ऐसे समय में महायोगी गुरु गोरखनाथजी की सारग्राही दृष्टि ने तत्कालीन सभी साधना, संप्रदायों के सार्थक एवं उपयोगी अंगों एवं तत्त्वों को संग्रहीभूत कर एक ऐसे योगपरक भक्ति-मार्ग का प्रवर्तन किया, जिसमें साधना की पवित्रता, चरित्र की परमोच्चता, संयमपूर्ण जीवन की शक्तिमत्ता एवं आडंबर रहित जीवन की महिमा पर बल दिया गया था। गोरखनाथजी ने अंधविश्वासों, कुरीतियों, पाखंडों एवं शोषण के विरुद्ध संघर्ष किया तथा समाज में तिरस्कृत एवं निम्न जाति के लोगों को भी नाथपंथ में प्रविष्ट कराकर उन्हें भी समाज में सम्मानपूर्ण स्थान दिलाया, जिससे भक्ति एवं आस्था का मार्ग जनसाधारण के लिए भी प्रशस्त हो सका और गोरखनाथजी की ख्याति में आशातीत अभिवृद्धि हुई।

गुरु गोरखनाथ ने पूरे भारत का भ्रमण किया और अनेक ग्रंथों की रचना की। गोरखनाथजी का मंदिर उत्तर प्रदेश के गोरखपुर जनपद में स्थित है। गोरखनाथजी के नाम पर इस जिले का नाम गोरखपुर पड़ा है। पुराणों के अनुसार गुरु गोरखनाथ भगवान् शिव के अवतार थे। गुरु गोरखनाथ के नाम से ही नेपाल के गोरखाओं ने अपना नाम और पहचान पाई है। नेपाल में गोरखा नामक एक जिला है, जिसका नाम भी गुरु गोरखनाथजी के नाम से माना जाता है। यह भी मान्यता है कि गुरु गोरखनाथ सबसे पहले यहीं दिखे थे। गुरु गोरखनाथजी का एक स्थान राजस्थान के हनुमानगढ़ जिले में भी है। इनकी मढ़ी सोमनाथ ज्योतिर्लिंग के नजदीक वेरावल में है।

योगाचार्य श्रीगोरक्षनाथजी ने संस्कृत और लोकभाषा दोनों में अनेक महत्त्वपूर्ण योगपरक ग्रंथों का सृजन किया है, जिनमें प्रमुख हैं—'गोरक्ष कल्प', 'गोरक्ष संहिता', 'गोरक्ष शतक', 'गोरक्ष गीता', 'विवेकमार्तंड', 'गोरक्षशास्त्र', 'ज्ञानप्रकाश शतक', 'ज्ञानामृतयोग', 'महार्थमंजरी', 'योगचिंतामणि', 'योगमार्तंड', 'योगसिद्धांत पद्धति', 'अमनस्कयोग', 'श्रीनाथसूत्र सिद्धसिद्धांतपद्धति', 'हठयोग-संहिता', 'प्राणसंकली' और डॉ. पीतांबरदत्त बड़थ्वाल द्वारा संपादित 'गोरखबानी'।

महायोगी गोरखनाथ ने इंद्रिय निग्रह के योग साधना के आदर्शों को सामने लाकर संयमपूर्ण जीवन की उच्चता, आडंबररहित जीवन की महिमा तथा चरित्र की परमोच्चता के महत्त्व की ओर जनसामान्य का ध्यान आकृष्ट किया। जड़ तत्त्व में अनेकता में एकता, क्रिया में स्थिरता, प्रेममयी सेवा में त्याग, दया, श्रद्धा, भक्ति के भावों को स्थान देना, जैसे भारत माता के हृदय के पवित्र और गरिमापूर्ण संदेश संसार के कोने-कोने में पहुँचाने का कार्य जिन धर्मगुरुओं, सत्यान्वेषकों एवं प्रचारकों द्वारा किया गया, उन्हीं सर्वाधिक महत्त्वपूर्ण प्रचारकों में गुरु गोरखनाथजी अग्रगण्य थे, जिन्हें जन्म देकर भारतमाता धन्य हुई।

काव्य खंड

सबदी

अदेपि देषिबा देषि बिचारिबा अदिसिटी राषिबा चीया।
पाताल की गंगा ब्रह्मांड चढ़ाईबा, तहाँ बिमल बिमल जल पीया॥
वेद कतेब न षाणी वांणी सब ढाँकी तलि आणीं।
गगनि सिषर महि सबद प्रकास्या। तहँ बूझै अलष बिनाणी॥
हसिबा षेलिबा रहिबा रंग। काम क्रोध न करिबा संग।
हसिबा षेलिबा गाईबा गीत। दिढ़ करि राषि आपनां चीत॥
हसिबा षेलिबा धरीबा ध्यांन। अहनिसि कथिवा ब्रह्म गियांन।
हसाई षेलै न करै मन भंग। ते निहचल सदा नाथ कै संग॥
अह निसि मन लै उनमन रहै, गम कि छांणि अगम की कहै।
छाड़ै आसा रहै निरास, कहै ब्रह्म हूँ ताका दास॥

पद (राग रामश्री)

मन माहैं तेणे तन तारया बिसवासै मिलणा।
मन मैं कुंभ कलस रस भरिया, तेणै मनवै अलस लसाया, मेरे ग्यांनी।
पैर जोई नै एद्रवा पुरिष पधारया, पुरिष नी पारिषा पाई।
पुरिषे मिलि पुरिष रस राष्या, पुरिषे पुरिष निपाया मेरे ग्यांनी॥
जिहिं घर चंद सूर ऊगै, तिहिं घरि होसी उजियारा।
तिहां जे आसाण पूरौ तौ सहज का भरौ पियाला, मेरे ग्यांनी।
मन माहिला हीरा बींधा सो सोधीना लींणा सो पाणं सो पीवणं।
मछिंद्र प्रसादै जती गोरष बोल्या, बिमल रस जोई जोई नैं मिलणा, सेरे ग्यांनी॥

अभ्यास

लघु एवं दीर्घ उत्तरीय प्रश्न

1. गोरखनाथजी का साहित्यिक परिचय देते हुए उनकी रचनाओं का विवरण दीजिए।
2. गोरखनाथजी के काव्य की विशेषताओं पर प्रकाश डालिए।
3. गोरखनाथजी किसके शिष्य थे?

4. गोरखनाथजी ने धर्म को किस प्रकार सर्वसुलभ बनाया ?

परियोजना कार्य

- गोरखनाथजी के व्यक्तित्व एवं कृतित्व पर परियोजना कार्य पूर्ण कीजिए।

दक्षता-परीक्षण

- गोरखनाथजी पर उपलब्ध सामग्री का अध्ययन कर पावर प्वॉइंट प्रस्तुतीकरण दीजिए।

□

अमीर खुसरो

साहित्यिक परिचय

खड़ीबोली के पहले कवि के रूप में समादृत अमीर खुसरो एक कुशल सैनिक, बहुभाषाविद्, महान् संगीतज्ञ और सच्चे देशभक्त कवि के रूप में विख्यात हैं। अमीर खुसरो का जन्म 652 हिजरी तदनुसार 3 मार्च, 1253 ई. को उत्तर प्रदेश के एटा जनपद में स्थित पटियाली गाँव में हुआ था, हालाँकि कुछ लोग मानते हैं कि उनका जन्म दिल्ली में हुआ था। इनके पिता अमीर सैफुद्दीन स्वयं पढ़े-लिखे नहीं थे, किंतु उन्होंने अमीर खुसरो की शिक्षा-दीक्षा की उत्तम व्यवस्था की थी, लेकिन दुर्भाग्यवश उनके बाल्यकाल में ही उनके पिता एक युद्ध लड़ते हुए शहीद हो गए। इसके बाद वे अपने नाना इमादुल्मुल्क के यहाँ दिल्ली आ गए। नाना ने उनकी शिक्षा का समुचित प्रबंध किया, जिससे उनकी काव्य प्रतिभा के प्रस्फुटन में सहायता मिली। अमीर खुसरो हजरत निजामुद्दीन औलिया के प्रिय शिष्यों में से थे और वे उन्हें 'तुर्क' कहकर पुकारते थे। हजरत निजामुद्दीन औलिया अमीर खुसरो से कितना प्रेम करते थे, इसका पता इस बात से चलता है कि वे अकसर कहा करते थे कि मृत्यु के बाद जब खुदा मुझसे पूछेगा कि निजामुद्दीन, तुम मेरे लिए क्या लाए हो तो मैं अमीर खुसरो को पेश कर दूँगा।

अमीर खुसरो की शिक्षा-दीक्षा अभी शुरू ही हुई थी कि सन् 1273 ई. में उनके नाना का देहांत हो गया। इसके बाद उनके समक्ष जीविका का संकट खड़ा हो गया, किंतु अपनी काव्य प्रतिभा के बल पर वे सुल्तान गयासुद्दीन बलबन के भतीजे अलुद्दीन किशली खान उर्फ मलिक छज्जू, बुगरा खाँ, अमीर अली सरजानदार, मोहम्मद काआन, कैकुबाद आदि के दरवार में स्थान बनाने में कामयाब रहे। जब अमीर खुसरो को अपने प्रिय पीर निजामुद्दीन औलिया की मृत्यु का समाचार मिला तो वे अत्यंत दु:खी हुए और उन्होंने अपने वस्त्र फाड़कर, मुँह पर कालिख मलकर अपनी सारी कमाई लुटा दी। उस समय उन्होंने यह दोहा कहा—

"गोरी सोवे सेज पर, मुख पर डारे केस,
चल खुसरो घर आपने, रैन भई चहुँ देस।"

इस घटना के छह माह बाद 726 हिजरी तदनुसार 27 सितंबर, 1325 ई. को उन्होंने भी अपने गुरु के वियोग में अपने प्राण दे दिए। दिल्ली में हजरत निजामुद्दीन की इच्छानुसार खुसरो को उनकी कब्र के बराबर दफन किया गया है।

अमीर खुसरो ने फारसी और हिंदी, जिसे वे हिंदवी कहते हैं, में समान अधिकार से लिखा है। अमीर खुसरो वस्तुतः बहुभाषाविद् थे। वे अरबी और तुर्की के भी विद्वान् थे। खुसरो भारत का भाषाई सर्वेक्षण करनेवाले पहले कवि हैं, जिन्होंने अपने ग्रंथ 'मसनवी-नूर-सिपहर' में ग्रियर्सन से लगभग 600 वर्ष पहले भाषाई सर्वेक्षण किया था। जो भाषाई स्थिति खुसरो ने बताई, वह कमोबेश आज भी विद्यमान है। उन्होंने स्वयं लिखा है—

"दानम व दरयाफ्ता व गुफ्ता हम
जुस्तों-रोशन शुदा जाँ बेशोकम।"

अर्थात् कई भाषाओं का मैंने स्वयं बहुत कुछ परिचय प्राप्त कर लिया है, उन्हें मैं बोलता और जानता हूँ। मैंने उनकी खोज की है और मैं उनको कमोबेश जानता हूँ।

हिंदी अथवा हिंदवी के विषय में वे लिखते हैं—

"न लफ्जे हिंदवीस्त अज फारसी कम"

अर्थात् हिंदी के शब्द किसी मायने में फारसी से कम नहीं हैं।

चूँकि अमीर खुसरो दिल्ली के आसपास रहते थे, इसलिए उनके काव्य में वहाँ की प्रचलित खड़ीबोली के शब्द खूब मिलते हैं और इसी कारण उन्हें खड़ीबोली के प्रथम कवि की संज्ञा दी जाती है। इसके उदाहरण खुसरो की पहेलियों, सुखनों और निस्बतों आदि में मिलते हैं। एक उदाहरण द्रष्टव्य है—

"एक नार ने अचरज किया
साँप मार पिंजरे में दिया।"

अमीर खुसरो ने भारत की ज्ञान परंपरा की भूरि-भूरि प्रशंसा की है। उन्होंने लिखा है कि भारत में ज्ञान और विद्या के अपार खजाने हैं। वे आगे कहते हैं कि चूँकि लोगों ने भारतीयों से ज्ञान की बातें प्राप्त करने का प्रयास नहीं किया, इसलिए इनके समस्त ज्ञान पर रहस्य का परदा पड़ा हुआ है। वे हिंदू-मुस्लिम एकता के बहुत बड़े पैरोकार थे। उन्होंने मुसलमानों में यह भावना पैदा करने की कोशिश की कि हिंदू धर्म तथा इस्लाम में अनेक बातें समान हैं। उन्होंने स्पष्ट लिखा कि हिंदू उन लोगों से अपेक्षाकृत बहुत बेहतर हैं, जो ईश्वर के अस्तित्व को ही नहीं

स्वीकारते। खुसरो ने दिल्ली, अयोध्या, देवगिरि, मुल्तान और वारंगल जैसे भारतीय शहरों की अपनी कविताओं में मुक्त कंठ से प्रशंसा की है।

खुसरो को भारत राष्ट्र से अपार प्रेम था। इसलिए वे विदेशी आक्रमणकारियों से घृणा करते थे। उनके समय में चंगेज खाँ ने जब भारत पर आक्रमण किया तो उन्होंने उसकी कड़ी निंदा की और जब तातारियों के हमले के विरुद्ध यहाँ के हिंदू-मुसलमान एकजुट होकर लड़े तो उन्होंने इसकी प्रशंसा की।

अमीर खुसरो महान् संगीतज्ञ थे। उन्होंने भारतीय और ईरानी संगीत के मिश्रण से अनेक रागों और तालों का आविष्कार किया। कहा जाता है कि संगीत में खयाल भी खुसरो द्वारा ही आविष्कृत किया गया था। उन्होंने अनेक वाद्ययंत्रों का भी आविष्कार किया था। कहा जाता है कि सितार की खोज भी उन्होंने ही की थी। ढोलक और तबला की खोज का श्रेय भी खुसरो को है। भारत में संगीत की दो कोटियाँ हैं—हिंदुस्तानी संगीत और कर्नाटकी संगीत। माना जाता है कि अमीर खुसरो भारतीय संगीत के प्रवर्तक हैं। बसंत के गीतों को दरगाहों और खानकाहों में लोकप्रिय करने का श्रेय भी उन्हें दिया जाना चाहिए।

साहित्यिक दृष्टि से अमीर खुसरो की 99 पुस्तकों का जिक्र मिलता है, जिनमें 22 ही अब प्राप्त होती हैं। हिंदी में खुसरो की 3 रचनाओं की चर्चा आती है, जिनमें सिर्फ एक 'खालिकबारी' ही उपलब्ध है। अमीर खुसरो को हिंदी गजल का प्रवर्तक माना जाता है। वे हिंदी और हिंदुस्तान से कितना प्रेम करते थे, इसका पता उनके दीवान 'गुर्रतुलकमाल' की भूमिका से लग जाता है—

"तुर्क हिंदुस्तानियम मन हंदवी गोयम जवाब
शक्र मिस्त्री नदारम कज अरब गोयं सुखन॥"

अर्थात् मैं हिंदुस्तानी तुर्क हूँ और हिंदवी मे जवाब देता हूँ। मेरे पास मिस्त्र की शक्र नहीं कि मैं अरबी में बात करूँ।

फारसी साहित्य में उनके पाँच दीवान, चौदह मसनवियाँ हैं। उनके प्रसिद्ध फारसी ग्रंथों में 'नूरसिपहर', 'खजाइनुल फुतुह', 'एजाजे खुसुरवी', 'अफजलुलफवायद' प्रमुख हैं। इसके अतिरिक्त खुसरो की फुटकर रचनाएँ भी मिलती हैं, जिनमें मुकरियाँ, पहेलियाँ, गीत, निस्बत और अनमेलियाँ मिलती हैं। कहा जाता है कि खुसरो ने ढाई लाख से अधिक कलाम लिखे थे। स्वयं खुसरो ने कहा है कि उनकी काव्य सामग्री की संख्या तीन लाख से अधिक और चार लाख से कम नहीं है।

खुसरो को फारसी का महानतम कवि होने का गौरव प्राप्त होने के बावजूद उन्हें जो लोकप्रियता हिंदी काव्य के कारण मिली, वह अभूतपूर्व है। डॉ. रामकुमार

वर्मा ने उनकी भूरि-भूरि प्रशंसा करते हुए लिखा है, "खुसरो हिंदी साहित्य के युग प्रवर्तक कवि थे, जिन्होंने हिंदी साहित्य का बड़ा उपकार किया है।"

मिर्जा गालिब ने अपने कलाम में मधुरता के लिए स्वयं को खुसरो का ऋणी माना है और वे अपने काव्य में मधुर रस के लिए अमीर खुसरो के चरण धोकर पीने के लिए भी तैयार दिखते हैं—

"गालिब मेरे कलाम में क्योंकर मजा न हो
पीता हूँ धोके खुसरुए शीरीं सुखन के पाँव।"

डॉ. परमानंद पांचाल ने अपनी पुस्तक 'भारत की महान् विभूति अमीर खुसरो' के प्राक्कथन की शुरुआत में लिखा है, "अमीर खुसरो भारत की उन महान् विभूतियों में से थे, जो इस देश के इतिहास में भाषा, साहित्य, संगीत और सबसे बढ़कर देश की सांस्कृतिक एकता के क्षेत्र में अपने अप्रतिम योगदान के लिए सदैव जीवित रहेंगे।"

काव्य खंड

कव्वाली

छाप-तिलक तज दीन्ही रे, तोसे नैना मिला के।
प्रेम बटी का मदवा पिलाके
मतवारी कर दीन्ही रे, मोसे नैना मिला के।
खुसरो निजाम पै बलि-बलि जइए,
मोहे सुहागन कीन्ही रे, मोसे नैना मिला के।

गीत-1

काहे को ब्याही बिदेस रे,
लखि बाबुल मोरे!
हम तो बाबुल तोरे बागों की कोयल
कुहुकत घर-घर जाऊँ, लखि बाबुल मोरे।
हम तो बाबुल तोरे खेतों की चिड़िया,
चुग्गा चुगत उड़ि जाऊँ, लखि बाबुल मोरे।
हम तो बाबुल तोरे बेले की कलियाँ,
जो माँगे चली जाऊँ, लखि बाबुल मोरे।
हम तो बाबुल तोरे खूँटे की गइया,
जित हाँको हँक जाऊँ, लखि बाबुल मोरे।
लाख की बाबुल गुड़िया जो छाड़ी,
छोड़ि सहेलिन का साथ, लखि बाबुल मोरे।
महल तले से डोलिया जो निकली,
भाई ने खाई पछाड़, लखि बाबुल मोरे।
आम तले से डोलिया जो निकली,
कोयल ने की है पुकार, लखि बाबुल मोरे।
तू क्यों रोवे है, हमरी कोइलिया,
हम तो चले परदेस, लखि बाबुल मोरे।
नंगे पाँव बाबुल भागत आवै,
साजन डोला लिए जाय, लखि बाबुल मोरे॥

गीत-2

बहुत कठिन है डगर पनघट की
कैसे मैं भर लाऊँ मधवा से मटकी।
मोरे अच्छे निजाम पिया—
कैसे मैं भर लाऊँ मधवा से मटकी
जरा बोलो निजाम पिया,
पनिया भरन को मैं जो गई थी—
दौड़ झपट मोरी मटकी पटकी। बहुत कठिन है—
खुसरो निजाम के बलि-बलि जाइए
लाज राखे मोरे घूँघट पटकी॥

दोहे

गोरी सोवे सेज पर मुख पर डारे केस,
चल खुसरो घर आपने रैन भई चहुँ देस॥
खुसरो रैन सोहाग की, जागी पी के संग।
तन मेरो मन पीऊ को दोऊ भए एक रंग॥
देख मैं अपने हाल को रोऊँ, जार.ओ.जार।
वे गुनवंता बहुत हैं, हम हैं औगुन हार॥
चकवा-चकवी दो जने उनको मारे न कोय।
ईह मारे करतार कै रैन बिछोही होय॥
सेज सूनी देख के रोऊँ दिन-रैन।
पिया-पिया कहती मैं पल भर सुख न चैन॥

अभ्यास

लघु एवं दीर्घ उत्तरीय प्रश्न

1. अमीर खुसरो का साहित्यिक परिचय देते हुए हिंदी साहित्य में उनका स्थान निर्धारित कीजिए।
2. अमीर खुसरो के हिंदी काव्य की विशेषताओं का उल्लेख कीजिए।
3. अमीर खुसरो को 'खड़ी बोली का पहला कवि' क्यों कहा जाता है?
4. अमीर खुसरो की मुकरियों तथा कव्वालियों का विवेचन कीजिए।

परियोजना कार्य

- अमीर खुसरो के व्यक्तित्व एवं कृतित्व का विश्लेषण करते हुए उनके भाषिक वैशिष्ट्य पर परियोजना कार्य पूर्ण कीजिए।

दक्षता-परीक्षण

- अमीर खुसरो पर उपलब्ध सामग्री का अध्ययन कर पावर प्वॉइंट प्रस्तुतीकरण दीजिए।

□

इकाई–4

भक्तिकालीन सगुण कवि

सूरदास

साहित्यिक परिचय

वात्सल्य रस के सम्राट् एवं हिंदी साहित्याकाश के सूर्य महाकवि सूरदास का जन्म सन् 1478 में आगरा के निकट रुनकता नामक गाँव में हुआ था; हालाँकि सीही को भी सूरदास की जन्मस्थली माना जाता है और उनके जन्मस्थान के विषय में विद्वानों में मतभेद हैं। इनके पिता का नाम रामदास था, जो सारस्वत ब्राह्मण थे। सूरदास के जन्मांध होने के विषय में विद्वानों में मतभेद हैं। कुछ विद्वान उन्हें जन्म से ही नेत्रहीन मानते हैं तो कुछ का कहना है कि वे किसी कारणवश कालांतर में अंधत्व को प्राप्त हुए थे। सूरदास को पुराणों और उपनिषदों का विशेष ज्ञान था। महान् कवि सूरदास आचार्य वल्लभाचार्य के प्रमुख शिष्यों में से एक हैं और वे अष्टछाप कवियों में अग्रगण्य एवं सर्वश्रेष्ठ स्थान रखते हैं। सूरदास द्वारा लिखे महत्त्वपूर्ण ग्रंथों के नाम हैं—'सूर सागर', 'सूरसारावली' और 'साहित्य लहरी'।

सूरदास की भक्ति पुष्टिमार्गीय है। वल्लभाचार्य द्वारा प्रतिपादित शुद्धाद्वैतवाद दर्शन के भक्तिमार्ग को पुष्टिमार्ग कहते हैं। पुष्टि का शाब्दिक अर्थ है 'पोषण'। श्रीमद्भागवत में ईश्वर के अनुग्रह को पोषण कहा गया है—'पोषणं तदनुग्रहः'।

सूरदास सगुणोपासक भक्तकवि हैं, जिनके उपास्य हैं श्रीकृष्ण, जो भक्ति के क्षेत्र में उनके लिए करुणामय स्वामी, परम उद्धारक और सर्वशक्तिमान हैं, जिनकी वंदना करते हुए वे कहते हैं—

"चरण-कमल बंदौ हरि राई।
जाकी कृपा पंगु गिरि लंघे,
अंधे को सब कुछ दरसाई॥

सूरदास का वात्सल्य वर्णन हिंदी साहित्य में सर्वश्रेष्ठ है। आचार्य रामचंद्र शुक्ल ने लिखा है—"बाल सौंदर्य एवं स्वभाव के चित्रण में जितनी सफलता सूर

को मिली है, उतनी अन्य किसी को नहीं। वे अपनी बंद आँखों से वात्सल्य का कोना-कोना झाँक आए हैं।" सूर के वात्सल्य वर्णन में स्वाभाविकता रमणीयता एवं मार्मिकता है। वात्सल्य के दोनों पक्षों संयोग एवं वियोग का चित्रण सूर काव्य की उपलब्धि है। कृष्ण की बालोचित चेष्टाओं तथा लीलाओं का चित्ताकर्षक एवं मनोहारी चित्र सूरदास ने अंकित किया है—

मैया कबहिं बढ़ेगी चोटी?
किती बार मोहि दूध पिबत भई यह अजहूं है छोटी।"

सूर ने जितनी तन्मयता से वात्सल्य के संयोग पक्ष का अंकन किया है, उतनी ही तन्मयता से वात्सल्य के वियोग पक्ष का भी चित्रण किया है। श्रीकृष्ण के मथुरागमन के समय यशोदा कितनी विकल हैं, इसका चित्र इन पंक्तियों में देखा जा सकता है—

"जसोदा बार-बार यों भाखै।
है कोई ब्रज में हितू हमारो चलत गोपालहिं राखै॥"

सूर के पद गेय हैं तथा उनमें गेयता के लिए समस्त आवश्यक तत्त्व, जैसे— तन्मयता, संगीतात्मकता, भाषागत माधुर्य, संक्षिप्तता, आत्माभिव्यंजना, भावप्रवणता, संक्षिप्तता आदि विद्यमान हैं।

सूरदास का भ्रमरगीत परंपरा में विशिष्ट स्थान है। भ्रमरगीत काव्य परंपरा का मूल श्रीमद्भागवत का भ्रमरगीत प्रसंग है। इसके अनुसार श्रीकृष्ण उद्धव को ब्रज भेजते हैं तथा उनसे ब्रजवासियों को निर्गुण ब्रह्म की उपासना का उपदेश देने का आग्रह करते हैं। गोपियाँ उद्धव के उपदेश को स्वीकार नहीं करतीं, बल्कि उन्हें भ्रमर कहकर संबोधित करती हैं। उद्धव और गोपियों का यह संवाद ही 'भ्रमरगीत' के नाम से जाना जाता है। भ्रमरगीत में सूरदास ने गोपियों के माध्यम से निर्गुण का खंडन तथा सगुण का मंडन किया है। एक उदाहरण से यह तथ्य प्रमाणित किया जा सकता है—

"निर्गुण कौन देश को बासी"

गोपियों का अधोलिखित कथन उनके वाक्चातुर्य और सगुण की प्रतिष्ठा करता है—

"तो हम मानें बात तिहारी।
अपनों ब्रह्म दिखाओ उद्धव मुकुट पीतांबरधारी।"

भ्रमरगीत में सूरदास ने वियोग की समस्त ग्यारह अवस्थाओं—अभिलाषा, चिंता, स्मरण, गुण कथन, उद्वेग, प्रलाप, उन्माद, व्याधि, जड़ता, मूर्च्छा और मरण का वर्णन किया है। वियोग शृंगार का एक उदाहरण द्रष्टव्य है—

"मधुवन तुम कत रहत हरे।
विरह वियोग स्याम सुंदर के ठाढ़े क्यों न जरे॥"

सूरदास का ब्रजभाषा पर अद्भुत अधिकार था। अनुनासिकता से उत्पन्न कोमलता, ध्वन्यार्थमूलक शब्दों का प्रयोग, स्वर संधि प्रधान शब्दों की अधिकता, कहावतों एवं मुहावरों का सटीक प्रयोग सूर की ब्रजभाषा की महत्त्वपूर्ण विशेषताएँ हैं।

सूरदास का गोवर्धन के पास स्थित पारसौली गाँव में सन् 1583 ईस्वी में निधन हो गया।

काव्य खंड

भ्रमरगीत पद

राग टोड़ी

उद्धव! यह मन निश्चय जानो।
मन क्रम बच मैं तुम्हैं पठावत ब्रज को तुरत पलानो॥
पूरन ब्रह्म, सकल, अविनासी ताके तुम हौ ज्ञाता।
रेख, न रूप, जाति, कुल नाहीं जाके नहिं पितु माता॥
यह मत दै गोपिन कहँ आबहु विरह-नदी में भासति।
सूर तुरत यह जाए कहौ तुम ब्रह्म बिना नहिं आसति॥

राग केदार

गोकुल सबै गोपाल-उपासी
जोग-अंग साधत जे ऊधो ते सब बसत ईसपुर कासी॥
यद्यपि हरि हम तजि अनाथ करि तदपि रहति चरननि रसरासी।
अपनी सीतलताहि न छाँड़त यद्यपि है ससि राहु-गरासी।
का अपराध जोग लिखि पठवत प्रेमभजन तजि करत उदासी
सूरदास ऐसी को बिरहिन माँगति-मुक्ति तजे गुनरासी?॥

राग काफी

आयो घोष बड़ो व्योपारी।
लादि खेप गुन ज्ञान-जोग की ब्रज में आन उतारी॥
फाटक दै कर हाटक माँगत भौरै निपट सु धारी।
धुर ही तें खोटी खायो है लये फिरत सिर भारी॥
इनके कहे कौन डहकावै ऐसी कौन अजानी?
अपनी दूध छाँड़ि को पीवै खार कूप को पानी॥
ऊधौ जाहु सबार यहाँ तें बेगि गहरु जनि लावौ।
मुँहमाँग्यो पैहो सूरज प्रभु साहुहि आनि दिखावौ॥

जोग ठगौरी ब्रज न बिकैहै।
यह ब्योपार तिहारो ऊधो ऐसोई फिरि जैहै॥
जापै लै आए हौ मधुकर ताके उर न समैहै।
दाख छांड़ि कै कटुक निंवौरी को अपने मुख खैहै?
मूरी के पातन के केना को मुक्ताहल दैहै।
सूरदास प्रभु गुनहिं छांड़ि कै को निर्गुन निरबैहै?

राग बिलावल

ए अलि! कहा जोग में नीको?
तजि रसरीति नंदनंदन की सिखवत निरगुन फीको॥
देखत सुनत नाहिं कछु स्रवननि, जोति जोति करि ध्यावत।
सुंदरस्याम दयालु कृपानिधि कैसे हौ बिसरावत?
सुनि रसाल मुरली-सुर की धुनि सोइ कौतुक-रस भूलैं।
अपनी भुजा ग्रीब पर मेलैं गोपिन के सुख फूलैं॥
लोककानि कुल को भ्रम प्रभु मिलि मिलि कै घर बन खेली।
अब तुम सूर खवावन आए जोग जहर की बेली

अभ्यास

लघु एवं दीर्घ उत्तरीय प्रश्न

1. 'सूर-सूर तुलसी ससी' इस उक्ति के आधार पर सूरदास का मूल्यांकन कीजिए।
2. सूरदास की गोपियों के वाक्‌चातुर्य पर प्रकाश डालिए।
3. सूरदास का साहित्यिक परिचय दीजिए।
4. सूरदास की भक्ति भावना पर प्रकाश डालिए।

परियोजना कार्य

- सूरदास के भाषिक वैशिष्ट्य पर परियोजना कार्य पूर्ण कीजिए।

दक्षता-परीक्षण

- सूरदास पर उपलब्ध सामग्री का अध्ययन कर पावर प्वॉइंट प्रस्तुतीकरण दीजिए।

□

गोस्वामी तुलसीदास

साहित्यिक परिचय

तुलसीदासजी का जन्म संवत् 1589 (1532) को उत्तर प्रदेश के बाँदा जिले के राजापुर नामक ग्राम में हुआ था। तुलसीदास के जन्मस्थान के विषय में अनेक अन्य स्थानों के विषय में भी दावे किए जाते हैं, जिनमें सूकरखेत सोरों, राजापुर, गोंडा प्रमुख हैं। इनके पिता का नाम आत्माराम दुबे तथा माता का नाम हुलसी था। इनका विवाह दीनबंधु पाठक की पुत्री रत्नावली से हुआ था। अपनी पत्नी रत्नावली से अत्यधिक प्रेम के कारण तुलसी को रत्नावली की फटकार 'लाज न आई आपको दौरे आएहु नाथ' सुननी पड़ी, जिससे इनका जीवन ही परिवर्तित हो गया। पत्नी के उपदेश से तुलसी के मन में वैराग्य उत्पन्न हो गया। इनके गुरु बाबा नरहरिदास थे, जिन्होंने इन्हें दीक्षा दी। तुलसीदास द्वारा रचित ग्रंथों की संख्या 12 से 39 के बीच बताई जाती है। इनमें 'रामचरित मानस', 'कवितावली', 'विनयपत्रिका', 'दोहावली', 'गीतावली', 'जानकीमंगल', 'हनुमान बाहुक', 'बरवै रामायण', 'वैराग्यसंदीपनी', 'रामलला नहछू', 'रामाज्ञा प्रश्न' आदि विशेष रूप से उल्लेखनीय हैं।

तुलसी की भक्ति दास्य भाव की भक्ति है। तुलसी के अनुसार ईश्वर सर्वशक्तिमान है और भक्त में हीनता या छोटेपन का भाव होता है। तुलसी के राम श्रद्धेय हैं, प्रेमी अथवा सखा नहीं।

तुलसी समन्वय की विराट चेष्टा वाले कवि थे। तुलसी मध्यकाल के जिस जड़ सामंती जीवन में विद्यमान थे, उसमें अनेक विरोधी शक्तियाँ संघर्षरत थीं। तुलसी ने उन विरोधी विचारधाराओं में समन्वय स्थापित करके लोककल्याणकारी कार्य किया। उनकी समन्वय भावना को निम्नलिखित बिंदुओं में प्रस्तुत किया जा सकता है—

- भक्ति एवं ज्ञान का समन्वय—

भगतिहिं ग्यानहिं नहिं कछु भेदा।
उभय हरहिं भव संभव खेदा॥

• शैव तथा वैष्णव का समन्वय—

शिव द्रोही मम दास कहावा।
सो नर मोहिं सपनेहुँ नहि भावा॥

समन्वय रामराज्य की अवधारणा को चरितार्थ करने हेतु अनिवार्य है। आचार्य हजारीप्रसाद द्विवेदी ने गोस्वामी तुलसीदास को गौतमबुद्ध के बाद भारत का सबसे बड़ा लोकनायक कहा है। लोकनायक वह होता है, जो समन्वय कर सके। इस महान् कवि ने रामराज्य की कल्पना द्वारा 'नहिं दरिद्र कोई दुखी न दीना' (उत्तरकांड) का आदर्श प्रस्तुत किया। सभी प्रकार के दुःखों से मुक्ति का तुलसी के रामराज्य में गंभीर रचनात्मक आश्वासन है।

तुलसी ने जिस युग में काव्य रचना की, वह मुगलों का शासनकाल था। कवितावली की निम्नलिखित पंक्तियों में तत्कालीन सामाजिक व्यवस्था का परिचय मिलता है—

"खेती न किसान को, भिखारी को न भीख, बलि,
बनिक को बनिज, न चाकर को चाकरी।
जीविका बिहीन लोग सीद्यमान सोच बस,
कहैं एक एकन सों, कहाँ जाइ, का करी?"

रामचरितमानस के उत्तरकांड में भी तुलसीदास ने कलयुग वर्णन के माध्यम से सामाजिक स्थिति का चित्रण किया है, किंतु तुलसी उत्तरकांड में ही रामराज्य की परिकल्पना प्रस्तुत करते हुए आदर्श शासन व्यवस्था का प्रारूप भी प्रस्तुत करते हैं। वह रामराज्य की अवधारणा इन शब्दों में व्यक्त करते हैं—

"दैहिक दैविक भौतिक तापा।
राम राज नहिं काहुहिं व्यापा॥
सब नर करहिं परस्पर प्रीती।
चलहिं स्व धर्म निरत श्रुति नीती॥"

तुलसी कविता की तुलना गंगा से करते हैं। वे लोकमंगल को काव्य का प्रयोजन स्वीकार करते हुए लिखते हैं—

"जो प्रबंध बुध नहिं आदरहीं।
सो स्रम वृथा बाल कवि करहीं॥
कीरति भनिति भूति भल सोई।
सुरसरि सम सब कहं हित होई॥"

तुलसी ने स्वांतः सुखाय को भी काव्य प्रयोजन के रूप में स्वीकार किया है। उनकी कविता में काव्य कला के समस्त उपादानों का दर्शन होता है। उनका

भाव निरूपण एवं रस निरूपण अद्‌भुत है। श्रृंगार रस की एक अभिव्यक्ति इस प्रकार है—

"राम के रूप निहारति जानकी कंकन के नग की परछाहीं।
याती सबै सुधि भूलि गई, कर टेकि रही पल टारत नाहीं॥"

रामचरितमानस तुलसी की महान् प्रतिभा का द्योतक ग्रंथ है। तुलसी को कथा के मार्मिक स्थानों की बड़ी अच्छी पहचान है, यही कारण है कि उनका प्रबंध कौशल अद्‌भुत बन पड़ा है। तुलसी का अवधी भाषा तथा ब्रजभाषा, दोनों पर समान अधिकार था। उन्होंने रामचरितमानस की रचना अवधी में की, जबकि विनय पत्रिका, कवितावली और दोहावली की रचना ब्रजभाषा में की।

तुलसी ने रामचरितमानस में दोहा, चौपाई, सोरठा, सवैया, कवित्त आदि छंदों का प्रयोग किया है। उन्होंने कवितावली कवित्त, सवैया शैली में, विनयपत्रिका पद शैली में तथा दोहावली दोहा छंद में रची है।

गोस्वामी तुलसीदास ने संवत् 1680 अर्थात् सन् 1623 ई. में यह नश्वर देह त्यागकर सुरधाम को प्रस्थान किया।

काव्य खंड
अयोध्या कांड

॥ चौपाई ॥

जानेउँ मरमु राउ हँसि कहई। तुम्हहि कोहाब परम प्रिय अहई॥
थाति राखि न मागिहु काऊ। बिसरि गयउ मोहि भोर सुभाऊ॥
झूठेहुँ हमहि दोषु जनि देहू। दुइ कै चारि मागि मकु लेहू॥
रघुकुल रीति सदा चलि आई। प्रान जाहुँ बरु बचनु न जाई॥
नहिं असत्य सम पातक पुंजा। गिरि सम होहिं कि कोटिक गुंजा॥
सत्यमूल सब सुकृत सुहाए। बेद पुरान बिदित मनु गाए॥
तेहि पर राम सपथ करि आई। सुकृत सनेह अवधि रघुराई॥
बात दृढ़ाइ कुमति हँसि बोली। कुमत कुबिहग कुलह जनु खोली॥

॥ दोहा ॥

भूप मनोरथ सुभग बनु सुख सुबिहंग समाजु।
भिल्लनि जिमि छाड़न चहति बचनु भयंकरु बाजु॥ 28 ॥

॥ चौपाई ॥

सुनहु प्रानप्रिय भावत जी का। देहु एक बर भरतहि टीका॥
मागउँ दूसर बर कर जोरी। पुरवहु नाथ मनोरथ मोरी॥
तापस बेष बिसेषि उदासी। चौदह बरिस रामु बनबासी॥
सुनि मृदु बचन भूप हियँ सोकू। ससि कर छुअत बिकल जिमि कोकू॥
गयउ सहमि नहिं कछु कहि आवा। जनु सचान बन झपटेउ लावा॥
बिबरन भयउ निपट नरपालू। दामिनि हनेउ मनहुँ तरु तालू॥
माथे हाथ मूदि दोउ लोचन। तनु धरि सोचु लाग जनु सोचन॥
मोर मनोरथु सुरतरु फूला। फरत करिनि जिमि हतेउ समूला॥
अवध उजारि कीन्हि कैकेईं। दीन्हसि अचल बिपति कै नेईं॥

॥ दोहा ॥

कवनें अवसर का भयउ गयउँ नारि बिस्वास।
जोग सिद्धि फल समय जिमि जतिहि अबिद्या नास॥ 29 ॥

॥ चौपाई ॥

एहि बिधि राउ मनहिं मन झाँखा। देखि कुभाँति कुमति मन माखा॥
भरतु कि राउर पूत न होहीं। आनेहु मोल बेसाहि कि मोही॥
जो सुनि सरु अस लाग तुम्हारें। काहे न बोलहु बचनु सँभारे॥

देहु उतरु अनु करहु कि नाहीं। सत्यसंध तुम्ह रघुकुल माहीं॥
देन कहेहु अब जनि बरु देहू। तजहुँ सत्य जग अपजसु लेहू॥
सत्य सराहि कहेहु बरु देना। जानेहु लेइहि मागि चबेना॥
सिबि दधीचि बलि जो कछु भाषा। तनु धनु तजेउ बचन पनु राखा॥
अति कटु बचन कहति कैकेई। मानहुँ लोन जरे पर देई॥

॥ दोहा॥

धरम धुरंधर धीर धरि नयन उघारे रायँ।
सिरु धुनि लीन्हि उसास असि मारेसि मोहि कुठायँ॥ 30॥

॥ चौपाई॥

आगें दीखि जरत रिस भारी। मनहुँ रोष तरवारि उघारी॥
मूठि कुबुद्धि धार निठुराई। धरी कूबरीं सान बनाई॥
लखी महीप कराल कठोरा। सत्य कि जीवनु लेइहि मोरा॥
बोले राउ कठिन करि छाती। बानी सबिनय तासु सोहाती॥
प्रिया बचन कस कहसि कुभाँती। भीर प्रतीति प्रीति करि हाँती॥
मोरें भरतु रामु दुइ आँखी। सत्य कहउँ करि संकरू साखी॥
अवसि दूतु मैं पठइब प्राता। ऐहहिं बेगि सुनत दोउ भ्राता॥
सुदिन सोधि सबु साजु सजाई। देउँ भरत कहुँ राजु बजाई॥

॥ दोहा॥

लोभु न रामहि राजु कर बहुत भरत पर प्रीति।
मैं बड़ छोट बिचारि जियँ करत रहेउँ नृपनीति॥ 31॥

॥ चौपाई॥

राम सपथ सत कहुउँ सुभाऊ। राममातु कछु कहेउ न काऊ॥
मैं सबु कीन्ह तोहि बिनु पूँछें। तेहि तें परेउ मनोरथु छूछें॥
रिस परिहरू अब मंगल साजू। कछु दिन गएँ भरत जुबराजू॥
एकहि बात मोहि दुखु लागा। बर दूसर असमंजस मागा॥
अजहुँ हृदय जरत तेहि आँचा। रिस परिहास कि साँचेहुँ साँचा॥
कहु तजि रोषु राम अपराधू। सबु कोउ कहइ रामु सुठि साधू॥
तुहूँ सराहसि करसि सनेहू। अब सुनि मोहि भयउ संदेहू॥
जासु सुभाउ अरिहि अनुकूला। सो किमि करिहि मातु प्रतिकूला॥

॥ दोहा॥

प्रिया हास रिस परिहरहि मागु बिचारि बिबेकु।
जेहिं देखाँ अब नयन भरि भरत राज अभिषेकु॥ 32॥

॥ चौपाई॥

जिऐ मीन बरू बारि बिहीना। मनि बिनु फनिकु जिए दुख दीना॥
कहउँ सुभाउ न छलु मन माहीं। जीवनु मोर राम बिनु नाहीं॥
समुझि देखु जियँ प्रिया प्रबीना। जीवनु राम दरस आधीना॥
सुनि म्रदु बचन कुमति अति जरई। मनहुँ अनल आहुति घृत परई॥
कहइ करहु किन कोटि उपाया। इहाँ न लागिहि राउरि माया॥
देहु कि लेहु अजसु करि नाहीं। मोहि न बहुत प्रपंच सोहाहीं॥
रामु साधु तुम्ह साधु सयाने। राममातु भलि सब पहिचाने॥
जस कौसिलाँ मोर भल ताका। तस फलु उन्हहि देउँ करि साका॥

॥ दोहा॥

होत प्रात मुनिबेष धरि जौं न रामु बन जाहिं।
मोर मरनु राउर अजस नृप समुझिअ मन माहिं॥ 33॥

॥ चौपाई॥

अस कहि कुटिल भई उठि ठाढ़ी। मान्हुँ रोष तरंगिनि बाढ़ी॥
पाप पहार प्रगट भइ सोई। भरी क्रोध जल जाइ न जोई॥
दोउ बर कूल कठिन हठ धारा। भँवर कूबरी बचन प्रचारा॥
ढाहत भूपरूप तरु मूला। चली बिपति बारिधि अनुकूला॥
लखी नरेस बात फुरि साँची। तिय मिस मीचु सीस पर नाची॥
गहि पद बिनय कीन्ह बैठारी। जनि दिनकर कुल होसि कुठारी॥
मागु माथ अबहीं देउँ तोही। राम बिरहँ जनि मारसि मोही॥
राखु राम कहुँ जेहि तेहि भाँती। नाहिं त जरिहि जनम भरि छाती॥

॥ दोहा॥

देखी ब्याधि असाध नृपु परेउ धरनि धुनि माथ।
कहत परम आरत बचन राम राम रघुनाथ॥ 34॥

॥ चौपाई॥

ब्याकुल राउ सिथिल सब गाता। करिनि कलपतरु मनहुँ निपाता॥
कंठु सूख मुख आव न बानी। जनु पाठीनु दीन बिनु पानी॥
पुनि कह कटु कठोर कैकेई। मनहुँ घाय महुँ माहुर देई॥
जौं अंतहुँ अस करतबु रहेऊ। मागु मागु तुम्ह केहिं बल कहेऊ॥
दुइ कि होइ एक समय भुआला। हँसब ठठाइ फुलाउब गाला॥
दानि कहाउब अरु कृपनाई। होइ कि खेम कुसल रौताई॥
छाड़हु बचनु कि धीरजु धरहू। जनि अबला जिमि करुना करहू॥
तनु तिय तनय धामु धनु धरनी। सत्यसंध कहुँ तृन सम बरनी॥

॥ दोहा॥

मरम बचन सुनि राउ कह कहु कछु दोषु न तोर।
लागेउ तोहि पिसाच जिमि कालु कहावत मोर॥ 35॥

॥ चौपाई॥

चहत न भरत भूपतहि भोरें। बिधि बस कुमति बसी जिय तोरें॥
सो सबु मोर पाप परिनामू। भयउ कुठाहर जेहिं बिधि बामू॥
सुबस बसिहि फिरि अवध सुहाई। सब गुन धाम राम प्रभुताई॥
करिहहिं भाइ सकल सेवकाई। होइहि तिहुँ पुर राम बड़ाई॥
तोर कलंकु मोर पछिताऊ। मुएहुँ न मिटहि न जाइहि काऊ॥
अब तोहि नीक लाग करु सोई। लोचन ओट बैठु मुहु गोई॥
जब लगि जिऔं कहउँ कर जोरी। तब लगि जनि कछु कहसि बहोरी॥
फिरि पछितैहसि अंत अभागी। मारसि गाइ नहारु लागी॥

॥ दोहा॥

परेउ राउ कहि कोटि बिधि काहे करसि निदानु।
कपट सयानि न कहति कछु जागति मनहुँ मसानु॥ 36॥

॥ चौपाई॥

राम राम रट बिकल भुआलू। जनु बिनु पंख बिहंग बेहालू॥
हृदयँ मनाव भोरु जनि होई। रामहि जाइ कहै जनि कोई॥
उदउ करहु जनि रबि रघुकुल गुर। अवध बिलोकि सूल होइहि उर॥
भूप प्रीति कैकइ कठिनाई। उभय अवधि बिधि रची बनाई॥
बिलपत नृपहि भयउ भिनुसारा। बीना बेनु संख धुनि द्वारा॥
पढ़हिं भाट गुन गावहिं गायक। सुनत नृपहि जनु लागहिं सायक॥
मंगल सकल सोहाहिं न कैसें। सहगामिनिहि बिभूषन जैसें॥
तेहिं निसि नीद परी नहि काहू। राम दरस लालसा उछाहू॥

॥ दोहा॥

द्वार भीर सेवक सचिव कहहिं उदित रबि देखि।
जागेउ अजहुँ न अवधपति कारनु कवनु बिसेषि॥ 37॥

॥ चौपाई॥

पछिले पहर भूपु नित जागा। आजु हमहि बड़ अचरजु लागा॥
जाहु सुमंत्र जगावहु जाई। कीजिअ काजु रजायसु पाई॥
गए सुमंत्रु तब राउर माही। देखि भयावन जात डेराहीं॥
धाइ खाइ जनु जाइ न हेरा। मानहुँ बिपति बिषाद बसेरा॥

पूछें कोउ न ऊतरु देई। गए जेंहिं भवन भूप कैकेई॥
कहि जयजीव बैठ सिरु नाई। दैखि भूप गति गयउ सुखाई॥
सोच बिकल बिबरन महि परेऊ। मानहुँ कमल मूलु परिहरेऊ॥
सचिउ सभीत सकइ नहिं पूँछी। बोली असुभ भरी सुभ छूछी॥

॥ दोहा॥

परी न राजहि नीद निसि हेतु जान जगदीसु।
रामु रामु रटि भोरु किय कहइ न मरमु महीसु॥ 38॥

॥ चौपाई॥

आनहु रामहि बेगि बोलाई। समाचार तब पूँछेहु आई॥
चलेउ सुमंत्र राय रूख जानी। लखी कुचालि कीन्हि कछु रानी॥
सोच बिकल मग परइ न पाऊ। रामहि बोलि कहिहि का राऊ॥
उर धरि धीरजु गयउ दुआरें। पूछँहिं सकल देखि मनु मारें॥
समाधानु करि सो सबही का। गयउ जहाँ दिनकर कुल टीका॥
रामु सुमंत्रहि आवत देखा। आदरु कीन्ह पिता सम लेखा॥
निरखि बदनु कहि भूप रजाई। रघुकुलदीपहि चलेउ लेवाई॥
रामु कुभाँति सचिव सँग जाहीं। देखि लोग जहँ तहँ बिलखाहीं॥

॥ दोहा॥

जाइ दीख रघुबंसमनि नरपति निपट कुसाजु॥
सहमि परेउ लखि सिंघिनिहि मनहुँ बृद्ध गजराजु॥ 39॥

॥ चौपाई॥

सूखहिं अधर जरइ सबु अंगू। मनहुँ दीन मनिहीन भुअंगू॥
सरुष समीप दीखि कैकेई। मानहुँ मीचु घरी गनि लेई॥
करुनामय मृदु राम सुभाऊ। प्रथम दीख दुखु सुना न काऊ॥
तदपि धीर धरि समउ बिचारी। पूँछी मधुर बचन महतारी॥
मोहि कहु मातु तात दुख कारन। करिअ जतन जेहिं होइ निवारन॥
सुनहु राम सबु कारन एहू। राजहि तुम पर बहुत सनेहू॥
देन कहेन्हि मोहि दुइ बरदाना। मागेउँ जो कछु मोहि सोहाना॥
सो सुनि भयउ भूप उर सोचू। छाड़ि न सकहिं तुम्हार सँकोचू॥

॥ दोहा॥

सुत सनेह इत बचनु उत संकट परेउ नरेसु।
सकहु न आयसु धरहु सिर मेटहु कठिन कलेसु॥ 40॥

॥ चौपाई॥

निधरक बैठि कहइ कटु बानी। सुनत कठिनता अति अकुलानी॥
जीभ कमान बचन सर नाना। मनहुँ महिप मृदु लच्छ समाना॥
जनु कठोरपनु धरें सरीरू। सिखइ धनुषबिद्या बर बीरू॥
सब प्रसंगु रघुपतिहि सुनाई। बैठि मनहुँ तनु धरि निठुराई॥
मन मुसकाइ भानुकुल भानु। रामु सहज आनंद निधानू॥
बोले बचन बिगत सब दूषन। मृदु मंजुल जनु बाग बिभूषन॥
सुनु जननी सोइ सुतु बड़भागी। जो पितु मातु बचन अनुरागी॥
तनय मातु पितु तोषनिहारा। दुर्लभ जननि सकल संसारा॥

॥ दोहा॥

मुनिगन मिलनु बिसेषि बन सबहि भाँति हित मोर।
तेहि महँ पितु आयसु बहुरि संमत जननी तोर॥ 41॥

अभ्यास

लघु एवं दीर्घ उत्तरीय प्रश्न

1. गोस्वामी तुलसीदासजी 'लोकनायक' थे, इस कथन की पुष्टि कीजिए।
2. भक्तिकाल की सगुण भक्ति काव्यधारा में गोस्वामी तुलसीदास का स्थान निर्धारण कीजिए।
3. गोस्वामी तुलसीदासजी का साहित्यिक परिचय देते हुए उनकी महत्त्वपूर्ण रचनाओं की चर्चा कीजिए।
4. गोस्वामी तुलसीदास की भक्ति-भावना पर प्रकाश डालिए।
5. 'गोस्वामी तुलसीदास समन्वयवादी कवि' थे, इस कथन की पुष्टि कीजिए।
6. गोस्वामी तुलसीदास के रामराज्य की अवधारणा पर प्रकाश डालिए।

परियोजना कार्य

- गोस्वामी तुलसीदास के समग्र अवदान पर संक्षिप्त परियोजना कार्य पूर्ण कीजिए।

दक्षता-परीक्षण

- गोस्वामी तुलसीदास पर उपलब्ध सामग्री का अध्ययन कर पॉवर प्वॉइंट प्रस्तुतीकरण तैयार कीजिए।

□

इकाई–5

भक्तिकालीन निर्गुण कवि
कबीरदास

साहित्यिक परिचय

कबीरदास भक्तिकाल की निर्गुण काव्यधारा की ज्ञानाश्रयी शाखा के प्रतिनिधि कवि हैं। यद्यपि विद्वानों में कबीर के जन्म और मृत्यु को लेकर अत्यधिक मतभेद हैं, किंतु अंतर्साक्ष्यों के आधार पर कबीर का आविर्भाव काल 1398 ईस्वी में निश्चित किया गया है। कबीर की मृत्यु सन् 1492 में मगहर में हुई। कबीर के माता–पिता के विषय में कोई सूचना उपलब्ध नहीं होती है, फिर भी माना जाता है कि नीमा और नीरू नामक जुलाहा दंपती ने उनका पालन–पोषण किया। कबीर की पत्नी का नाम लोई था। ग्रंथों में कमाल तथा कमाली नामक पुत्र एवं पुत्री का उल्लेख भी मिलता है। कबीरदास पढ़े–लिखे नहीं थे, अतः उन्होंने स्पष्ट शब्दों में यह घोषणा की—

"मसि कागद छुयौ नहीं, कलम गह्यो नहिं हाथ।"

यह भी सत्य है कि उन्होंने स्वयं किसी ग्रंथ का लेखन नहीं किया। उनकी रचनाओं का संग्रहण उनके शिष्यों द्वारा किया गया। कबीर द्वारा रचित ग्रंथों में 'अगाधमंगल', 'अनुरागसागर', 'अमरमूल', 'अक्षरखंड की रमैनी', 'अक्षरभेद की रमैनी', 'उग्रगीता', 'कबीर की वाणी', 'कबीर की साखी', 'बीजक', 'ब्रह्म निरूपण', 'मोहम्मद बोध', 'रेखता', 'विचारमाला', 'विवेकसागर', 'शब्दावली', 'हंसमुक्तावली', 'ज्ञानसागर' आदि हैं, किंतु इनकी प्रामाणिकता संदिग्ध है। कबीर के शिष्यों द्वारा संग्रहीत 'बीजक' ही प्रामाणिकता की कसौटी पर खरा उतरता है।

कबीर मूलतः भक्त हैं, दार्शनिक नहीं। उनके समय में अनेक भक्ति धाराएँ प्रचलित थीं। कबीरदास निर्भीक और साहसी हैं। यही कारण है कि वह कोई निश्चित और पूर्व निर्धारित दार्शनिक सिद्धांत को लेकर नहीं चलते और भिन्न–भिन्न विचारों से जो उचित प्रतीत होता है, उसे स्वीकार कर लेते हैं। उनके दर्शन पर औपनिषदिक

चिंतन, शंकर के अद्वैतवाद, नाथों-सिद्धों की योग साधना, सूफियों के भावनात्मक प्रेम और वैष्णव जीवन दृष्टि का प्रभाव दिखाई पड़ता है। कबीर का ब्रह्म एक है, वही सत्य है और ब्रह्म तथा आत्मा एक हैं। यही अद्वैतवाद का मूलभूत सिद्धांत है। जीव परमात्मा का आवरण होने के कारण उसे ब्रह्म और आत्मा में कोई भेद दिखाई नहीं पड़ता है, इस भेद को मात्र ज्ञान से मिटाया जा सकता है—

जल में कुंभ कुंभ में जल है, बाहरि भीतरि पानी।
फूटा कुंभ जल जलहिं समाना, यह तत कह्यौ ज्ञानी॥

कबीर ने जगत् को भी असत्य स्वीकार किया है, वे स्पष्ट कहते हैं कि यह जगत् ब्रह्म के द्वारा निर्मित है और जिस दिन ब्रह्म की इच्छा होगी, वह इसे स्वयं में समाहित कर लेंगे—

पाणी ही ते हिम ह्वा, हिम ह्वै गया बिलाइ।
जो कुछ था सोई भया, अब कुछ कहा न जाइ॥

कबीर के राम तुलसी के राम नहीं है। वे निर्गुण के उपासक हैं, इसीलिए वे स्पष्ट रूप से कहते हैं—

"दशरथ सुत तिहुं लोक बखाना। राम नाम का मरम है आना॥"

प्रारंभ में कबीर सिद्धों तथा नाथ योगियों की भाँति योग साधना के द्वारा ब्रह्म से एकाकार होना चाहते हैं, किंतु हठयोग साधना में यह मिलन स्थायित्व नहीं प्रदान करता है। कबीर जैसा साधक क्षणिक मिलन से संतुष्ट नहीं हो सकता है, वह तो शाश्वत मिलन का आकांक्षी होता है। यही कारण है कि कबीर साधनात्मक रहस्यवाद से सूफियों के भावात्मक रहस्यवाद की ओर मुड़ते हैं—

"दुलहनि गावहुँ मंगलचार, हमरे घर आये राजाराम भरतार।"

कबीर की रचनाओं में वैष्णव दास्यभक्ति, शरणागति, विनम्रता आदि भाव भी प्राप्त होते हैं—

"मैं तो कूता राम का, मुतिया मेरा नाउँ।"

आचार्य रामचंद्र शुक्ल जैसे विद्वान् उन्हें मूलतः संत के रूप में स्वीकार करते हैं। संत अपने समाज से पृथक् नहीं होता है, बल्कि समाजदृष्टा और सुधारक के दायित्व का निर्वहन भी करता है।

कबीर के समय में धर्म बाह्य कर्मकांड आदि में उलझकर रह चुका था। वर्णव्यवस्था जन्म आधारित हो चुकी थी। राजतंत्र निरंकुश था। इन परिस्थितियों में कबीर जैसा निर्भीक और साहसी विचारक ही समाज को एक नई दिशा दे सकता था। मध्यकाल में कबीर की दृष्टि आधुनिक है, वह तार्किकता की बात करते हैं और जो अतार्किक है, उसे निकाल फेंकने को तत्पर रहते हैं—

कबिरा खड़ा बाजार में, लिये लुकाठी हाथ।
जो घर फूँके आपणा, सो चलै हमारे साथ।।

कबीर का विश्वास था कि मनुष्य भी सार्थक हो सकता है, जब वह पुस्तकवाद के स्थान पर अनुभव को महत्त्व देना प्रारंभ करेगा—

मैं कहता आँखिन की देखी तू कहता कागज की लेखी।

कबीर मध्यकालीन कर्मकांडी परिवेश में निर्भीकता के साथ हिंदू तथा मुस्लिम दोनों की धर्मांधता पर कठोर चोट करते हैं—

काँकर पाथर जोरि के, मसजिद लियो बनाय।
ता चढ़ि मुल्ला बांग दे, क्या बहरा हुआ खुदाय॥
पाहन पूजे हरि मिले, तो मैं पूजूँ पहार।
ताते तो चाकी भली, पीस खाय संसार॥

कबीर ने जन्म-आधारित वर्णव्यवस्था को प्रगतिहीन और अमानवीय माना है, वे कहते हैं कि जब मनुष्य निर्माता एक ही ब्रह्म है, सबका जन्म एक जैसी पद्धति से, एक ही स्वरूप में हुआ है, तब जन्म के आधार पर भेद किस प्रकार संभव है—

जो तूँ बाँभन बँभनी जाया आन बाट ह्वै क्यों नहिं आया।
जो तू तुरक तुरकनी जाया भीतर खतना क्यों न कराया॥

कबीर धार्मिक कर्मकांड, बलि प्रथा, पशु हिंसा आदि के भी विरोधी हैं—

बकरी पाती खात है, ताकी काढ़ी खाल।
जे नर बकरी खात है, ताको कौन हवाल॥

कबीर मूलतः कवि नहीं हैं। कबीर ने कभी विचारपूर्वक रचना नहीं की, अतः वह बिंबों के प्रयोग के प्रति सजग भी नहीं हैं, किंतु जो बिंब अनायास या सहज रूप से आ गए हैं, वे दर्शनीय हैं—

नैनों की करि कोठरी, पुतरी पलंग बिछाय।
पलकों की चिक डारि के, पिय को लिया रिझाय॥

कबीर के यहाँ प्रतीकों की भी भरमार है। कबीर की कविताओं में हठयोग साधना के प्रतीक, लोक जीवन के प्रतीक मिलते हैं—

नैया बिच नदिया डूबति जाय।
सतगुरु हैं रंगरेज चुनर मोरि रंग डाली।

कबीर जैसा व्यंग्यकार होना बहुत कठिन है। इसके लिए साहस और निर्भीकता दोनों चाहिए। उनके व्यंग्य इतने मारक हैं कि सीधे हृदय पर घाव करते हैं—

अरे इन दोउन राह न पाई,
हिंदुअन की हिंदुआई देखी, तुरकन की तुरकाई।

कबीर की कविता में दोहा, सोरठा और अन्य कई छंदों, पदों का प्रयोग मिलता है। सहज रूप से आने के कारण कुछ पद तथा दोहे राग-रागिनी पर आधारित हो गए हैं। उन्होंने अलंकारों की कभी चिंता नहीं की, अतः शब्दालंकारों द्वारा उत्पन्न चमत्कार उनकी कविता में प्राप्त होना संभव नहीं है, किंतु अर्थालंकारों का प्रयोग सहज रूप से हो गया है। उनके अधिकांश अलंकार सादृश्यमूलक हैं। कहीं-कहीं पर अतिशयोक्ति अलंकार भी भावनाओं को गहराई प्रदान करने के लिए दिखाई पड़ता है—

सात समुद की मसि करौं, लेखनि सब वनराय।
सब धरती कागद करौं, गुरु गुन लिखा न जाय॥

कबीरदास की भाषा को डॉ. रामकुमार वर्मा परिष्कृत मानते हैं। आचार्य राम-चंद्र शुक्ल इसे 'सधुक्कड़ी भाषा' की संज्ञा देते हैं और आचार्य हजारीप्रसाद द्विवेदी इन्हें 'वाणी का डिक्टेटर' कहते हैं। वे स्वयं की भाषा को बहता नीर कहते हैं—

संस्कीरत है कूपजल भाखा बहता नीर।

कबीर ने पूर्वी हिंदी तथा खड़ीबोली का प्रयोग प्रमुखता से किया है; जिनमें भोजपुरी, पंजाबी, राजस्थानी, अवधी, ब्रज के शब्द भी उनकी भाषिक संरचना में सहायक बने हैं। साथ ही अरबी के हक, जुलुम, इश्क, यार जैसे शब्द तथा संस्कृत के पावक, मार्ग और देशज के मुरारा, टोली आदि शब्द भी मिलते हैं। कबीर की भाषा में मात्र शब्द ही नहीं संयोजक चिह्न, क्रिया चिह्न आदि भी विभिन्न बोलियों जैसे अवधी ब्रज आदि के मिलते हैं।

काव्य खंड

(1) गुरदेव कौ अंग

सतगुर सवाँ न को सगा, सोधी सई न दाति।
हरिजी सवाँन को हितू, हरिजन सईं न जाति॥
सतगुर साँचा सूरिवाँ, सबद जु बाह्या एक।
एक जु बाह्या प्रीति सूं, भीतरि रह्या सरीर॥
पीछैं लागा जाइ था, लोक वेद के साथि।
आगैं थैं सतगुर मिल्या, दीपक दीया हाथि॥
चौसठि दीवा जोइ करि, चौदह चंदा माँहि।
तिहिं धरि किसकौ चानिणौं, जिहि घरि गोबिंद नाँहि॥
माया दीपक नर पतँग, भ्रमि-भ्रमि इवै पड़ंत।
कहै कबीर गुर ग्यान थैं, एक आध उबरंत॥

(2) बिरह कौ अंग

वासुरि सुख नाँ रैंणि सुख, नाँ सुख सुपिनै माहि।
कबीर बिछुटया राम सूं, नाँ सुख धूप न छाँह॥
आइ न सकौं तुझ पैं, सकूं न तूझ बुझाइ।
जिबरा यौं ही लेहुगे, बिरह तपाइ-तपाइ॥
यहु तन जालै मसि करौं, लिखौं राम का नाउँ।
लेखणिं करूँ करंक की, लिखि लिखि राम पठाउँ॥
सब रंग तंत रबाब तन, बिरह बजावै नित्त।
और न कोई सुणि सकै, कै साईं के चित्त॥
नैना अंतरि आंचरू, निसदिन निरषों तोहि।
कब हरि दरसन देहुगे, सो दिन आवै मोहि॥

अभ्यास

लघु एवं दीर्घ उत्तरीय प्रश्न

1. कबीर का साहित्यिक परिचय दीजिए।
2. कबीरदास के काव्य की विशेषताओं पर प्रकाश डालिए।

3. 'कबीर वाणी के डिक्टेटर हैं', इस कथन की पुष्टि कीजिए।
4. 'कबीर के राम' विषय पर निबंध लिखिए।
5. कबीर के रहस्यवाद पर प्रकाश डालिए।
6. कबीर की गुरु महात्म्य संबंधी रचनाओं का विवेचन कीजिए।

परियोजना कार्य

- 'कबीर की भाषा सधुक्कड़ी है', इस कथन को ध्यान में रखते हुए परियोजना कार्य पूर्ण कीजिए।

दक्षता-परीक्षण

- कबीर पर उपलब्ध सामग्री का अध्ययन कर पावर प्वाइंट प्रस्तुतीकरण कीजिए।

□

मलिक मोहम्मद जायसी

साहित्यिक परिचय

मलिक मोहम्मद जायसी एक सूफी कवि थे। उनकी जन्मतिथि को लेकर मतभेद हैं। उनका जन्म सन् 1500 ई. में उत्तर प्रदेश के रायबरेली जिले के 'जायस' नामक कस्बे में माना जाता है। उनके ग्रंथों में 'पद्मावत', 'अखरावट', 'आखिरी कलाम', 'कहरानामा', 'मसलानामा' और 'चित्ररेखा'—ये पाँच ही वर्तमान में उपलब्ध हैं। इनमे से पद्मावत सबसे प्रसिद्ध महाकाव्य है। चित्ररेखा एक लघु प्रेमाख्यान है, जबकि शेष अत्यंत छोटी-छोटी रचनाएँ हैं। जायसी सूफी दर्शन के साधक थे। जायसी की मान्यता है कि इश्कमजाजी (लौकिक प्रेम) के द्वारा इश्क हक़ीक़ी (ईश्वरीय प्रेम) को पाया जा सकता है।

जायसी भारतीयता से ओत-प्रोत सूफी कवि थे। जायसी संसार के कण-कण में अपने प्रभु की सत्ता का अनुभव करते हैं। अत्यंत भावुक और संवेदनशील होने के कारण प्रकृति के प्रत्येक दृश्य में उन्हें सर्वशक्तिमान सत्ता की अनुभूति होती है। यही कारण है कि आचार्य रामचंद्र शुक्ल ने लिखा है—"हिंदी के कवियों में यदि कहीं रमणीय और सुंदर अद्वैत रहस्यवाद है तो जायसी में।"

जायसी के रहस्यवाद की निम्नांकित विशेषताएँ हैं—

(क) आत्मा का परमात्मा के प्रति वैसा ही आकर्षण होता है, जैसा एक प्रेमी का अपनी प्रेमिका के प्रति होता है।

(ख) साधक को ज्यों ही अपने प्रेमी का संकेत मिलता है, वह उससे मिलने हेतु व्याकुल हो उठता है, अतः विरह की प्रमुखता है।

(ग) जायसी का प्रेम शुद्ध, सात्त्विक और पवित्र है, उसमें अश्लीलता और वासना नहीं है।

(घ) आत्मा व परमात्मा के मिल पाने की राह में अनेक बाधाएँ हैं। साधक इन बाधाओं से जूझता हुआ, अंत में अपने प्रिय को प्राप्त करता है।

प्रत्येक का परम लक्ष्य उस परमात्मा तक पहुँचना है, जो एकमात्र सत्य है।

जायसी का भावात्मक रहस्यवाद भारतीय पद्धति के अनुरूप अनेक प्रकृति के रूपों में कार्य व्यापारों को देखता है। संसार में जो कुछ दिव्य है, जिसमें कुछ भी चमक है, उन सभी पदार्थों में जायसी को उसी की आभा अथवा झलक दिखाई देती है।

जौ वै आनि जोति निरमई। दीन्हेसि ज्ञान, समुझि मोहिं भई॥

जायसी की प्रेम-पद्धति में लौकिक कथा के साथ आध्यात्मिक संकेत होने के कारण पद्मावत एक समासोक्ति है। वह सिंहलगढ़ को मानव शरीर का प्रतीक बताते हैं, जिसमें नौ चक्रों का विधान है। यथा—

तन चितउर मन राजा कीन्हा। हिय सिंहल बुधि पदमिनि चीन्हा।
गुरु सुआ मोहि पंथ देखावा। बिनु गुरु जगत् को निरगुन पावा।
नागमती यह दुनिया धन्धा। बांचा सोइ न यह चित बन्धा।
राघव दूत सोई शैतानू। माया अलाउद्दीन सुलतानू।

यद्यपि जायसी सूफी कवि हैं, किंतु उन्होंने पद्मावत में हिंदू त्योहारों, यथा—होली, दीवाली आदि का भी वर्णन किया है। वे हिंदुओं की पौराणिक कथाओं के संदर्भ देते हुए राम, कृष्ण, अर्जुन आदि की चर्चा भी करते हैं। जायसी के काव्य में हिंदुओं के परिवेश का चित्रण है, मुस्लिम परिवेश का नहीं। जायसी ने माता-पिता के द्वारा किसी देवी-देवता की विशेष आराधना करने से संतान का जन्म होना, नायिका का अत्यंत रूपवती होना, किसी पक्षी द्वारा नायिका के रूप गुणों का वर्णन सुनकर प्रेम भाव उत्पन्न होना, स्वप्नदर्शन, चित्रदर्शन द्वारा प्रेम उत्पन्न आदि अनेक हिंदू कथानक रूढ़ियों का पद्मावत में प्रयोग किया है। जायसी ने यथास्थान सौंदर्य चित्रण, वस्तुवर्णन, प्रकृति चित्रण आदि का सफल प्रयोग किया है। उनके काव्य में प्रकृति का चित्रण मुख्यतः उद्दीपन रूप में किया गया है। जायसी मुख्य रूप से श्रृंगार रस के कवि हैं। वे संयोग तथा वियोग दोनों पक्षों में सिद्धहस्त हैं। उनका वियोग वर्णन उच्च कोटि का है—

पिउ सों कहेउ सँदेसड़ा, हे भौंरा! हे काग!
सो धनि बिरहै जरि मुई, तेहिक धुवाँ हम्ह लाग॥

जायसी ने सादृश्यमूलक अलंकारों जैसे—उपमा, रूपक, उत्प्रेक्षा, प्रतीप, व्यतिरेक, अतिशयोक्ति आदि का प्रचुर मात्रा में प्रयोग किया है—

रूपक—

खडग-बीजु चमकै चहुँ ओरा।
बुंद-बान बरसहिं घन घोरा॥

उपमा—

भौंर केस वह मालति रानी।
विसहर लुरै लेहिं अरघानी।

उत्प्रेक्षा—

भौहैं स्याम धनुकु जनु ताना।
जासौं हेर मार बिख बाना॥

जायसी ने मुख्य रूप से दोहा एवं चौपाई छंद का प्रयोग किया है। इतिवृत्तात्मक वर्णनों के लिए ये सर्वाधिक उपयुक्त हैं, तथापि जायसी के चौपाई तथा दोहा छंद शास्त्रीय विधान का उल्लंघन करते हैं। जायसी लोक अवधी का प्रयोग करते हैं। यह बोलचाल की अवधी है, जिसमें अरबी-फारसी के शब्दों की प्रचुरता है।

काव्य खंड

मानसरोदक खंड

एक दिवस पून्यो तिथि आई। मानसरोदक चली नहाई॥
पदमावति सब सखी बुलाई। जनु फुलवारि सबै चलि आई॥
कोइ चंपा कोइ कुंद सहेली। कोइ सु केत, करना, रस बेली॥
कोइ सु गुलाल सुदरसन राती। कोइ सो बकावरि-बकुचन भाँती॥
कोइ सो मौलसिरि, पुहपावती। कोइ जाही जूही सेवती॥
कोई सोनजरद कोइ केसर। कोइ सिंगार-हार नागेसर॥
कोइ कूजा सदबर्ग चमेली। कोई कदम सुरस रस-बेली॥
चलीं सबै मालति सँग फूलीं कँवल कुमोद।
बेधि रहे गन गंधरब बास-परमदामोद॥

खेलत मानसरोवर गईं। जाइ पाल पर ठाढ़ी भईं॥
देखि सरोवर हँसै कुलेली। पदमावति सौं कहहिं सहेली
ए रानी! मन देखु बिचारी। एहि नैहर रहना दिन चारी॥
जौ लगि अहै पिता कर राजू। खेलि लेहु जो खेलहु आजु॥
पुनि सासुर हम गवनब काली। कित हम, कित यह सरवर-पाली॥
कित आवन पुनि अपने हाथा। कित मिलि कै खेलब एक साथा॥
सासु ननद बोलिन्ह जिउ लेहीं। दारुन ससुर न निसरै देहीं॥
पिउ पियार सिर ऊपर, पुनि सो करै दहुँ काह।
दहुँ सुख राखै की दुख, दहुँ कस जनम निबाह॥

मिलहिं रहसि सब चढ़हिं हिंडोरी। झूलि लेहिं सुख बारी भोरी॥
झूलि लेहु नैहर जब ताईं। फिरि नहिं झूलन देइहिं साईं॥
पुनि सासुर लेइ राखहिं तहाँ। नैहर चाह न पाउब जहाँ॥
कित यह धूप, कहाँ यह छाँहा। रहब सखी बिनु मंदिर माहाँ॥
गुन पूछहि औ लाइहि दोखू। कौन उतर पाउब तहँ मोखू॥
सासु ननद के भौंह सिकोरे। रहब संकोचि दुवौ कर जोरे॥
कित यह रहसि जो आउब करना। ससुरेइ अंत जनम भरना॥
कित नैहर पुनि आउब, कित ससुरे यह खेल।
आपु आपु कहँ होइहिं परब पंखि जस डेल॥

सरवर तीर पदमिनी आई। खोंपा छोरि केस मुकलाई॥
ससि-मुख, अंग मलयगिरि बासा। नागिन झाँपि लीन्ह चहुँ पासा॥
ओनई घटा परी जग छाँहा। ससि के सरन लीन्ह जनु राहाँ॥
छपि गै दिनहिं भानु कै दसा। लेइ निसि नखत चाँद परगसा॥
भूलि चकोर दीठि मुख लावा। मेघघटा महँ चंद देखावा॥
दसन दामिनी, कोकिल भाखी। भौहैं धनुख गगन लेइ राखी॥
नैन-खँजन दुइ केलि करेहीं। कुच-नारंग मधुकर रस लेहीं॥
सरवर रूप बिमोहा, हिये होलोरहि लेइ।
पाँव छुवै मकु पावौं एहि मिस लहरहि देइ॥

धरी तीर सब कंचुकि सारी। सरवर महँ पैठीं सब बारी॥
पाइ नीर जानौं सब बेली। हुलसहिं करहिं काम कै केली॥
करिल केस बिसहर बिस-हरे। लहरैं लेहिं कँवल मुख धरे॥
नवल बसंत सँवारी करी। होइ प्रगट जानहु रस-भरी॥
उठी कोंप जस दारिवँ दाखा। भई उनंत पेम कै साखा॥
सरवर नहिं समाइ संसारा। चाँद नहाइ पैट लेइ तारा॥
धनि सो नीर ससि तरई ऊईं। अब कित दीठ कमल औ कूईं॥
चकई बिछुरि पुकारै, कहाँ मिलौं, हो नाहँ।
एक चाँद निसि सरग महँ, दिन दूसर जल माँह॥

लागीं केलि करै मझ नीरा। हंस लजाइ बैठ ओहि तीरा॥
पद्मावति कौतुक कहँ राखी। तुम ससि होहु तराइन्ह साखी॥
बाद मेलि कै खेल पसारा। हार देइ जो खेलत हारा॥
सँवरिहि साँवरि, गोरिहि। आपनि लीन्ह सो जोरी॥
बूझि खेल खेलहु एक साथा। हार न होइ पराए हाथा॥
आजुहि खेल, बहुरि कित होई। खेल गए कित खेलै कोई॥
धनि सो खेल खेल सह पेमा। रउताई औ कूसल खेमा॥
मुहमद बाजी पेम कै ज्यों भावै त्यों खेल।
तिल फूलहि के सँग ज्यों होइ फुलायल तेल॥

अभ्यास

लघु एवं दीर्घ उत्तरीय प्रश्न

1. मलिक मोहम्मद जायसी का साहित्यिक परिचय देते हुए उनकी रचनाओं पर प्रकाश डालिए।
2. जायसी के काव्य की विशेषताओं पर प्रकाश डालिए।
3. जायसी के आधार पर सूफी काव्य की प्रवृत्तियों की चर्चा कीजिए।
4. जायसी के श्रृंगार वर्णन की विशेषताएँ उद्घाटित कीजिए।

परियोजना कार्य

- जायसी के काव्य की भाषागत विशेषताओं को ध्यान में रखते हुए परियोजना कार्य पूर्ण कीजिए।

दक्षता-परीक्षण

- जायसी पर उपलब्ध सामग्री का अध्ययन कर पावर प्वॉइंट प्रस्तुतीकरण दीजिए।

□

इकाई–6

रीतिकालीन कवि
केशवदास

साहित्यिक परिचय

आचार्य केशवदास का समय साहित्य और अन्य कलाओं के विकास एवं सांस्कृतिक सामंजस्य की दृष्टि से मध्यकाल के इतिहास का स्वर्णयुग कहा जाता है। वे हिंदी साहित्य के रीतिकाल की कवि–त्रयी के एक प्रमुख स्तंभ हैं तथा संस्कृत काव्यशास्त्र का सम्यक् परिचय कराने वाले हिंदी के प्राचीन आचार्य और कवि हैं। केशव का जन्म वर्तमान मध्य प्रदेश राज्य के ओरछा नगर में हुआ था। ओरछा के महत्त्व और उसकी स्थिति के संबंध में केशव ने स्वयं अनेक भावनात्मक कथन कहे हैं, जिनसे उनका स्वदेश प्रेम झलकता है; हालाँकि केशवदासजी ने अपने जन्म के विषय में कुछ भी नहीं लिखा है, तथापि विभिन्न आधारों पर विद्वानों ने केशवदासजी की जन्मतिथि निश्चित करने का प्रयास किया है और संवत् 1618 को केशव की जन्मतिथि माना है। इस मत का पोषण श्री गौरीशंकर द्विवेदी को उनके वंशजों से प्राप्त एक दोहे से भी होता है—

संवत् द्वादश षट् सुभग, सोलह से मधुमास।
तब कवि केसव को जनम, नगर ओरछे वास॥

केशव वंशानुक्रम से राज्याश्रित कवि थे, क्योंकि उनके पूर्वज चिरकाल से राजाओं से सम्मानित होते आ रहे थे। ओरछेंद्र महाराजा रामशाह के छोटे भाई इंद्रजीत सिंह द्वारा केशव को आश्रय और सम्मान मिला। राजा इंद्रजीत सिंह साहित्य और संगीत के मर्मज्ञ थे। केशवदास को राजा इंद्रजीत सिंह ने ही 'रसिक–प्रिया' की रचना की प्रेरणा दी। इससे उनकी साहित्यिक अभिरुचि का सहज अंदाजा लगाया जा सकता है। उनके दरबार में रायप्रवीण जैसी संगीत–नृत्यकुशला रहती थीं। केशव इंद्रजीत सिंह के दीक्षा–गुरु थे और रायप्रवीण के काव्यगुरु थे। इंद्रजीत सिंह के

दरबार के कलात्मक वातावरण में केशव काव्य सृजन करते थे। इंद्रजीत सिंह के बाद वीरसिंहदेव ओरछा के राजा बने। केशव वीरसिंहदेव के दरबार से जुड़ गए और वीरसिंहदेव की प्रेरणा से उन्होंने 'विज्ञानगीता' की रचना की, किंतु कालांतर में मतभेद हो जाने के कारण उन्हें राज्याश्रय छोड़ना पड़ा; हालाँकि बाद में वीरसिंहदेव ने केशव को सम्मानित करके पुनः राज्याश्रय प्रदान करके अपनी साहित्यिक रुचि और उदारता का परिचय दिया। केशवदास ने वीरसिंहदेव के बारे में अपनी कृति 'वीरसिंहदेव चरित' में काफी विस्तार से विवेचन किया है, उन्हें इंद्रजीत सिंह तथा वीरसिंहदेव के अतिरिक्त रामशाह, रतनसेन, अमरसिंह तथा चंद्रसेन ने भी सम्मान देकर आश्रय प्रदान किया। केशव ने अपनी कृतियों में इन सभी राजाओं के विषय में कुछ छंदों की रचना करते हुए उन्हें अपने लक्षण ग्रंथों में स्थान दिया है। ध्यातव्य है कि राजा रतनसेन की प्रशंसा में ही 'रतनबावनी' की रचना की गई थी।

केशव संस्कृत के उद्भट विद्वान् थे। उनके कुल में भी संस्कृत का ही प्रचार था। उनके सेवक भी संस्कृत बोलते थे। ऐसे कुल में जन्म लेकर संस्कृत छोड़ भाषा में कविता करना उन्हें कुछ अपमानजनक सा लगा और उन्होंने व्यथित होकर लिखा—

भाषा बोल न जानहीं, जिनके कुल के दास।
तिन भाषा कविता करी, जड़मति केशव दास॥

केशव बड़े भावुक और रसिक व्यक्ति थे। कहा जाता है कि एक बार वृद्धावस्था में वे किसी कुएँ पर बैठे थे। वहाँ पानी भरने के लिए आई हुई कुछ स्त्रियों ने उन्हें 'बाबा' कहकर संबोधन किया। इस पर उन्होंने निम्नलिखित दोहा कहा—

केशव केसनि असि करी, बैरिहु जस न कराहिं।
चंद्रवदन मृगलोचनी बाबा कहि कहि जाहिं॥

केशव ने अपनी कृतियों में जहाँ एक ओर उच्चकोटि के कुलीन लोगों को स्थान दिया है, वहीं दूसरी ओर आम आदमी की पीड़ा का उल्लेख भी किया है। सामान्य लोगों में केशव के एक पड़ोसी पतिराम सोनार को उनकी रचनाओं में स्थान प्राप्त हुआ है। केशव एक स्थान पर पतिराम के बारे में लिखते हैं कि वह अत्यंत निगरानी रहने के बावजूद सोना चोरी कर लेता था—

तुला तोल कसवान बनि, कायथ लिखत अपार।
राख भरत पतिराम पे, सोनो हरति सुनार॥

केशव बहुमुखी प्रतिभा के धनी थे और धर्म, ज्योतिष, संगीत, भूगोल, वैद्यक, वनस्पति, पुराण, राजनीति, अश्व-परीक्षा, कामशास्त्र आदि के ज्ञाता थे। इस बहुलता ने केशव के काव्य प्रस्तुतीकरण को अत्यंत समृद्ध किया। केशव काव्यशास्त्र,

नीतिशास्त्र और कामशास्त्र के विशेषज्ञ माने जाते हैं। एक तरफ बहुज्ञता ने केशव की काव्य साधना को प्रभावित किया, वहीं दूसरी तरफ उनको राजसम्मान भी प्राप्त कराने का काम किया। केशव की कृतियों में अनेक स्थानों पर उनकी विद्वत्ता को दर्शाया गया है। केशव को अपने पांडित्य पर गर्व था। 'जानत सकल जहान', 'कवि सिरमौर' जैसी उक्तियाँ केशव ने स्वयं के लिए लिखी हैं। कहा जा सकता है कि केशव के व्यक्तित्व का निर्माण वंश परंपरा, युग-रुचि एवं तत्कालीन परिस्थितियों के साए में हुआ। एक ओर रसिकता और भावुकता के तत्व केशव के व्यक्तित्व में पर्याप्त मात्रा में मिलते हैं, वहीं दूसरी ओर उनकी बौद्धिक उपलब्धियाँ भी कम नहीं हैं। इन दोनों के बीच व्यावहारिकता उनका प्रधान गुण है।

केशव ने अनेक कृतियों की रचना की है, किंतु केशवदास रचित प्रामाणिक ग्रंथ नौ माने जाते हैं। केशवदास की सर्वमान्य प्रामाणिक रचनाएँ कालानुसार हैं—

'रतनबावनी' सं. 1638 से 1640 वि., 'रसिकप्रिया' सं. 1648 वि., 'नखशिख' सं. 1657 वि., 'रामचंद्रिका' सं. 1657 वि., 'कविप्रिया' सं. 1658 वि., 'छंदमाला' सं. 1659 वि., 'वीरसिंहदेव चरित' सं. 1664 वि., 'विज्ञानगीता' सं. 1667 वि., 'जहाँगीरजस चंद्रिका' सं. 1669 वि.।

केशव अलंकार संप्रदायवादी आचार्य कवि थे। इसलिए स्वाभाविक था कि वे भामह, उद्‌भट और दंडी आदि अलंकार संप्रदाय के आचार्यों का अनुसरण करते। अलंकारों के प्रति विशेष रुचि होने के कारण उनका काव्यपक्ष दब गया है और सामान्यत: वे सहृदय कवि नहीं माने जाते। अपनी क्लिष्टता के कारण केशव को आचार्य रामचंद्र शुक्ल ने 'कठिन काव्य का प्रेत' कहा है। आचार्य रामचंद्र शुक्ल के शब्दों में—"केशव की रचना में सूर, तुलसी आदि की सी सरलता और तन्मयता चाहे न हो, पर काव्यांगों का विस्तृत परिचय कराकर उन्होंने आगे के लिए मार्ग खोला।" केशवदासजी वस्तुत: एक श्रेष्ठ कवि थे। सूर और तुलसी के पश्चात् हिंदी काव्य जगत् में केशव का ही नाम आता है—

सूर सूर तुलसी ससी उडुगन केशवदास।
अबके कवि खद्योत सम जह-तह करत प्रकाश॥

केशवदासजी ने अपने काव्य में अनेक स्थलों पर विविध रसों की उत्कृष्ट व्यंजना की है, किंतु मुख्यत: वे शृंगार और वीर रस के कवि हैं। शृंगार के दोनों पक्षों को उन्होंने अपनाया है। वीरोचित उत्साह के मार्मिक वर्णन में तो वे अपना सानी नहीं रखते। शत्रुघ्न के बाणों से मूर्च्छित लव के लिए विलाप करती हुई सीता के प्रति कुश का कथन कितना उत्साहपूर्ण है—

रिपुहिं मारि संहारिदल, यम ते लेहुँ छुड़ाव।
लवहिं मिलै हों देखिहों, माता तेरे पाव॥

छंदों के विषय में केशव का ज्ञान अपार था। जितने प्रकार के छंदों का प्रयोग उन्होंने किया, उतना हिंदी साहित्य में किसी ने नहीं किया। रामचंद्रिका में तो छंदों की विविधता इस सीमा तक पहुँच गई है कि विद्वानों ने उसे 'छंदों का अजायबघर' कह दिया है। केशव ने भी लिखा है—

रामचंद्र की चंद्रिका बरनति हौं बहु छंद।

केशव की छंद योजना संस्कृत साहित्य की छंद योजना है। उन्होंने कवित्त, सवैया, दोहा आदि छंदों का भी सफलतापूर्वक उपयोग किया है।

उनकी क्लिष्टता के कारण उनके बाद के कवियों के लिए तत्समय यह कहा जाता था—

कवि को देन न चहौ विदाई,
पूछिए केसव की कविताई।

केशव को अलंकारों से विशेष मोह था, उनके अनुसार—

जदपि सुजाति सुलच्छनी, सुबरन सरस सुवृत्त।
भूषन विन न विराजहीं, कविता बनिता मित्त॥

केशंव की कविता में विभिन्न अलंकारों का प्रयोग सर्वत्र दिखाई देता है। अलंकारों के बोझ से कविता के भाव दब से गए हैं और पाठक को केवल चमत्कार हाथ लगता है।

केशव के निधन के काल और स्थान के विषय में भी विद्वानों में मतभेद पाए जाते हैं। मिश्रबंधु, गणेशप्रसाद, रामनरेश त्रिपाठी एवं आचार्य रामचंद्र शुक्ल इत्यादि विद्वान् केशवदास का निधन काल सं. 1674 वि. में हुआ मानते हैं। स्व. चंद्रबली पांडेय ने निधन काल सं. 1670 माना है। लाला भगवानदीन और गौरीशंकर द्विवेदी के अनुसार केशव का निधन सं. 1680 में हुआ था। केशव के प्रेत योनि में पड़ने और तुलसी द्वारा उनके उद्धार की किंवदंती से भी सं. 1680 अर्थात् सन् 1623 ई. मत की पुष्टि होती है, क्योंकि तुलसी का भी देहांत इसी वर्ष हुआ था।

काव्य खंड

तीसरा प्रभाव

काव्य-दूषण वर्णन

भूल समझैं बाला बालकहु, वर्णन पंथ अगाध
कबिप्रिया केशव करी, छमियो कवि अपराध॥ 1॥
अलंकार कवितान के सुनि सुनि विविध विचार।
कबिप्रिया केशव करी, कविता को सिंगार॥ 2॥
चरण भरत चिंता करत, नींद न भावत शोर।
सुबरण को सोधत फिरत, कबि व्यभिचारी चोर॥ 4॥
राजत रच न दोष युत कविता बनिता मित्र।
बुंदक हाला परत ज्यों गंगाघट अपवित्र॥ 5॥

अभ्यास

लघु एवं दीर्घ उत्तरीय प्रश्न

1. केशव का साहित्यिक परिचय देते हुए उनकी रचनाओं पर प्रकाश डालिए।
2. केशव को 'कठिन काव्य का प्रेत' क्यों कहा जाता है ? स्पष्ट कीजिए।
3. केशव की अलंकारप्रियता पर टिप्पणी कीजिए।
4. केशव का साहित्य में स्थान निर्धारित कीजिए।

परियोजना कार्य

- केशव के काव्य की भाषा-शैली को ध्यान में रखते हुए परियोजना कार्य पूर्ण कीजिए।

दक्षता-परीक्षण

- केशव पर उपलब्ध सामग्री का अध्ययन कर पावर प्वाइंट प्रस्तुतीकरण कीजिए।

□

बिहारीलाल

साहित्यिक परिचय

हिंदी साहित्य के रीतिकाल के प्रतिनिधि कवि बिहारीलाल का जन्म संवत् 1660 (सन् 1603 ई.) के लगभग ग्वालियर राज्य के बसुआ गोविंदपुर ग्राम में हुआ था। इनके पिता का नाम केशवराय था। इनकी बाल्यावस्था बुंदेलखंड में और तरुणावस्था मथुरा में बीती थी। बिहारी जयपुर नरेश महाराज जयसिंह के दरबारी कवि थे। कहा जाता है कि महाराजा जयसिंह ने दूसरा विवाह किया था। वे अपनी नवोढ़ा पत्नी के साथ भोग-विलास में लिप्त थे और राज-काज का पूर्णत: त्याग कर चुके थे। महाराजा जयसिंह की यह दशा देखकर बिहारी ने यह दोहा लिखकर उनके पास भेजा—

नहिं पराग नहिं मधुर मधु, नहिं विकास इहि काल।
अली-कली ही सौं बिंध्यो, आगे कौन हवाल॥

यह सुनकर राजा जयसिंह पुन: कर्तव्य-पथ पर अग्रसर हो गए। अपनी पत्नी की मृत्यु के बाद बिहारी भक्ति और वैराग्य की ओर उन्मुख हो गए और दरबार छोड़कर वृंदावन चले गए। वहीं संवत् 1720 (सन् 1663 ई.) में उन्होंने अपने नश्वर शरीर का त्याग कर दिया।

रीतिकालीन कवियों में बिहारी की गणना रीतिसिद्ध कवियों के रूप में की जाती है। बिहारी ने सात सौ से अधिक दोहों की रचना की है। इनके दोहे विभिन्न विषय एवं भावों से युक्त हैं, उन्होंने एक-एक दोहे में विभिन्न गहन भावों को भरकर अलंकार, नायिका-भेद, भाव, विभाव, अनुभाव, संचारी भाव आदि रस एवं अलंकार संबंधी, जो उत्कृष्ट अभिव्यक्ति की है, वह अद्‌भुत है। इससे भी विलक्षण एवं अद्‌भुत यह है कि शास्त्रीय नियमों का पूर्ण पालन करते हुए भी इनके दोहों की भावानुभूति संबंधी तीव्रता अत्यंत सशक्त है।

बिहारी के श्रृंगार संबंधी दोहे अपनी सफल भावाभिव्यक्ति के लिए विशिष्ट

समझे जाते हैं। इनमें संयोग एवं वियोग श्रृंगार के मर्मस्पर्शी चित्र मिलते हैं। इनमें आलंबन के विशद वर्णन के साथ-साथ उद्दीपन के भी चित्र हैं। श्रृंगार के अतिरिक्त बिहारी ने नीति, भक्ति, ज्योतिष, गणित, आयुर्वेद तथा इतिहास आदि विषयों पर भी दोहों की रचना की है, जो श्रृंगार के दोहों की भाँति सशक्त भावाभिव्यक्ति से पूर्ण हैं। बिहारी ने अपने काव्य में अनेक प्रकार की नायिकाओं का वर्णन किया है, जैसे मुग्धा, प्रौढ़ा, कनिष्ठा, नवोढ़ा, स्वकीया, परकीया, अभिसारिका आदि।

बिहारी की एकमात्र कृति 'बिहारी सतसई' उपलब्ध है। यह बिहारी रचित सात सौ दोहों का संकलन है। इस एकमात्र कृति ने बिहारी को हिंदी काव्य साहित्य में अमर कर दिया है।

बिहारी गागर में सागर भरने के लिए विख्यात हैं। गागर में सागर का अभिप्राय है कि कम-से-कम शब्दों में अधिक-से-अधिक बात कह दी जाए। वास्तव में बिहारी ने दोहा जैसे छोटे छंद में एक साथ विविध भाव भर दिए हैं। यथा—

दृग उरझत टूटत कुटुम, जुरत चतुर चित प्रीति।
परति गाँठ दुरजन हिए, दई नई यह रीति॥

बिहारी ने भक्ति और नीति संबंधी अनेक दोहों की रचना की है। इन्होंने राधा और कृष्ण की स्तुति पर आधारित अनेक दोहे प्रस्तुत किए हैं। श्रीकृष्ण के प्रति इन्होंने सख्य, दास्य और दैन्य आदि विविध भाव व्यक्त किए हैं। श्रीकृष्ण को दिए गए उलाहने और उनके प्रति किए गए व्यंग्य में उनका कौशल दर्शनीय है—

"कब की टेरतु दीनु ह्वै, होत न स्याम सहाइ।
तुमह लागि जगत् गुरु, जग नायक जग बाइ॥"

नीति संबंधी दोहों में भी बिहारी की सूक्ष्म दृष्टि दृष्टव्य है—

मेरी भव बाधा हरौ, राधा नागर सोइ।
जा तन की झाई परै, स्यामु-हरित दुति होइ॥

बिहारी श्रृंगार रस के अद्वितीय कवि हैं। इन्होंने कहीं राधा-कृष्ण के सौंदर्य का चित्रण किया है तो कहीं नायक-नायिका के मिलन संबंधी प्रसंगों, नायिका के अंगों, विविध मुद्राओं और विविध हाव-भावों का अनुपम ढंग से चित्रण किया है। नख-शिख वर्णन की परंपरा का पालन करते हुए बिहारी ने ऐसे रसपूर्ण दोहे लिखे हैं, जो इन्हें श्रेष्ठ श्रृंगारी कवि सिद्ध करते हैं—

कहत-नटत-रीझत-खिझत मिलत-खिलत लजियात।
भरे भौन में करत है नैननु हीं सब बात॥

श्रृंगार वर्णन में बिहारी ने प्रकृति के विविध मनोहारी चित्र अंकित किए हैं।

इन्होंने स्वतंत्र रूप से प्रकृति का वर्णन किया है। मुख्यत: इन्होंने प्रकृति का आलंबन उद्दीपन, आलंकारिक और संदेशात्मक रूप में वर्णन किया है—

चुवत स्वेद मकरंद कन, तरु-तरु तर बिरमाइ।
आवत दच्छिन देश तैं, थक्यो बटोही बाइ॥

बिहारी के काव्य में कल्पना की समाहार शक्ति विद्यमान है। दोहे जैसे छंद में अधिक भावों को गूँथने के लिए इस गुण का होना आवश्यक है। संयोग-वियोग के प्रसंगों में बिहारी ने इस गुण का प्रयोग किया है। नायिका की चेतना और विनोदप्रियता का यह गुण देखिए—

बतरस लालच लाल की, मुरली दई लुकाइ।
सौंह करे भौंहन हँसे, देन कहे नट जाइ॥

बिहारी की उक्तियों में वैचित्र्य है। इनके दोहों में सरलता, अनुपम आकर्षण एवं चमत्कार उत्पन्न करने की विलक्षण शक्ति है। ऐसे स्थलों पर अर्थगांभीर्य दृष्टिगत होता है। यथा—

तो पे वारौ उर बसी, सुनि राधिके सुजान।
तू मोहन के उर बसी, तू उरवसी समान॥

बिहारी ने नीति संबंधी सूक्तियों का प्रयोग भी किया है। स्वर्ण का वर्णन करते हुए कवि कहता है कि धतूरे को खाकर लोग पागल हो जाते हैं, परंतु स्वर्ण को तो पाकर ही पागल हो जाते हैं—

कनक-कनक ते सौ गुनी, मादकता अधिकाय।
या खाए बौराय जग, वा पाए बौराय॥

बिहारी की भाषा साहित्यिक ब्रजभाषा है, जिसमें पूर्वी हिंदी, बुंदेली, उर्दू-फारसी आदि भाषाओं के शब्दों का भी प्रयोग हुआ है। शब्द-चयन की दृष्टि से बिहारी अद्वितीय हैं। मुहावरों और लोकोक्तियों की दृष्टि से भी उनका भाषा प्रयोग विलक्षण है।

बिहारी ने मुक्तक काव्य-शैली को स्वीकार किया है, जिसमें समास शैली का सर्वाधिक योगदान है।

बिहारी अलंकारों के प्रयोग में दक्ष थे। इन्होंने छोटे-छोटे दोहों में अनेक अलंकारों को भर दिया है। इनके काव्य में श्लेष, उपमा, रूपक, उत्प्रेक्षा, अन्योक्ति और अतिशयोक्ति अलंकारों का अधिक प्रयोग हुआ है।

काव्य खंड

॥ दोहे ॥

मेरी भव बाधा हरौ राधा नगर सोइ।
जा तन की झाईं परै स्यामु-हरित दुति होइ॥
अपने अंग के जानि कै जोबन-नृपति प्रबीन।
स्तन, मन, नैन, नितंब कौ बड़ौ इजाफा कीन॥
अर तै टरत न वर-परे, दई मरक मनु मैंन।
होड़ा होड़ी बड़ी चले चितु, चतुराई, नैन॥
औरे-ओप कनीनिकनु, गनी घनी-सिरताज।
मनी धनी के नेह की, बनी छनी पट लाज॥
सनि-कज्जल चख-झख लगन, उपज्यौ सुदिन सनेहु।
क्यों न नृपति ह्वे भोगवै, लहि सुदेसु सबु देहु॥
सालति है नटसाल सी, क्यों हूँ निकसानी नाँहि।
मनमथ-नेजा- नोक सी खुभी-खुभी जिय माँहि॥
जुवति जोन्ह मैं मिल गई, नैक न होति लखाइ।
सौंधे कैं डोरै लगी, अली चली संग जाइ॥
हौं रीझी, लखि रीझिहौ छबंहिं छबीले लाल।
सोनजुही सी होति दुति-मिलत मालती माल॥
बहकें सब जिय की कहत,ठौरु कुठौरु लखैं न।
छिन औरे, छिन और से, ए छबि छाके नैन॥
फिरि फिरि चितु उत हीं रहतु, टुटी लाज की लाव।
अंग-अंग-छबि-झौंर मैं भयो भौंर की नाव॥

अभ्यास

लघु एवं दीर्घ उत्तरीय प्रश्न

1. बिहारी का साहित्यिक परिचय देते हुए उनके काव्य कौशल पर प्रकाश डालिए।
2. 'बिहारी ने गागर में सागर भरा है' इस कथन की पुष्टि कीजिए।
3. 'बिहारी का काव्य शृंगार, भक्ति एवं नीति की त्रिवेणी है', इस कथन की विवेचना कीजिए।

4. रीतिकाल की काव्य धारा में बिहारी का स्थान निर्धारित कीजिए।

परियोजना कार्य

- बिहारी की भाषा-शैली को ध्यान में रखते हुए परियोजना कार्य पूर्ण कीजिए।

दक्षता-परीक्षण

- बिहारी पर उपलब्ध सामग्री का अध्ययन कर पावर प्वॉइंट प्रस्तुतीकरण दीजिए।

□

घनानंद

साहित्यिक परिचय

हिंदी साहित्य के इतिहास के रीतिकाल में रीतिबद्ध, रीतिसिद्ध और रीतिमुक्त तीन काव्य धाराएँ प्रचलित हुईं। घनानंद रीतिमुक्त काव्य धारा के महत्त्वपूर्ण प्रतिनिधि कवि माने जाते हैं। घनानंद का जन्म संवत् 1730 में हुआ था। घनानंद जाति से कायस्थ थे। घनानंद की शिक्षा फारसी भाषा के द्वारा शुरू हुई थी। जनश्रुति के आधार पर अबुल फजल इनके गुरु माने जाते हैं। घनानंद ने अपनी असाधारण प्रतिभा एवं बुद्धि से शीघ्र ही फारसी का अच्छा ज्ञान प्राप्त कर लिया था। घनानंद का सखीभाव सूचक नाम 'बहुगुनी' था। भगवान् कृष्ण के प्रति अनुरक्त होकर वृंदावन में उन्होंने निंबार्क संप्रदाय में दीक्षा ली और अपने परिवार का मोह भी इन्होंने इस भक्ति के कारण त्याग दिया। मरते दम तक वे राधा-कृष्ण संबंधी गीत, कवित्त-सवैये लिखते रहे।

इसी प्रतिभा के कारण घनानंद दिल्ली के शासक मोहम्मद शाह रंगीला के मीर मुंशी अथवा खास कलम के पद पर विराजमान रहे थे। घनानंद को काव्य लेखन और संगीत का विशेष ज्ञान था। घनानंद के बारे में यह प्रसंग प्रसिद्ध है कि वे मोहम्मद शाह रंगीला के दरबार में नृत्य करनेवाली सुजान से बेहद प्रेम करते थे। शीघ्र पदोन्नति के कारण अन्य दरबारी उनसे ईर्ष्या करने लगे थे, अतः एक दिन दरबारियों ने षड्यंत्र करके बादशाह से यह कहा कि घनानंद भले ही उनके मीर मुंशी हैं, परंतु उनके कहने से अपनी कविताएँ गाकर नहीं सुनाएँगे, हाँ, अगर सुजान कहेगी तो वह कुछ भी कर सकते हैं। बादशाह ने जब दरबार में घनानंद को गाना गाने के लिए कहा तो घनानंद ने इनकार कर दिया, तभी सुजान ने उनसे गाने का निवेदन किया तो वे सुजान की ओर मुँह तथा बादशाह की ओर पीठ करके गाने लगे। इस पर बादशाह क्रोधित हो गए और घनानंद को देश निकाला दे दिया।

घनानंद ने महल छोड़ते हुए सुजान से आग्रह किया कि वह भी उनके साथ

चले, परंतु सुजान महलों के सुख और ऐश्वर्य को छोड़कर उनके साथ जाने को तैयार नहीं हुई। इस पर घनानंद का हृदय टूट गया और वे विरक्त होकर मथुरा आ गए। धीरे-धीरे उनका सुजान प्रेम कृष्ण प्रेम में परिवर्तित हो गया और वे वृंदावन जाकर बस गए। सुजान के प्रति उनकी आसक्ति राधा-कृष्ण भक्ति में बदल गई और घनानंद आजीवन इसी भक्ति में लीन रहे। घनानंद के काव्य में सुजान शब्द का प्रयोग बार-बार हुआ है, जिसका अर्थ उनकी प्रेमिका सुजान के रूप में तथा प्रिय, चतुर, नागर कृष्ण के रूप में भी किया जाता है। घनानंद की मृत्यु के बारे में विद्वानों के दो मत प्रसिद्ध हैं—एक मत के अनुसार घनानंद नादिरशाह के आक्रमण के समय मथुरा में सैनिकों द्वारा मारे गए, परंतु यह मत स्वीकार नहीं हुआ। दूसरा मत यह है कि संवत् 1817 ई. में अब्दुल शाह अब्दाली ने जब मथुरा पर आक्रमण किया तो इसी आक्रमण में घनानंद की मृत्यु हुई।

घनानंद की कविताओं को ब्रजनाथ नामक व्यक्ति ने 'घनानंद कवित्त' के नाम से संग्रहीत किया था। घनानंद के नाम से लगभग चालीस रचनाएँ प्रचलित हैं, जिनमें अधिकांश कवित्त और सवैये हैं। इन रचनाओं में 'इश्क लता', 'यमुना यश', 'प्रेम पत्रिका', 'प्रेम पद्धति', 'गोकुलगीत', 'छंदाष्टक', 'नाम माधुरी' आदि सम्मिलित हैं। विश्वनाथप्रसाद मिश्र ने सुजान हित और पदावली को घनानंद की प्रसिद्धि का आधार माना है।

घनानंद रीतिकाल की स्वच्छंद काव्य धारा के सर्वश्रेष्ठ कवि माने जाते हैं। घनानंद ने उत्कृष्ट प्रेम का जो चित्रण किया है, वह अपने आप में अनूठा है। उनका काव्य प्रेम की गूढ़ता से भरा हुआ है, साथ ही उसमें विरह की जो व्याकुलता है, वह लौकिकता और अलौकिकता से भरी हुई है। रीतिकाल के अन्य कवियों की तरह घनानंद का काव्य मात्र कल्पना का प्रतिबिंब नहीं है, अपितु उन्होंने जो कुछ भी रचा, वह उनकी आत्मानुभूति पर आधारित है। विद्वानों ने उन्हें 'प्रेम की पीर का उन्मुक्त गायक' कहा है। घनानंद का भाव पक्ष के साथ-साथ भाषा पर भी पूर्ण अधिकार था। वे सचमुच भाव और कला के धनी थे।

रीतिकाल के अन्य कवियों की तरह घनानंद भी श्रृंगारिक प्रेमी थे, परंतु उनका श्रृंगार वर्णन मर्यादित है। उन्होंने श्रृंगार के संयोग और वियोग दोनों भेदों का चित्रण किया है। संयोग का चित्रण वियोग की अपेक्षा कम मात्रा में हुआ है। संयोग श्रृंगार के अंतर्गत कवि ने नायिका के रूप सौंदर्य का चित्रण किया है, वहीं वियोग श्रृंगार में अपने अनुभूति पूर्ण प्रेम को अभिव्यक्ति दी है। उन्होंने हृदय में उमड़ती हुई तथा रोम-रोम में समाई हुई व्यथा का यथार्थ वर्णन किया है। उनके श्रृंगार वर्णन का एक उदाहरण देखिए—

झलके अति सुंदर आनन गौर, छके दृग राजति काननि छ्वे।

घनानंद के काव्य में जहाँ रस और भावों का आधिक्य है, वहाँ अलंकारों ने उन्हें और भी अधिक सजीवता एवं प्रभविष्णुता (दूसरों पर प्रभाव डालनेवाला) प्रदान की है। घनानंद ने दोनों प्रकार के अलंकार अपनाए हैं, यहाँ शब्दालंकार है और अर्थालंकार भी।

घनानंद के काव्य में सर्वत्र माधुर्य गुण की प्रधानता है, क्योंकि माधुर्य गुण की अनुभूति सर्वाधिक विप्रलंभ श्रृंगार अथवा विरह-निरूपण में होती है और घनानंद ने सबसे अधिक विरह का ही वर्णन किया है।

घनानंद ने विविध प्रकार के छंदों का प्रयोग किया है, जैसे—सवैया, कवित्त, त्रिलोकी, ताटंक, निसाती, सुमेरू, शोभन, त्रिभंगी, दोहा, चौपाई तथा घनाक्षरी पद। घनानंद ने इनमें मुख्यतया सवैया एवं कवित्त छंदों का प्रयोग अत्यंत प्रभावशाली ढंग से किया है। घनानंद के सवैया छंद तो हिंदी जगत् में सर्वाधिक प्रसिद्ध हैं और उन्हें सवैया छंद का शिखर पुरुष कहना समीचीन होगा। इस प्रकार घनानंद की कविता विविध प्रकार के कलात्मक सौंदर्य से ओत-प्रोत है, उसमें जितनी अनुभूति है, उतनी ही गहन अभिव्यक्ति भी है।

घनानंद के काव्य का भाव पक्ष जितना उत्कृष्ट है, उसी के समान कला पक्ष भी श्रेष्ठ है। अनुभूति की सत्यता, वेदना की गहराई और व्यथा की कसक उनके काव्य का प्राण है तो भावों के अनुरूप चलनेवाली उनकी भाषा उनके कथ्य को और भी श्रेष्ठ बना देती है।

काव्य खंड

सुजानहित

लाजनि लपेटि चितवनि भेद-भाय-भरी,
लसति ललित लोल चख तिरछानि मैं।
छवि को सदन गोरो भाल वदन, रुचिर,
रस निचुरत मीठो मृदु मुसक्यानि मैं।
दसन-दमक फैलि हमें मोती माल होति,
पिय सो लड़कि पेम-पगी बतरानि मैं।
आनँद की निधि जगमगाति छबीली बाल,
अंगनि अनंग-रंग ढुरि मुरि जानि मैं॥
वहै मुसक्यानि, वहै मृदु बतरानि, वहै
लड़कीली दानि आनि उर में अरति है।
वहै गति लैन औ बजावनि ललित बैन,
वहै हँसि दैन, हियरा तें न टरति है।
वहै चतुराई सों चिताई चाहिवे की छवि,
वहै छैलताई न छिनक बिसरति है।
आनंदनिधान प्रानप्रीतम सुजानजू की,
सुबि सब भाँतिन सों बेसुधि करति है॥
भए अति निठुर, मिटाय पहचानि डारी,
याही दुख हमैं जक लागी हाय हाय है।
तुम तौ निपट निरदई, गई भूलि सुधि,
हमैं सूल सेलनि सो क्योहूँ न भुलाय है।
मीठे मीठे बोल बोल ठगी पहिलें तौ तव,
अब जिय जारत कहौ धौं कौन न्याय है।
सुनो है कै नाहीं, यह प्रगट कहावति जू,
काह कलपायहै सु कैसें कल पायहै॥

अभ्यास

लघु एवं दीर्घ उत्तरीय प्रश्न

1. घनानंद का साहित्यिक परिचय देते हुए उनकी कृतियों का परिचय दीजिए।
2. घनानंद के कवित्व का मूल्यांकन कीजिए।
3. घनानंद का रीतिकाल में स्थान निर्धारित कीजिए।

परियोजना कार्य

- घनानंद के साहित्यिक अवदान पर परियोजना कार्य पूर्ण कीजिए।

दक्षता-परीक्षण

- घनानंद पर उपलब्ध सामग्री का अध्ययन कर पावर प्वॉइंट प्रस्तुतीकरण दीजिए।

□

इकाई–7

आधुनिककालीन कवि
भारतेंदु हरिश्चंद्र

साहित्यिक परिचय

भारतेंदु हरिश्चंद्र का जन्म 9 सितंबर, सन् 1850 ई. को काशी (वर्तमान में वाराणसी) के प्रतिष्ठित वैश्य परिवार में हुआ था। उनके पिता गोपालचंद्र एक अच्छे कवि थे और 'गिरधरदास' उपनाम से कविता लिखा करते थे। भारतेंदु को काव्य-प्रतिभा अपने पिता से विरासत में मिली थी। भारतेंदुजी के लेखन की यह विशेषता रही है कि जहाँ एक ओर भारतेंदुजी ने ईश्वर भक्ति आदि प्राचीन विषयों पर कविता लिखी, वहीं दूसरी ओर उन्होंने समाज सुधार, राष्ट्र प्रेम आदि नवीन विषयों को भी अपना प्रतिपाद्य बनाया। भारतेंदु की रचनाओं में अंग्रेजी शासन के गलत कार्यों का विरोध, अच्छे कार्यों हेतु प्रशंसा, स्वतंत्रता के लिए उद्दाम आकांक्षा और जातीय भावबोध की झलक मिलती है।

भारतेंदु के साहित्य और नवीन विचारों ने उस समय के अनेक साहित्यकारों तथा बुद्धिजीवियों को झकझोरा और उनके इर्द-गिर्द राष्ट्रीय भावनाओं से ओत-प्रोत लेखकों का एक ऐसा समूह बन गया, जिसे 'भारतेंदु मंडल' के नाम से जाना जाता है। भारतेंदुजी ने पाँच वर्ष की अल्पायु में ही काव्य-रचना कर सभी को आश्चर्यचकित कर दिया था। बाल्यावस्था में ही माता-पिता की छत्रछाया उनके सिर से उठ जाने के कारण उन्हें उनके वात्सल्य से वंचित रहना पड़ा, अत: उनकी स्कूली शिक्षा में व्यवधान पड़ गया। भारतेंदु ने घर पर ही स्वाध्याय से हिंदी, अंग्रेजी, संस्कृत, फारसी, मराठी, गुजराती आदि भाषाओं का अच्छा ज्ञान प्राप्त कर लिया। 13 वर्ष की अल्पायु में ही भारतेंदु का विवाह हो गया। भारतेंदु स्वभाव से अति उदार थे। दीन-दुखियों की सहायता, देश-सेवा और साहित्य-सेवा में भारतेंदु ने अपने धन को लुटाया। इस उदारता के कारण उनकी आर्थिक दशा शोचनीय हो गई तथा वे

ऋणग्रस्त हो गए। ऋण की चिंता से उनका शरीर क्षीण हो गया। 6 जनवरी, 1885 ई. को 35 वर्ष की अल्पायु में ही इनकी मृत्यु हो गई।

भारतेंदु हरिश्चंद्र आधुनिक हिंदी खड़ीबोली गद्य-साहित्य के जनक माने जाते हैं। उन्होंने गद्य-साहित्य के द्वारा एक ओर देश-प्रेम का संदेश दिया और दूसरी ओर समाज की कुरीतियों तथा विसंगतियों पर तीक्ष्ण व्यंग्य एवं कटु प्रहार किए। भारतेंदु के साहित्य में भारतीय संस्कृति के प्रति निष्ठा सर्वत्र दृष्टिगोचर होती है। भारतेंदु हरिश्चंद्र अपने युग की चेतना के केंद्रबिंदु थे। वे वर्तमान के व्याख्याता एवं भविष्य के दृष्टा थे।

भारतेंदुजी आधुनिक हिंदी साहित्य के पहले ऐसे रचनाकार हैं, जो 'पितामह' कहे जाते हैं। उनका मूल नाम 'हरिश्चंद्र' था, 'भारतेंदु' उनकी उपाधि थी, जो उन्हें काशी की जनता ने प्रदान की थी। उनका काव्य काल युग की संधि पर खड़ा है। भारतेंदु ने रीतिकाल की विकृत सामंती संस्कृति की पोषक वृत्तियों को छोड़कर स्वस्थ परंपरा की भूमि अपनाई और नवीनता के बीज बोए। हिंदी साहित्य में आधुनिककाल का प्रारंभ भारतेंदु हरिश्चंद्र से माना जाता है। भारतीय नवजागरण के अग्रदूत के रूप में प्रसिद्ध भारतेंदु हरिश्चंद्र ने देश की गरीबी, पराधीनता, शासकों के अमानवीय शोषण के चित्रण को अपने साहित्य का लक्ष्य बनाया।

भारतेंदु बहुमुखी प्रतिभा के धनी थे। हिंदी पत्रकारिता, नाटक और काव्य के क्षेत्र में उनका बहुमूल्य योगदान रहा। हिंदी में नाटकों का प्रारंभ भारतेंदु हरिश्चंद्र से माना जाता है। विषय के अनुसार उनकी कविता श्रृंगार-प्रधान, भक्ति-प्रधान, सामाजिक समस्या प्रधान तथा राष्ट्र प्रेम प्रधान है। भारतेंदु एक उत्कृष्ट कवि, सशक्त व्यंग्यकार, सफल नाटककार, जागरूक पत्रकार तथा ओजस्वी गद्यकार थे। इसके अलावा भारतेंदु संपादक, निबंधकार एवं कुशल वक्ता भी थे। भारतेंदुजी ने मात्र पैंतीस वर्ष की अल्पायु में ही विशाल साहित्य की रचना की। उन्होंने मात्रा और गुणवत्ता की दृष्टि से इतना लिखा और इतनी दिशाओं में काम किया कि उनका समूचा रचनाकर्म भारतवासियों के लिए पथ प्रदर्शक बन गया।

भारतेंदु के साहित्यिक योगदान के कारण ही सन् 1857 ई. से सन् 1900 ई. तक के काल को 'भारतेंदु युग' के नाम से जाना जाता है। आचार्य रामचंद्र शुक्ल के अनुसार, "भारतेंदु अपनी सर्वतोन्मुखी प्रतिभा के बल पर एक ओर पद्माकर, द्विजदेव की परंपरा में दिखाई पड़ते थे तो दूसरी ओर बंग देश के माइकेल और हेमचंद्र की श्रेणी में। प्राचीन और नवीन का सुंदर सामंजस्य भारतेंदु की कला का विशेष माधुर्य है।" बहुत ही कम अवस्था से भारतेंदु ने साहित्य सेवा प्रारंभ कर दी थी। अठारह वर्ष की अवस्था में उन्होंने 'कविवचनसुधा' नामक पत्रिका निकाली,

जिसमें उस समय के बड़े-बड़े विद्वानों की रचनाएँ छपती थीं। वे बीस वर्ष की अवस्था में ऑनरेरी मजिस्ट्रेट बनाए गए और आधुनिक हिंदी साहित्य के जनक के रूप मे प्रतिष्ठित हुए। उन्होंने सन् 1868 ई. में 'कविवचनसुधा', सन् 1873 ई. में 'हरिश्चंद्र मैगजीन' और सन् 1874 ई. में स्त्री शिक्षा के लिए 'बाला बोधिनी' नामक पत्रिकाएँ निकालीं। वैष्णव भक्ति के प्रचार के लिए भारतेंदु ने 'तदीय समाज' की स्थापना की थी। हिंदी साहित्य को भारतेंदु की देन भाषा तथा साहित्य दोनों ही क्षेत्रों में है। भाषा के क्षेत्र में उन्होंने खड़ीबोली के उस रूप को प्रतिष्ठित किया, जो उर्दू से भिन्न है और हिंदी क्षेत्र की बोलियों का रस लेकर संवर्धित हुआ है। इसी भाषा में उन्होंने अपने संपूर्ण गद्य साहित्य की रचना की।

भारतेंदु हरिश्चंद्रजी की प्रमुख काव्य कृतियाँ इस प्रकार हैं—भक्तसर्वस्व (1870), प्रेममालिका (1871), प्रेम माधुरी (1875), प्रेम-तरंग (1877), उत्तरार्ध भक्तमाल (1876-77), प्रेम-प्रलाप (1877), होली (1879), मधु मुकुल (1881), राग-संग्रह (1880), वर्षा-विनोद (1880), विनय प्रेम पचासा (1881), फूलों का गुच्छा—खड़ीबोली काव्य (1882), प्रेम फुलवारी (1883), कृष्णचरित्र (1883), दानलीला, तन्मय लीला, नए जमाने की मुकरी, सुमनांजलि, बंदर सभा (हास्य व्यंग्य), बकरी विलाप (हास्य व्यंग्य)।

काव्य खंड

मातृभाषा प्रेम पर दोहे

निज भाषा उन्नति अहै, सब उन्नति को मूल,
बिनु निज भाषा-ज्ञान के, मिटत न हिय को सूल।
अंग्रेजी पढ़ि के जदपि, सब गुन होत प्रवीन,
पै निज भाषा-ज्ञान बिन, रहत हीन के हीन।
उन्नति पूरी है तबहिं जब घर उन्नति होय,
निज शरीर उन्नति किए, रहत मूढ़ सब कोय।
निज भाषा उन्नति बिना, कबहुं न ह्यैहैं सोय,
लाख उपाय अनेक यों भले करे किन कोय।
इक भाषा इक जीव इक मति सब घर के लोग,
तबै बनत है सबन सों, मिटत मूढ़ता सोग।
और एक अति लाभ यह, या में प्रगट लखात,
निज भाषा में कीजिए, जो विद्या की बात।
तेहि सुनि पावै लाभ सब, बात सुनै जो कोय,
यह गुन भाषा और महं, कबहूं नाहीं होय।
विविध कला शिक्षा अमित, ज्ञान अनेक प्रकार,
सब देसन से लै करहु, भाषा माँहि प्रचार।
भारत में सब भिन्न अति, ताहीं सों उत्पात,
विविध देस मतहू विविध, भाषा विविध लखात।
सब मिल तासों छाँड़ि कै, दूजे और उपाय,
उन्नति भाषा की करहु, अहो भ्रातगन आय।

रोकहिं जौं तो अमंगल होय,

रोकहिं जौं तो अमंगल होय, औ प्रेम नसै जै कहैं पिय जाइए।
जौं कहैं जाहु न तौ प्रभुता, जौ कछू कहैं न तौ सनेह नसाइए।
जौं 'हरिचंद' कहै तुम्हरे बिन जीहै न, तौ यह क्यों पतिआइए।
तासौं पयान समै तुम्हरे, हम का कहैं आपै हमें समझाइए।

ब्रज के लता पता मोहिं कीजै

ब्रज के लता पता मोहिं कीजै।
गोपी पद-पंकज पावन की रज जामै सिर भीजै।
आवत जात कुंज की गलियन रूप-सुधा नित पीजै।
श्री राधे राधे मुख यह बर हरीचंद को दीजै।

अभ्यास

लघु एवं दीर्घ उत्तरीय प्रश्न

1. भारतेंदु हरिश्चंद्र का साहित्यिक परिचय देते हुए उनकी रचनाओं पर प्रकाश डालिए।
2. भारतेंदु हरिश्चंद्र की राजभक्ति बनाम राष्ट्रभक्ति की चर्चा कीजिए।
3. भारतेंदु हरिश्चंद्र की काव्य कला का विश्लेषण कीजिए।
4. भारतेंदु हरिश्चंद्र के साहित्यिक अवदान का विवेचन कीजिए।
5. भारतेंदु हरिश्चंद्र का काव्य परंपरा एवं आधुनिकता का समन्वय है, इस कथन पर विचार कीजिए।

परियोजना कार्य

- भारतेंदु हरिश्चंद्र के समग्र साहित्यिक अवदान पर परियोजना कार्य पूर्ण कीजिए।

दक्षता-परीक्षण

- भारतेंदु हरिश्चंद्र पर उपलब्ध सामग्री का अध्ययन कर पावर प्वॉइंट प्रस्तुतीकरण दीजिए।

□

जयशंकर प्रसाद

साहित्यिक परिचय

जयशंकर प्रसाद का जन्म माघ शुक्ल दशमी, संवत् 1946 वि. तदनुसार 30 जनवरी, सन् 1890 ई. दिन गुरुवार को काशी के गोवर्धनसराय में सुंघनी साहु परिवार में हुआ था। प्रसाद के पितामह बाबू शिवरतन साहू दान देने में प्रसिद्ध थे और इनके पिता बाबू देवीप्रसादजी भी दान देने के साथ-साथ कलाकारों का आदर करने के लिए विख्यात थे। इनका काशी में बड़ा सम्मान था और काशी की जनता काशीनरेश के बाद 'हर हर महादेव' से बाबू देवीप्रसाद का ही स्वागत करती थी। लगभग 11 वर्ष की अवस्था में उनके पिता का देहांत हो गया और 15 वर्ष की अवस्था में उनकी माता श्रीमती मुन्नी देवी का देहावसान हो गया तथा 17 वर्ष की अवस्था में प्रसाद के बड़े भाई शंभुरत्न का देहावसान हो जाने के कारण किशोरवय में ही प्रसादजी पर मानो आपदाओं का पहाड़ टूट पड़ा। कच्ची गृहस्थी, घर में सहारे के रूप में केवल विधवा भाभी, दूसरी ओर कुटुंबियों तथा परिवार से संबद्ध अन्य लोगों का संपत्ति हड़पने का षडयंत्र, इन सबका सामना प्रसादजी ने धीरता और गंभीरता के साथ किया।

प्रसादजी की प्रारंभिक शिक्षा काशी में क्वींस कॉलेज में हुई, परंतु यह शिक्षा अल्पकालिक थी। छठे दर्जे में शिक्षा आरंभ हुई थी और सातवें दर्जे तक ही वे वहाँ पढ़ पाए। उनकी शिक्षा का व्यापक प्रबंध घर पर ही किया गया, जहाँ हिंदी और संस्कृत का अध्ययन प्रसाद ने किया। प्रसादजी के प्रारंभिक शिक्षक श्री मोहिनी लाल गुप्त थे। वे कवि थे और उनका उपनाम 'रसमय सिद्ध' था। शिक्षक के रूप में वे बहुत प्रसिद्ध थे। चेतगंज के प्राचीन दलहट्टा मोहल्ले में उनकी अपनी छोटी सी बाल पाठशाला थी। 'रसमय सिद्धजी' ने प्रसादजी को प्रारंभिक शिक्षा दी तथा हिंदी और संस्कृत में अच्छी प्रगति करा दी।

प्रसादजी छायावादी युग के चार प्रमुख स्तंभों में से एक हैं। प्रसादजी ने हिंदी काव्य में एक तरह से छायावाद की स्थापना की, जिसके द्वारा खड़ीबोली के काव्य में न केवल कमनीय माधुर्य की रससिद्ध धारा प्रवाहित हुई, बल्कि जीवन के सूक्ष्म एवं

व्यापक आयामों के चित्रण की शक्ति भी संचित हुई और कामायनी तक पहुँचकर वह काव्य प्रेरक शक्तिकाव्य के रूप में भी प्रतिष्ठित हो गई। बाद के प्रगतिशील एवं नई कविता दोनों धाराओं के प्रमुख आलोचकों ने उसकी इस शक्तिमत्ता को स्वीकृति दी। इसका एक अतिरिक्त प्रभाव यह भी हुआ कि 'खड़ीबोली' हिंदी काव्य की निर्विवाद सिद्ध भाषा बन गई। प्रसादजी की काव्य रचनाएँ दो वर्गों में विभक्त हैं—काव्यपथ अनुसंधान की रचनाएँ और रससिद्ध रचनाएँ। 'चित्राधार' से लेकर 'झरना' तक प्रथम वर्ग की रचनाएँ हैं, जबकि 'आँसू', 'लहर' तथा 'कामायनी' दूसरे वर्ग की रचनाएँ हैं। प्रसाद ने काव्यरचना ब्रजभाषा में आरंभ की और धीरे-धीरे खड़ीबोली को अपनाते हुए इस भाँति अग्रसर हुए कि खड़ीबोली के मूर्धन्य कवियों में उनकी गणना की जाने लगी और वे युग-प्रवर्तक कवि के रूप में प्रतिष्ठित हुए।

प्रसादजी की खड़ीबोली की स्फुट कविताओं का प्रथम संग्रह 'कानन कुसुम' है। इसमें सन् 1909 ई. से लेकर सन् 1917 ई. तक की कविताएँ संग्रहीत हैं। प्राय: ये सभी कविताएँ पहले 'इंदु' में प्रकाशित हो चुकी थीं। यहाँ तक की कविताएँ प्रसादजी के प्रारंभिक दौर की कविताएँ हैं। सन् 1918 ई. में ही प्रसादजी के सुप्रसिद्ध संग्रह 'झरना' का प्रकाशन हुआ। इसमें उनके काव्य-विकास के संधिकाल की गीतिपरक कविताएँ संकलित हैं। आरंभ में इसमें कुल 24 कविताएँ थीं। 'झरना' एक दृष्टि से प्रेम के विविध अनुभवों का जीवंत वर्णन है। इसके साथ ही इसमें लोकमंगल की भावना और दीन-दुखी तथा दलितों के दु:ख के अंत की कामना भी है, जो प्रेम को उदार बनाती है।

प्रसादजी की काव्य रचना के दूसरे दौर का आरंभ 'आँसू' से हुआ। सन् 1936 ई. में 'कामायनी' का प्रकाशन हुआ। इसकी रचना में प्रसाद ने पूरे सात वर्ष लगाए थे। महाकाव्य के परंपरागत विधान में सचेत रूप से कुछ छोड़ते और बहुत-कुछ जोड़ते हुए पंद्रह सर्गों में विभक्त यह महाकाव्य विभिन्न दृष्टियों से जयशंकर प्रसाद की रचनात्मकता का शिखर तो है ही, काफी हद तक छायावादी काव्य-दृष्टि की भी रचनात्मक निष्पत्ति है।

प्रसादजी की प्रकाशित प्रमुख काव्य कृतियाँ निम्नलिखित हैं—प्रेम-पथिक 1909 ई. (प्रथम संस्करण ब्रजभाषा में; संशोधित-परिवर्धित संस्करण खड़ीबोली में—1914), करुणालय (काव्य नाटक)—1913 ई., महाराणा का महत्त्व—1914 ई., चित्राधार-1918 ई. (संशोधित-परिमार्जित संस्करण-1928 ई.), कानन कुसुम—1913 ई. (ब्रजभाषा मिश्रित प्रथम संस्करण-1913 ई.; परिवर्धित संस्करण-1918 ई.; संशोधित-परिमार्जित, खड़ीबोली संस्करण-1929 ई.), झरना-1918 ई. (परिवर्धित संस्करण-1927 ई.), आँसू-1925 ई. (परिवर्धित संस्करण-1933 ई.), लहर-1935 ई., कामायनी-1936 ई.। 15 नवंबर, 1937 को उनका निधन हो गया।

काव्य खंड

कामायनी

श्रद्धा सर्ग

कौन तुम ? संसृति–जलनिधि तीर
तरंगों से फेंकी मणि एक,
कर रहे निर्जन का चुपचाप
प्रभा की धारा से अभिषेक ?
मधुर विश्रांत और एकांत
जगत् का सुलझा हुआ रहस्य,
एक करुणामय सुंदर मौन
और चंचल मन का आलस्य!
सुना यह मनु ने मधु गुंजार
मधुकरी का सा जब सानंद,
किये मुख नीचा कमल समान
प्रथम कवि का ज्यों सुंदर छंद;
एक झिटका सा लगा सहर्ष,
निरखने लगे लुटे से, कौन
गा रहा यह सुंदर संगीत ?
कुतूहल रह न सका फिर मौन।
और देखा वह सुंदर दृश्य
नयन का इंद्रजाल अभिराम;
कुसुम–वैभव में लता समान
चंद्रिका से लिपटा घनश्याम।
हृदय की अनुकृति बाह्य उदार
एक लंबी काया, उन्मुक्त;
मधु पवन क्रीड़ित ज्यों शिशु साल
सुशोभित हो सौरभ संयुक्त।
मसृण गांधार देश के, नील
रोम वाले मेषों के चर्म,

ढँक रहे थे उसका वपु कांत
बन रहा था वह कोमल वर्म।
नील परिधान बीच सुकुमार
खुल रहा मृदुल अधखुला अंग,
खिला हो ज्यों बिजली का फूल
मेघ-वन बीच गुलाबी रंग।
आह! वह मुख! पश्चिम के व्योम-
बीच जब घिरते हों घन श्याम;
अरुण रवि मंडल उनको भेद
दिखाई देता हो छविधाम;
या कि नव इंद्र नील लघु शृंग
फोड़कर धधक रही हो कांत;
एक लघु ज्वालामुखी अचेत
माधवी रजनी में अश्रांत।

आँसू

इस करुणा कलित हृदय में
अब विकल रागिनी बजती
क्यों हाहाकार स्वरों में
वेदना असीम गरजती?
मानस-सागर के तट पर
क्यों लोल लहर की घातें
कल-कल ध्वनि से हैं कहती
कुछ विस्मृत बीती बातें?
आती है शून्य क्षितिज से
क्यों लौट प्रतिध्वनि मेरी
टकराती बिलखाती-सी
पगली-सी देती फेरी?
क्यों व्यथित व्योम-गंगा-सी
छिटकाकर दोनों छोरें
चेतना-तरंगिनि मेरी
लेती है मृदुल हिलोरें।

बस गई एक बस्ती है
स्मृतियों की इसी हृदय में
नक्षत्र-लोक फैला है
जैसे इस नील निलय में।

अभ्यास

लघु एवं दीर्घ उत्तरीय प्रश्न

1. जयशंकर प्रसाद का साहित्यिक परिचय देते हुए उनकी काव्य कृतियों का परिचय दीजिए।
2. छायावादी चतुष्टय में प्रसाद जी का स्थान निर्धारित कीजिए।
3. 'कामायनी' की विशेषताओं पर प्रकाश डालिए।
4. 'कामायनी' में शैव दर्शन की उपस्थिति की चर्चा कीजिए।

परियोजना कार्य

- जयशंकर प्रसाद की भाषा-शैली का मूल्यांकन करते हुए परियोजना कार्य पूर्ण कीजिए।

दक्षता-परीक्षण

- जयशंकर प्रसाद पर उपलब्ध सामग्री का अध्ययन कर पावर प्वाइंट प्रस्तुतीकरण दीजिए।

□

सूर्यकांत त्रिपाठी 'निराला'

साहित्यिक परिचय

सूर्यकांत त्रिपाठी 'निराला' का जन्म 21 फरवरी, 1899 ई. को बंगाल के महिषादल में हुआ था। 14 वर्ष की आयु में सूर्यकुमार (निराला के बचपन का नाम) का विवाह मनोहरा देवी से हुआ, जिनकी प्रेरणा से वे हिंदी साहित्य की ओर झुके। भाषा तथा साहित्य के साथ संगीत और दर्शनशास्त्र में भी निरालाजी की प्रारंभ से रुचि थी। सूर्यकांत त्रिपाठी 'निराला' हिंदी कविता के छायावादी युग के चार प्रमुख स्तंभों में से एक माने जाते हैं। जयशंकर प्रसाद, सुमित्रानंदन पंत और महादेवी वर्मा अन्य तीन स्तंभ हैं। उन्होंने कई कहानियाँ, उपन्यास और निबंध भी लिखे हैं, किंतु उनकी ख्याति विशेष रूप से कविता के कारण हुई।

निरालाजी की शिक्षा हाई स्कूल तक हुई। बाद में निराला ने हिंदी, संस्कृत और बांग्ला का स्वतंत्र अध्ययन किया। पिता की छोटी सी नौकरी की असुविधाओं और मान-अपमान का परिचय निराला को आरंभ में ही मिलने लगा था। उन्होंने दलित-शोषित किसान के साथ हमदर्दी का संस्कार अपने अबोध मन से ही अर्जित किया। तीन वर्ष की अवस्था में उनकी माता का और बीस वर्ष का होते-होते पिता का देहांत हो गया। परिणामस्वरूप अपने बच्चों के अलावा संयुक्त परिवार का भी बोझ निराला को उठाना पड़ा। पहले महायुद्ध के बाद जो महामारी फैली, उसमें न सिर्फ निरालाजी की पत्नी मनोहरा देवी, बल्कि चाचा, भाई और भाभी का भी देहांत हो गया। इसके बाद का उनका सारा जीवन आर्थिक-संघर्ष में बीता। निराला के जीवन की विशेष बात यह है कि कठिन से कठिन परिस्थितियों में भी उन्होंने सिद्धांत त्यागकर समझौते का रास्ता नहीं अपनाया, संघर्ष का साहस नहीं छोड़ा। उनके जीवन का उत्तरार्द्ध इलाहाबाद में बीता। वहीं दारागंज मुहल्ले में स्थित रायसाहब की विशाल कोठी के ठीक पीछे बने एक कमरे में 15 अक्तूबर, 1961 ई. को निरालाजी ने अंतिम साँस ली।

निरालाजी के काव्य-संग्रह हैं—अनामिका (1923), परिमल (1930), गीतिका (1936), अनामिका (द्वितीय) (1939) (इसी संग्रह में सरोज स्मृति और राम की शक्तिपूजा जैसी प्रसिद्ध कविताओं का संकलन है, तुलसीदास

(1939), कुकुरमुत्ता (1942), अणिमा (1943), बेला (1946), नए पत्ते (1946), अर्चना (1950), आराधना (1953), गीत कुंज (1954), सांध्य काकली, अपरा (संचयन)।

काव्य खंड

वर दे, वीणावादिनि वर दे!

वर दे, वीणावादिनि वर दे!
प्रिय स्वतंत्र-रव अमृत-मंत्र नव
भारत में भर दे!
काट अन्ध-उर के बंधन-स्तर
बहा जननि, ज्योतिर्मय निर्झर;
कलुष-भेद-तम हर प्रकाश भर
जगमग जग कर दे!
नव गति, नव लय, ताल-छंद नव,
नवल कंठ, नव जलद-मंद्ररव;
नव नभ के नव विहग-वृंद को
नव पर, नव स्वर दे!

तुलसीदास

भारत के नभ का प्रभापूर्य
शीतलच्छाय सांस्कृतिक सूर्य
अस्तमित आज रे-तमस्तूर्य दिग्मंडल;
उर के आसन पर शिरस्त्राण
शासन करते हैं मुसलमान;
है ऊर्मिल जल, निश्चलत्प्राण पर शतदल।
शत-शत अब्दों का सान्ध्य काल
यह आकुंचित भ्रू कुटिल-भाल
छाया अंबर पर जलद-जाल ज्यों दुस्तर;
आया पहले पंजाब प्रांत,
कोशल-बिहार तदनंत क्रांत,
क्रमशः प्रदेश सब हुए भ्रांत, घिर-घिरकर।
मोगल-दल बल के जलद-यान,
दर्पित-पद उन्मद-नद पठान
हैं बहा रहे दिग्देशज्ञान, शर-खरतर,

छाया ऊपर घन-अंधकार
टूटता वज्र दह दुर्निवार,
नीचे प्लावन की प्रलय-धार, ध्वनि हर-हर।
रिपु के समक्ष जो था प्रचंड
आतप ज्यों तम पर करोद्दण्ड;
निश्चल अब वही बुंदेलखंड, आभा गत,
नि:शेष सुरभि, कुरबक-समान
संलग्न वृंत पर, चिन्त्य प्राण,
बीता उत्सव ज्यों, चिह्न म्लान:; छाया श्लथ।
वीरों का गढ़, वह कालिंजर,
सिंहों के लिए आज पिंजर;
नर हैं भीतर, बाहर किन्नर-गण गाते;
पीकर ज्यों प्राणों का आसव
देखा असुरों ने दैहिक दव,
बंधन में फँस आत्मा-बांधव दुख पाते।
लड़-लड़ जो रण बाँकुरे समर
हो शायित देश की पृथ्वी पर,
अक्षर, निर्जर, दुर्धर्ष, अमर, जगतारण
भारत के उर के राजपूत,
उड़ गए आज वे देवदूत,
जो रहे शेष, नृपवेश सुत-बंदीगण।
यों, मोगल-पद-तल प्रथम तूर्ण
संबद्ध देश-बल चूर्ण-चूर्ण;
इस्लाम-कलाओं से प्रपूर्ण जन-जनपद;
संचित जीवन की क्षिप्रधार,
इस्लाम—सागराभिमुखऽपार,
बहतीं नदियाँ, नद; जन-जन हार वंशवद।
अब, धौत धरा, खिल गया गगन,
उर-उर को मधुर, तापप्रशमन
बहती समीर, चिर-आलिंगन ज्यों उन्मन।
झरते हैं शशधर से क्षण-क्षण
पृथ्वी के अधरों पर नि:श्वन
ज्योतिर्मय प्राणों के चुंबन, संजीवन!

भूला दुःख, अब सुख-स्वरित जाल
फैला-यह केवल-कल्प काल
कामिनी-कुमुद-कर-कलित ताल पर चलता
प्राणों की छवि मृदु-मंद-स्पंद,
लघु-गति, नियमित-पद, ललित-छंद;
होगा कोई, जो निरानंद, कर मलता।
सोचता कहाँ रे, किधर कूल
बहता तरंग का प्रमुद फूल?
यों इस प्रवाह में देश मूल खो बहता;
'छल-छल-छल' कहता यद्यपि जल,
वह मंत्रमुग्ध सुनता 'कल-कल';
निष्क्रिय; शोभा-प्रिय कूलोपल ज्यों रहता।

वह तोड़ती पत्थर

वह तोड़ती पत्थर;
देखा उसे मैंने इलाहाबाद के पथ पर
वह तोड़ती पत्थर।
कोई न छायादार
पेड़ वह जिसके तले बैठी हुई स्वीकार;
श्याम तन, भर बँधा यौवन,
नत नयन प्रिय, कर्मरत मन,
गुरु हथौड़ा हाथ,
करती बार-बार प्रहार—
सामने तरु-मालिका अट्टालिका, प्राकार।
चढ़ रही थी धूप;
गरमियों के दिन
दिवा का तमतमाता रूप;
उठी झुलसाती हुई लू,
रुई ज्यों जलती हुई भू,
गर्द चिनगीं छा गईं,
प्रायः हुई दुपहर—

वह तोड़ती पत्थर।
देखते देखा मुझे तो एक बार
उस भवन की ओर देखा, छिन्नतार;
देखकर कोई नहीं
देखकर मुझे उस दृष्टि से
जो मार खा रोई नहीं,
सजा सहज सितार,
सुनी मैंने वह नहीं जो थी सुनी झंकार
एक क्षण के बाद वह काँपी सुघर,
ढुलक माथे से गिरे सीकर;
लीन होते कर्म में फिर ज्यों कहा—
"मैं तोड़ती पत्थर।"

अभ्यास

लघु एवं दीर्घ उत्तरीय प्रश्न

1. सूर्यकांत त्रिपाठी 'निराला' का साहित्यिक परिचय देते हुए उनकी काव्य कृतियों का परिचय दीजिए।
2. निराला की राष्ट्रीय चेतना पर प्रकाश डालिए।
3. निराला के काव्य में निहित विविध पक्षों का मूल्यांकन दीजिए।
4. 'वह तोड़ती पत्थर' कविता का मूल्यांकन कीजिए।
5. 'तुलसीदास' कविता के आधार पर तत्कालीन भारत की दशा का चित्रण कीजिए।

परियोजना कार्य

- निराला की भाषा-शैली का मूल्यांकन करते हुए परियोजना कार्य पूर्ण कीजिए।

दक्षता-परीक्षण

- निराला पर उपलब्ध दक्षता-परीक्षण सामग्री का अध्ययन कर पावर प्वाइंट प्रस्तुतीकरण दीजिए।

□

सुमित्रानंदन पंत

साहित्यिक परिचय

सुमित्रानंदन पंत (20 मई, 1900–28 दिसंबर, 1977) हिंदी साहित्य में छायावादी युग के चार प्रमुख स्तंभों में से एक हैं। इस युग को जयशंकर प्रसाद, महादेवी वर्मा, सूर्यकांत त्रिपाठी 'निराला' और सुमित्रानंदन पंत, जैसे कवियों का युग कहा जाता है। छायावादी चतुष्टय के प्रमुख कवि समित्रानंदन पंत का जन्म 20 मई, सन् 1900 ई. (संवत् 1957 वि.) को प्रकृति की सुरम्य क्रीड़ा स्थली वर्तमान उत्तराखंड राज्य के अंतर्गत अल्मोड़ा जिले के कौसानी नामक गाँव में हुआ था। पंतजी के पिता का नाम पं. गंगादत्त पंत था। पं. गंगादत्त पंत कौसानी में चाय-बागान के मैनेजर और एकाउंटेंट थे। वे लकड़ी और कपड़े का व्यापार भी करते थे। प्रकृति के सुकुमार कवि पं. श्री सुमित्रानंदन पंतजी की माता का नाम श्रीमती सरस्वती देवी था। पंतजी के बचपन का मूल नाम गोसाईदत्त पंत था। बाद में उन्होंने अपना नाम गोसाईदत्त से बदलकर सुमित्रानंदन पंत रखा। पंतजी के जन्म लेते ही इन्हें मातृसुख से वंचित होना पड़ा। सन् 1905 ई. में पाँच वर्ष के बालक पंत ने विद्यारंभ किया। पिताजी ने लकड़ी की पट्टी पर श्रीगणेशाय नमः लिखकर सरस्वती के वरद पुत्र को स्वर-व्यंजन वर्ण लिखना सिखाया। पंतजी का प्रथम विद्यालय होने का श्रेय प्राप्त हुआ—उनके गाँव कौसानी की पाठशाला कौसानी वनाक्यूलर स्कूल को। पंत के फूफाजी ने उन्हें संस्कृत की शिक्षा दी तथा सन् 1909 ई. तक उन्होंने 'मेघदूत', 'अमरकोश', 'रामरक्षा-स्रोत', 'चाणक्य नीति', 'अभिज्ञान-शाकुंतलम्' आदि का ज्ञान पंतजी को करवा दिया।

सन् 1907 ई. में पहली बार काव्य पाठ के लिए इन्हें पुरस्कृत किया गया। सन् 1915 ई. से उन्होंने स्थाई रूप से काव्य सृजन शुरू किया। जुलाई 1921 में वे म्योर सेंट्रल स्कूल, प्रयाग अध्ययन हेतु गए, किंतु सन् 1921 में गांधीजी के असहयोग आंदोलन से प्रभावित होकर उन्होंने पढ़ाई छोड़ दी।

सन् 1931 ई. से 1941 तक बीच के एक वर्ष (1935) को छोड़कर वे कालाकांकर नरेश रामपाल सिंह के निमंत्रण पर कालाकांकर में 'नक्षत्र' नामक आवास में रहे। उन्होंने सन् 1938 में 'रूपाभ' का संपादन किया, सन् 1944 में वे पांडिचेरी जाकर अरविंद दर्शन से प्रभावित हुए। सन् 1947 में उन्होंने सांस्कृतिक जागरण हेतु 'लोकायन' संस्था की स्थापना की तथा सन् 1948 में देव तथा 1949 में डालमिया पुरस्कार से सम्मानित हुए।

सन् 1950 ई. में पंतजी आकाशवाणी से जुड़े और वहाँ चीफ प्रोड्यूसर के पद पर सन् 1957 ई. तक कार्यरत रहे। सन् 1958 ई. में आकाशवाणी में ही हिंदी परामर्शदाता के रूप में रहे तथा सोवियत-भारत-मैत्री-संघ के निमंत्रण पर पंतजी ने सन् 1961 में रूस तथा अन्य यूरोपीय देशों की यात्रा की।

पंतजी का संपूर्ण साहित्य 'सत्यं शिवं सुंदरम्' के आदर्शों से प्रभावित होते हुए भी समय के साथ निरंतर बदलता रहा है। जहाँ उनकी प्रारंभिक कविताओं में प्रकृति और सौंदर्य के रमणीय चित्र मिलते हैं, वहीं दूसरे चरण की कविताओं में छायावाद की सूक्ष्म कल्पनाओं व कोमल भावनाओं के और अंतिम चरण की कविताओं में प्रगतिवाद और विचारशीलता के अंकन हैं। उनकी सबसे बाद की कविताएँ अरविंद दर्शन और मानव कल्याण की भावनाओं से ओत-प्रोत हैं।

पंतजी का उत्तराखंड में कुमाऊँ की पहाड़ियों पर बसे कौसानी गाँव में बचपन बीता था। पंतजी का घर आज 'सुमित्रानंदन पंत साहित्यिक वीथिका' नामक संग्रहालय बन चुका है। इसमें उनके कपड़े, चश्मा, कलम आदि व्यक्तिगत वस्तुएँ सुरक्षित रखी गई हैं। संग्रहालय में उनको मिले ज्ञानपीठ पुरस्कार का प्रशस्ति-पत्र, हिंदी साहित्य सम्मेलन द्वारा मिला साहित्य वाचस्पति का प्रशस्ति-पत्र भी मौजूद है। साथ ही पंत की रचनाएँ 'लोकायतन', आस्था आदि कविता संग्रह की पांडुलिपियाँ भी यहाँ सुरक्षित रखी हैं। कालाकाँकर के कुँवर सुरेश सिंह और हरिवंश राय बच्चन से किए गए उनके पत्र व्यवहार की प्रतिलिपियाँ भी यहाँ मौजूद हैं। संग्रहालय में उनकी स्मृति में प्रत्येक वर्ष पंत व्याख्यान माला का आयोजन होता है। यहाँ से 'सुमित्रानंदन पंत : व्यक्तित्व और कृतित्व' नामक पुस्तक भी प्रकाशित की गई है। उनके नाम पर प्रयाग शहर में स्थित हाथी पार्क का नाम 'सुमित्रानंदन पंत बाल उद्यान' कर दिया गया है। कालाकांकर का उनका आवास 'नक्षत्र' नाम से आज भी संरक्षित है, जिसकी देखभाल कालाकांकर की राजकुमारी रत्ना सिंह द्वारा की जाती है।

सन् 1960 ई. में हिंदी-साहित्यकारों ने अज्ञेय द्वारा संपादित मानग्रंथ 'रूपांबरा', राष्ट्रपति भवन में तत्कालीन राष्ट्रपति डॉ. राजेंद्र प्रसाद के माध्यम से

पंतजी को दिया था। भारत सरकार द्वारा उनकी साहित्यिक-कलात्मक उपलब्धियों हेतु पद्म-भूषण सम्मान सन् 1961 ई. में प्रदान किया गया। 'कला और बूढ़ा चाँद' पर उन्हें सन् 1961 में ही साहित्य अकादमी का पाँच हजार रुपए का अकादमी पुरस्कार मिला। 'लोकायतन' महाकाव्य पर नवंबर 1965 ई. में उन्हें प्रथम सोवियत लैंड नेहरू पुरस्कार प्राप्त हुआ। सन् 1965 में ही उत्तर प्रदेश सरकार का विशिष्ट साहित्यिक सेवा हेतु दस हजार रुपए का पुरस्कार पंतजी को मिला। पंतजी को सन् 1967 ई. में विक्रम विश्वविद्यालय ने डी.लिट्. की मानद उपाधि से विभूषित किया। पंतजी को सन् 1968 ई. में 'चिदंबरा' पर भारतीय ज्ञानपीठ का एक लाख रुपए का पुरस्कार प्राप्त हुआ था। पंतजी आजीवन सृजन-कर्म में निरत रहे। सरस्वती के इस पुजारी ने प्रयागराज की पावन भूमि पर 77 वर्ष की आयु में 28 दिसंबर, 1977 ई. को अपने प्राण त्याग दिए।

पंतजी का बाल्यकाल कौसानी के सुरम्य वातावरण में व्यतीत हुआ। इस कारण प्रकृति ही उनकी जीवन-सहचरी के रूप में रही और उन्होंने काव्य-साधना भी प्रकृति के बीच रहकर ही की, अत: प्रकृति वर्णन, सौंदर्य प्रेम और सुकुमार कल्पनाएँ उनके काव्य में प्रमुख रूप से पाई जाती हैं। प्रकृति-वर्णन की दृष्टि से पंतजी 'हिंदी के वड्र्सवर्थ' माने जाते हैं।

पंतजी बहुमुखी प्रतिभा-संपन्न साहित्यकार थे। अपने विस्तृत साहित्यिक जीवन में पंतजी ने विविध विधाओं में साहित्य रचना की। पंत की प्रमुख कृतियों का विवरण इस प्रकार है—

पंतजी का 'लोकायतन' महाकाव्य लोक जीवन का महाकाव्य है। यह महाकाव्य सन् 1964 ई. में प्रकाशित हुआ। इस महाकाव्य में कवि की सांस्कृतिक और दार्शनिक विचारधारा व्यक्त हुई है। इस रचना में कवि ने ग्राम्य-जीवन और जन-भावना को छंदोबद्ध किया है। 'वीणा' में पंतजी के प्रारंभिक प्रकृति के अलौकिक सौंदर्य से पूर्ण गीत संग्रहीत हैं। 'पल्लव' संग्रह में प्रेम, प्रकृति और सौंदर्य के व्यापक चित्र प्रस्तुत किए गए हैं।

'ग्रंथि' काव्य-संग्रह में वियोग का स्वर प्रमुख रूप से मुखरित हुआ है। प्रकृति यहाँ भी कवि की सहचरी रही है। 'गुंजन' में प्रकृति प्रेम और सौंदर्य से संबंधित गंभीर एवं प्रौढ़ रचनाएँ संकलित की गई हैं। 'स्वर्णधूलि', 'स्वर्ण-किरण', 'युगपथ', 'उत्तरा' तथा 'अणिमा' आदि में पंतजी महर्षि अरविंद के नवचेतनावाद से प्रभावित हैं। 'युगांत', 'युगवाणी' और 'ग्राम्या' में कवि समाजवाद और भौतिक दर्शन की ओर उन्मुख हुआ है। इन रचनाओं में कवि ने दीन-हीन और शोषित वर्ग को अपने काव्य का आधार बनाया है।

पंतजी की भाषा मूलतः अति सुकुमार और श्रुतिमधुर और बड़ी चित्रमयी रही है और वह बड़े ही मनोरम बिंबों की योजना करती है। वे भावानुरूप शब्दावली के प्रयोग में सिद्धहस्त हैं। चित्रात्मकता तो पंतजी की कविता में अनायास ही बिंबित हो उठती है। कवि को वर्णों की संगति की गहरी पकड़ है। पंतजी की भाषा सामान्यतः संस्कृतिनिष्ठ और परिमार्जित है।

पंतजी की शैली में छायावादी काव्य-शैली की समस्त विशेषताएँ (लाक्षणिकता, प्रतीकात्मकता, ध्वन्यात्मकता, चित्रात्मकता आदि) प्रचुर मात्रा में मिलती हैं।

काव्य खंड

मौन निमंत्रण

स्तब्ध ज्योत्स्ना में जब संसार
चकित रहता शिशु सा नादान,
विश्व के पलकों पर सुकुमार
विचरते हैं जब स्वप्न अजान,
न जाने नक्षत्रों से कौन
निमंत्रण देता मुझको मौन!

सघन मेघों का भीमाकाश
गरजता है जब तमसाकार,
दीर्घ भरता समीर निःश्वास,
प्रखर झरती जब पावस-धार;
न जाने, तपक तड़ित में कौन
मुझे इंगित करता तब मौन!

देख वसुधा का यौवन भार
गूँज उठता है, जब मधुमास,
विधुर उर के-से मृदु उद्गार
कुसुम जब खुल पड़ते सोच्छ्वास,
न जाने, सौरभ के मिस कौन
संदेशा मुझे भेजता मौन!

क्षुब्ध जल शिखरों को जब वात
सिंधु में मथकर फेनाकार,
बुलबुलों का व्याकुल संसार
बना, बिथुरा देती अज्ञात,
उठा तब लहरों से कर कौन
न जाने, मुझे बुलाता कौन?

स्वर्ण, सुख, श्री सौरभ में भोर
विश्व को देती है जब बोर
विहग कुल की कल-कंठ हिलोर

मिला देती भू नभ के छोर;
न जाने, अलस पलक-दल कौन
खोल देता तब मेरे मौन!

तुमुल तम में जब एकाकार
ऊँघता एक साथ संसार,
भीरु झींगुर-कुल की झंकार
कँपा देती निद्रा के तार
न जाने, खद्योतों से कौन
मुझे पथ दिखलाता तब मौन!

कनक छाया में जबकि सकल
खोलती कलिका उर के द्वार
सुरभि पीड़ित मधुपों के बाल
तड़प, बन जाते हैं गुंजार;
न जाने, ढुलक ओस में कौन
खींच लेता मेरे दृग मौन!

बिछा कार्यों का गुरुतर भार
दिवस को दे सुवर्ण अवसान,
शून्य शय्या में श्रमित अपार,
जुड़ाता जब मैं आकुल प्राण;
न जाने, मुझे स्वप्न में कौन
फिराता छाया-जग में मौन!

न जाने कौन अये द्युतिमान!
जान मुझको अबोध, अज्ञान,
सुझाते हो तुम पथ अजान
फूँक देते छिद्रों में गान;
अहे सुख-दुःख के सहचर मौन!
नहीं कह सकता तुम हो कौन?

प्रथम रश्मि

प्रथम रश्मि का आना रंगिणि!
तूने कैसे पहचाना?

कहाँ, कहाँ हे बाल-विहंगिनि!
पाया तूने वह गाना?
सोई थी तू स्वप्न नीड़ में,
पंखों के सुख में छिपकर,
ऊँघ रहे थे, घूम द्वार पर,
प्रहरी-से जुगनू नाना।
शशि-किरणों से उतर-उतरकर,
भू पर कामरूप नभ-चर,
चूम नवल कलियों का मृदु-मुख,
सिखा रहे थे मुसकाना।
स्नेह-हीन तारों के दीपक,
श्वास-शून्य थे तरु के पात,
विचर रहे थे स्वप्न अवनि में
तम ने था मंडप ताना।
कूक उठी सहसा तरु-वासिनि!
गा तू स्वागत का गाना,
किसने तुझको अंतर्यामिनि!
बतलाया उसका आना!

यह धरती कितना देती है

मैंने छुटपन में छिपकर पैसे बोए थे,
सोचा था, पैसों के प्यारे पेड़ उगेंगे,
रुपयों की कलदार मधुर फसलें खनकेंगी
और फूल फलकर मै मोटा सेठ बनूँगा!
पर बंजर धरती में एक न अंकुर फूटा,
बंध्या मिट्टी ने न एक भी पैसा उगला!
सपने जाने कहाँ मिटे, कब धूल हो गए!
मैं हताश हो बाट जोहता रहा दिनों तक
बाल-कल्पना के पलक पाँवड़े बिछाकर
मैं अबोध था, मैंने गलत बीज बोए थे,
ममता को रोपा था, तृष्णा को सींचा था!

अर्धशती हहराती निकल गई है तबसे!
कितने ही मधु पतझर बीत गए अनजाने,
ग्रीष्म तपे, वर्षा झूली, शरदें मुसकाईं;
सी-सी कर हेमंत कँपे, तरु झरे, खिले वन!
औ' जब फिर से गाढ़ी, ऊदी लालसा लिये
गहरे, कजरारे बादल बरसे धरती पर,
मैंने कौतूहल-वश आँगन के कोने की
गीली तह यों ही उँगली से सहलाकर
बीज सेम के दबा दिए मिट्टी के नीचे-
भू के अंचल में मणि-माणिक बाँध दिए हों!
मैं फिर भूल गया इस छोटी सी घटना को,
और बात भी क्या थी याद जिसे रखता मन!
किंतु, एक दिन जब मैं संध्या को आँगन में
टहल रहा था, तब सहसा, मैंने देखा
उसे हर्ष-विमूढ़ हो उठा मैं विस्मय से!
देखा-आँगन के कोने में कई नवागत
छोटे-छोटे छाता ताने खड़े हुए हैं!
छाता कहूँ कि विजय पताकाएँ जीवन की,
या हथेलियाँ खोले थे वे नन्ही प्यारी—
जो भी हो, वे हरे-हरे उल्लास से भरे
पंख मारकर उड़ने को उत्सुक लगते थे—
डिंब तोड़कर निकले चिड़ियों के बच्चों से!
निर्निमेष, क्षण भर, मैं उनको रहा देखता—
सहसा मुझे स्मरण हो आया, कुछ दिन पहिले
बीज सेम के मैने रोपे थे आँगन में,
और उन्हीं से बौने पौधो की यह पलटन
मेरी आँखों के सम्मुख अब खड़ी गर्व से,
नन्हे नाटे पैर पटक, बढ़ती जाती है!
तब से उनको रहा देखता धीरे-धीरे
अनगिनती पत्तों से लद, भर गई झाड़ियाँ,
हरे-भरे टँग गए कई मखमली चँदोवे!

बेलें फैल गई बल खा, आँगन में लहरा
और सहारा लेकर बाड़े की टट्टी का
हरे-हरे सौ झरने फूट पड़े ऊपर को—
मैं अवाक् रह गया-वंश कैसे बढ़ता है!
छोटे तारों-से छितरे, फूलों के छीटे
झागों-से लिपटे लहरों श्यामल लतरों पर
सुंदर लगते थे, मावस के हँसमुख नभ-से,
चोटी के मोती-से, आँचल के बूटों-से!
ओह, समय पर उनमें कितनी फलियाँ फूटी!
कितनी सारी फलियाँ, कितनी प्यारी फलियाँ,—
पतली चौड़ी फलियाँ! उफ उनकी क्या गिनती!
लंबी-लंबी अंगुलियों-सी नन्ही-नन्ही
तलवारों-सी पन्ने के प्यारे हारों-सी,
झूठ न समझे चंद्र कलाओं-सी नित बढ़ती,
सच्चे मोती की लड़ियों-सी, ढेर-ढेर खिल
झुंड-झुंड झिलमिलकर कचपचिया तारों-सी!
आः इतनी फलियाँ टूटी, जाड़ों भर खाई,
सुबह शाम वे घर-घर पकीं, पड़ोस पास के
जाने-अनजाने सब लोगों में बँटवाई
बंधु-बांधवों, मित्रों, अभ्यागत, मँगतों ने
जी भर-भर दिन-रात मुहल्ले भर ने खाई!—
कितनी सारी फलियाँ, कितनी प्यारी फलियाँ!
यह धरती कितना देती है! धरती माता
कितना देती है अपने प्यारे पुत्रों को!
नहीं समझ पाया था मैं उसके महत्त्व को,—
बचपन में छिः स्वार्थ लोभ वश पैसे बोकर!
रत्न प्रसविनी है वसुधा, अब समझ सका हूँ।
इसमें सच्ची समता के दाने बोने हैं;
इसमें जन की क्षमता के दाने बोने हैं,
इसमें मानव-ममता के दाने बोने हैं,—
जिससे उगल सके फिर धूल सुनहली फसलें

मानवता की—जीवन श्रम से हँसे दिशाएँ—
हम जैसा बोएँगे वैसा ही पाएँगे।

अभ्यास

लघु एवं दीर्घ उत्तरीय प्रश्न

1. सुमित्रानंदन पंत का साहित्यिक परिचय देते हुए उनकी काव्य कृतियों का परिचय दीजिए।
2. पंत को प्रकृति का सुकुमार कवि क्यों कहते हैं? स्पष्ट कीजिए।
3. पंत के काल की रहस्यकारी प्रवृत्तियों की चर्चा कीजिए।
4. पंत की 'यह धरती कितना देती है' कविता की पर्यावरणीय चेतना पर विचार कीजिए।
5. पंत का समग्र साहित्यिक मूल्यांकन कीजिए।

परियोजना कार्य

- सुमित्रानंदन पंत की साहित्यिक उपलब्धियों का समग्र मूल्यांकन करते हुए परियोजना कार्य पूर्ण कीजिए।

दक्षता-परीक्षण

- पंत पर उपलब्ध सामग्री का अध्ययन कर पावर प्वॉइंट प्रस्तुतीकरण दीजिए।

□

महादेवी वर्मा

साहित्यिक परिचय

महादेवी वर्मा का जन्म 26 मार्च, सन् 1907 ई. को फर्रुखाबाद, उत्तर प्रदेश में हुआ। उनके परिवार में लगभग 200 वर्षों या सात पीढ़ियों के बाद पहली बार पुत्री का जन्म हुआ था, अतः बाबा बाबू बाँके बिहारीजी हर्ष से झूम उठे और इन्हें घर की महादेवी मानते हुए पुत्री का नाम महादेवी रखा। उनकी उच्च शिक्षा इलाहाबाद विश्वविद्यालय से हुई।

महादेवी वर्मा हिंदी की सर्वाधिक प्रतिभावान कवयित्रियों में से हैं। महादेवी हिंदी साहित्य में छायावादी युग के चार प्रमुख स्तंभों में से एक मानी जाती हैं। आधुनिक हिंदी की सबसे सशक्त कवयित्रियों में से एक होने के कारण महादेवी वर्मा को 'आधुनिक मीरा' के नाम से भी जाना जाता है। कवि निराला ने उन्हें 'हिंदी के विशाल मंदिर की सरस्वती' भी कहा है। महादेवी ने स्वतंत्रता के पहले का भारत भी देखा और स्वतंत्रता के बाद का भी। वे उन कवियों में से हैं, जिन्होंने व्यापक समाज में काम करते हुए भारत के भीतर विद्यमान हाहाकार, रुदन को देखा, परखा और करुण होकर अंधकार को दूर करनेवाली दृष्टि देने की कोशिश की। न केवल उनका काव्य, बल्कि उनके समाज-सुधार के कार्य और महिलाओं के प्रति सचेतन भावना भी इस दृष्टि से प्रभावित रहे।

महादेवीजी की शिक्षा इंदौर में मिशन स्कूल से प्रारंभ हुई, साथ ही संस्कृत, अंग्रेजी, संगीत तथा चित्रकला की शिक्षा अध्यापकों द्वारा घर पर ही दी जाती रही। बीच में विवाह जैसी बाधा पड़ जाने के कारण कुछ दिन शिक्षा स्थगित रही। विवाहोपरांत महादेवीजी ने सन् 1919 में क्राइस्थवेट कॉलेज इलाहाबाद में प्रवेश लिया और कॉलेज के छात्रावास में रहने लगीं। सन् 1921 में महादेवीजी ने आठवीं कक्षा में प्रांत भर में प्रथम स्थान प्राप्त किया। यहीं पर उन्होंने अपने काव्य जीवन की शुरुआत की। वे सात वर्ष की अवस्था से ही कविता लिखने लगी थीं और 1925

में जब उन्होंने मैट्रिक की परीक्षा उत्तीर्ण की, वे एक सफल कवयित्री के रूप में प्रसिद्ध हो चुकी थीं। विभिन्न पत्र-पत्रिकाओं में उनकी कविताओं का प्रकाशन होने लगा था। कॉलेज में सुभद्रा कुमारी चौहान के साथ उनकी घनिष्ठ मित्रता हो गई। सुभद्रा कुमारी चौहान महादेवीजी का हाथ पकड़कर सखियों के बीच में ले जाती और कहतीं, "सुनो, ये कविता भी लिखती हैं।" सन् 1932 में जब महादेवी वर्मा ने इलाहाबाद विश्वविद्यालय से संस्कृत में एम.ए. उत्तीर्ण किया, तब तक उनके दो कविता-संग्रह 'नीहार' तथा 'रश्मि' प्रकाशित हो चुके थे।

महादेवी वर्माजी ने प्रयागराज में प्रयाग महिला विद्यापीठ के विकास में महत्त्वपूर्ण योगदान किया। यह कार्य अपने समय में महिला-शिक्षा के क्षेत्र में क्रांतिकारी कदम था। इसकी वे प्रधानाचार्य भी रहीं। सन् 1923 में उन्होंने महिलाओं की प्रमुख पत्रिका 'चाँद' का कार्यभार सँभाला। सन् 1930 में 'नीहार', सन् 1932 में 'रश्मि', सन् 1934 में 'नीरजा' तथा सन् 1936 में 'सांध्यगीत' नामक उनके चार कविता-संग्रह प्रकाशित हुए। सन् 1939 में इन चारों काव्य-संग्रहों को उनकी कलाकृतियों के साथ वृहदाकार में 'यामा' शीर्षक से प्रकाशित किया गया। महादेवी वर्मा के अन्य कविता-संग्रह हैं—'दीपशिखा' (1942), 'सप्तपर्णा' (अनूदित-1959), 'प्रथम आयाम' (1974), 'अग्निरेखा' (1990)।

महादेवी वर्मा के अन्य अनेक काव्य संकलन भी प्रकाशित हैं, जिनमें उपर्युक्त रचनाओं से चुने हुए गीत संकलित किए गए हैं, जैसे आत्मिका, परिक्रमा, संधिनी (1965), यामा (1936), गीतपर्व, दीपगीत, स्मारिका, नीलांबरा और आधुनिक कवि महादेवी आदि।

उन्होंने भारत में महिला कवि सम्मेलनों की नींव रखी। इस प्रकार का पहला अखिल भारतवर्षीय महिला कवि सम्मेलन 15 अप्रैल, 1933 ई. को सुभद्रा कुमारी चौहान की अध्यक्षता में प्रयाग महिला विद्यापीठ में संपन्न हुआ। वे हिंदी साहित्य में रहस्यवाद की प्रवर्तिका भी मानी जाती हैं। उन्होंने अपने जीवन का अधिकांश समय उत्तर प्रदेश के प्रयागराज नगर में बिताया। महादेवी वर्मा का 11 सितंबर, 1987 को प्रयागराज में देहांत हो गया।

आधुनिक गीत काव्य में महादेवीजी का स्थान सर्वोपरि है। उनकी कविता में प्रेम की पीर और भावों की तीव्रता विद्यमान होने के कारण भाव, भाषा और संगीत की जैसी त्रिवेणी उनके गीतों में प्रवाहित होती है, वैसी अन्यत्र दुर्लभ है।

साहित्य में महादेवी वर्मा का आविर्भाव उस समय हुआ, जब खड़ीबोली का आकार परिष्कृत हो रहा था। उन्होंने हिंदी कविता को बृजभाषा जैसी कोमलता दी, छंदों के नए दौर को गीतों का भंडार दिया और भारतीय दर्शन को वेदना की हार्दिक स्वीकृति दी। इस प्रकार महादेवी वर्मा ने भाषा साहित्य और दर्शन तीनों क्षेत्रों में ऐसा महत्त्वपूर्ण काम किया, जिसने आनेवाली एक पूरी पीढ़ी को प्रभावित किया।

काव्य खंड

बीन भी हूँ मैं तुम्हारी रागिनी भी हूँ!

बीन भी हूँ मैं तुम्हारी रागिनी भी हूँ!
नींद थी मेरी अचल निस्पंद कण कण में,
प्रथम जागृति थी जगत् के प्रथम स्पंदन में;
प्रलय में मेरा पता पदचिह्न जीवन में,
शाप हूँ जो बन गया वरदान बंधन में,
कूल भी हूँ कूलहीन प्रवाहिनी भी हूँ।
बीन भी हूँ मैं तुम्हारी रागिनी भी हूँ!

नयन में जिसके जलद वह तृषित चातक हूँ
शलभ जिसके प्राण में वह निठुर दीपक हूँ
फूल को उर में छिपाए विकल बुलबुल हूँ
एक होकर दूर तन से छाँह वह चल हूँ;
दूर तुमसे हूँ अखंड सुहागिनी भी हूँ!
बीन भी हूँ मैं तुम्हारी रागिनी भी हूँ!

आग हूँ, जिससे ढुलकते बिंदु हिमजल के,
शून्य हूँ, जिसके बिछे हैं पाँवड़े पल के,
पुलक हूँ, जो पला है, कठिन प्रस्तर में;
हूँ वही प्रतिबिंब, जो आधार के उर में;
नील घन भी हूँ सुनहली दामिनी भी हूँ!
बीन भी हूँ मैं तुम्हारी रागिनी भी हूँ!

नाश भी हूँ, मैं अनंत विकास का क्रम भी
त्याग का दिन भी चरम आसक्ति का तम भी;
तार भी आघात भी झंकार की गति भी,
पात्र भी मधु भी मधुप भी मधुप विस्मृति भी;
अधर भी हूँ और स्मित की चाँदनी भी हूँ!
बीन भी हूँ मैं तुम्हारी रागिनी भी हूँ!

फिर विकल हैं प्राण मेरे!

तोड़ दो यह क्षितिज मैं भी देख लूँ उस ओर क्या है!
जा रहे जिस पंथ से युग कल्प उसका छोर क्या है?
क्यों मुझे प्राचीर बन कर
आज मेरे श्वास घेरे?
सिंधु की निस्सीमता पर लघु लहर का लास कैसा!
दीप लघु शिर पर धरे आलोक का आकाश कैसा!
दे रही मेरी चिरंतनता
क्षणों के साथ फेरे!
बिंबग्राहकता कणों को शलभ को चिर साधना दी,
पुलक से नभ भर धरा को कल्पनामय वेदना दी;
मत कहो हे विश्व!
'झूठे हैं अतुल वरदान तेरे'!
नभ डुबा पाया न अपनी बाढ़ में भी क्षुद्र तारे,
ढूँढने करुणा मृदुल घन चीरकर तूफान हारे,
अंत के तम में बुझें क्यों
आदि के अरमान मेरे!

यह मंदिर का दीप

यह मंदिर का दीप इसे नीरव जलने दो!
रजत शंख-घड़ियाल स्वर्ण वंशी-वीणा-स्वर,
गए आरती वेला को शत-शत लय से भर,
जब था कल कंठों का मेला,
विहँसे उपल तिमिर था खेला,
अब मंदिर में इष्ट अकेला,
इसे अजिर का शून्य गलाने को गलने दो!
चरणों से चिह्नित अलिंद की भूमि सुनहली,
प्रणत शिरों के अंक लिए चंदन की दहली,
झरे सुमन बिखरे अक्षत सित,
धूप-अर्घ्य नैवेद्य अपरिमित
तम में सब होंगे अंतर्हित,

सबकी अर्चित कथा इसी लौ में पलने दो!
पल के मनके फेर पुजारी विश्व सो गया,
प्रतिध्वनि का इतिहास प्रस्तरों बीच खो गया
साँसों की समाधि सा जीवन,
मसि-सागर का पंथ गया बन
रुका मुखर कण-कण का स्पंदन,
इस ज्वाला में प्राण-रूप फिर से ढलने दो!
झंझा है दिग्भ्रांत रात की मूर्च्छा गहरी,
आज पुजारी बने, ज्योति का यह लघु प्रहरी,
जब तक लौटे दिन की हलचल,
तब तक यह जागेगा प्रतिपल,
रेखाओं में भर आभा-जल
दूत साँझ का इसे प्रभाती तक चलने दो!

अभ्यास

लघु एवं दीर्घ उत्तरीय प्रश्न

1. महादेवी वर्मा का साहित्यिक मूल्यांकन करते हुए उनकी काव्य कृतियों पर प्रकाश डालिए।
2. 'महादेवी वर्मा आधुनिक युग की मीरा हैं', इस कथन का विश्लेषण कीजिए।
3. महादेवी वर्मा का छायावादी काव्य चतुष्टय में स्थान निर्धारित कीजिए।
4. महादेवी वर्मा के काव्य में आशा और निराशा के बिंदुओं की चर्चा कीजिए।

परियोजना कार्य

- महादेवी वर्मा के समग्र साहित्यिक आधार को केंद्र में रखकर परियोजना कार्य पूर्ण कीजिए।

दक्षता-परीक्षण

- महादेवी वर्मा पर उपलब्ध सामग्री का अध्ययन कर पावर प्वॉइंट प्रस्तुतीकरण दीजिए।

□

इकाई-8

छायावादोत्तर कवि

सच्चिदानंद हीरानंद वात्स्यायन 'अज्ञेय'

साहित्यिक परिचय

सच्चिदानंद हीरानंद वात्स्यायन 'अज्ञेय' का जन्म 7 मार्च, सन् 1911 ई. को उत्तर प्रदेश के कसया, कुशीनगर में पुरातत्त्व-खुदाई शिविर में हुआ। अज्ञेयजी के पिता पं. हीरानंद शास्त्री प्राचीन लिपियों के विशेषज्ञ थे। अज्ञेय का बचपन अपने पिता की नौकरी के साथ कई स्थानों की परिक्रमा करते हुए बीता। लखनऊ, श्रीनगर, जम्मू घूमते हुए अज्ञेय का परिवार सन् 1919 में नालंदा पहुँचा। नालंदा में अज्ञेय के पिता ने अज्ञेय से हिंदी लिखवाना शुरू किया। इसके बाद सन् 1921 ई. में अज्ञेय का परिवार ऊटी पहुँचा, ऊटी में अज्ञेय के पिता ने अज्ञेय का यज्ञोपवीत कराया और अज्ञेय को 'वात्स्यायन' कुलनाम दिया।

उनकी प्रारंभिक शिक्षा-दीक्षा पिता की देख-रेख में घर पर ही संस्कृत, फारसी, अंग्रेजी और बांग्ला भाषा व साहित्य के अध्ययन के साथ हुई। अज्ञेय ने सन् 1925 ई. में पंजाब से एंट्रेंस की परीक्षा पास की और उसके बाद मद्रास क्रिश्चियन कॉलेज में प्रवेश लिया। वहाँ से विज्ञान में इंटर की पढ़ाई पूरी कर सन् 1927 ई. में अज्ञेय बी.एससी. करने के लिए लाहौर के फरमन कॉलेज के छात्र बने। अज्ञेयजी सन् 1929 ई. में बी.एससी. करके अंग्रेजी में एम.ए. करते समय क्रांतिकारी आंदोलन से जुड़कर फरार भी हो गए। ऐसी परिस्थितयों में वे क्रांतिकारी गतिविधियों में हिस्सा लेने के कारण पढ़ाई पूरी न कर सके।

अज्ञेय प्रयोगवाद एवं नई कविता को साहित्य जगत् में प्रतिष्ठित करनेवाले महत्त्वपूर्ण कवि हैं। अज्ञेयजी ने अनेक जापानी हाइकु कविताओं का अनुवाद किया है। अज्ञेय बहुआयामी प्रतिभा के धनी कवि होने के साथ-साथ एक अच्छे फोटोग्राफर और सत्यान्वेषी पर्यटक भी थे। अज्ञेय ने अंग्रेजों के खिलाफ अभियान में सन् 1930 से 1936 ई. तक विभिन्न जेलों में बंदी जीवन बिताया। सन् 1936-

37 ई. में 'सैनिक' और 'विशाल भारत' नामक पत्रिकाओं का संपादन किया। इसके बाद इलाहाबाद से 'प्रतीक' नामक पत्रिका निकाली और ऑल इंडिया रेडियो की नौकरी स्वीकार की, देश-विदेश की यात्राएँ कीं, जिसमें अज्ञेय ने कैलिफोर्निया विश्वविद्यालय से लेकर जोधपुर विश्वविद्यालय तक में अध्यापन का काम किया। इसके बाद वे दिल्ली लौटे और 'दिनमान' साप्ताहिक, 'नवभारत टाइम्स', अंग्रेजी पत्र 'वाक्' और 'एवरीमैंस' जैसी प्रसिद्ध पत्र-पत्रिकाओं का संपादन किया। सन् 1980 ई. में उन्होंने 'वत्सल निधि' नामक एक न्यास की स्थापना की, जिसका उद्देश्य साहित्य और संस्कृति के क्षेत्र में कार्य करना था। सन् 1964 ई. में 'आँगन के पार द्वार' पर उन्हें साहित्य अकादमी का पुरस्कार प्राप्त हुआ और सन् 1978 ई. में 'कितनी नावों में कितनी बार' पर भारतीय ज्ञानपीठ पुरस्कार मिला। उन्होंने कहानियों, निबंधों, उपन्यासों आदि में भी अपनी रचनात्मक प्रतिभा का उत्कर्ष प्रस्तुत किया।

अज्ञेय भाषासिद्ध कवि ही नहीं हैं, बल्कि भाषा चिंतक भी हैं। अज्ञेय ने भाषा के संबंध में लिखा भी है—"हम जो भाषा बोलते हैं, उसके द्वारा हम वह संसार चुन लेते हैं, जिसमें हम रहते हैं या इसी बात को उलटकर यों कहें कि हम जो बोलते हैं, उसके निमित्त से हम जीवन व्यवस्था के लिए चुन लिए जाते हैं, एक निर्दिष्ट स्थान और धर्म पा लेते हैं, उसे निबाहने के लिए स्वतंत्र हो जाते हैं।" इतना ही नहीं अज्ञेय भाषा को मनुष्य और उसकी परंपरा के बीच की कड़ी भी स्वीकार करते हैं। इसलिए वह समाज और संस्कृति को जोड़कर देखने के पक्षधर हैं। यथा—"हम संस्कृति और समाज को दो भागों में बाँट लेते हैं और एक-दूसरे के साथ शोषण का रिश्ता हो जाता है, वहाँ से भाषा का अवमूल्यन शुरू हो जाता है, क्योंकि समाज का बड़ा हिस्सा छोटे हिस्से का शिकार हो जाता है और बड़े हिस्से की भाषा भी छोटे हिस्से के मुहावरे का शिकार हो जाती है।"

अज्ञेय की काव्य-भाषा हिंदी साहित्य की उपलब्धि के साथ एक चुनौती पेश करती है। उनकी कविता-यात्रा को बारीक दृष्टि से देखें तो साफ पता चल जाएगा कि उसमें कई पड़ाव हैं, कई रंग हैं और रूप भी। कविता के आदि से अंत तक शिल्प पर जैसी पकड़ अज्ञेय की है, वैसी अन्य कवियों में नहीं दिखती है। उनकी कविता में शब्द मौन और कोलाहल दोनों के भेद खोलने के लिए तत्पर रहते हैं, बस कोई उनका मूल्यांकन करने का साहस करे। इसमें कोई विवाद नहीं है कि अज्ञेय ने अपनी काव्य-भाषा को हिंदी साहित्य में बहस और चिंतन का विषय बनाया। भाषा को नए तरीके से समझने की उनकी जिज्ञासा अज्ञेय की कविता में अपने पूरे वैभव के साथ मौजूद है।

संपादन : तार सप्तक (कविता-संग्रह) 1943, दूसरा सप्तक (कविता-संग्रह) 1951, तीसरा सप्तक (कविता-संग्रह), चौथा सप्तक (कविता-संग्रह) 1979।

कविता-संग्रह : 'भग्नदूत', 1933, 'चिंता', 1942, 'इत्यलम', 1946, 'हरी घास पर क्षण भर', 1949, 'बावरा अहेरी', 1954, 'इंद्रधनु रौंदे हुए ये', 1957, 'अरी ओ करुणा प्रभामय', 1951, 'पुष्करिणी', 1951, 'आँगन के पार द्वार', 1961, 'पूर्वा' (भग्नदूत, इत्यलम, हरी घास पर क्षण भर का संकलन), 1965, 'सुनहले शैवाल', 1966, 'कितनी नावों में कितनी बार', 1967, 'क्योंकि मैं उसे जानता हूँ', 1970, 'सागर मुद्रा', 1970, 'पहले मैं सन्नाटा बुनता हूँ', 'महावृक्ष के नीचे', 1977, 'नदी की बाँक पर छाया', 1981, 'सदानीरा' (दो खंडों में), 1984, 'ऐसा कोई घर आपने देखा है', 1986, 'मरुथल', 1995 (मरणोपरांत)।

4 अप्रैल, सन् 1987 ई. को अज्ञेयजी का नई दिल्ली में निधन हो गया।

काव्य खंड

नदी के द्वीप

हम नदी के द्वीप हैं।
हम नहीं कहते कि हमको छोड़कर स्रोतस्विनी बह जाए।
वह हमें आकार देती है।
हमारे कोण, गलियाँ, अंतरीप, उभार, सैकत-कूल
सब गोलाइयाँ उसकी गढ़ी हैं।
माँ है वह! है, इसी से हम बने हैं।
किंतु हम हैं द्वीप। हम धारा नहीं हैं।
स्थिर समर्पण है हमारा। हम सदा से द्वीप हैं स्रोतस्विनी के।
किंतु हम बहते नहीं हैं। क्योंकि बहना रेत होना है।
हम बहेंगे तो रहेंगे ही नहीं।
पैर उखड़ेंगे। प्लवन होगा। ढहेंगे। सहेंगे। बह जाएँगे।
और फिर हम चूर्ण होकर भी कभी क्या धार बन सकते?
रेत बनकर हम सलिल को तनिक गँदला ही करेंगे।
अनुपयोगी ही बनाएँगे।
द्वीप हैं हम! यह नहीं है शाप। यह अपनी नियति है।
हम नदी के पुत्र हैं। बैठे नदी की क्रोड में।
वह बृहत् भूखंड से हम को मिलाती है।
और वह भूखंड अपना पितर है।
नदी तुम बहती चलो।
भूखंड से जो दाय हमको मिला है, मिलता रहा है,
माँजती, संस्कार देती चलो। यदि ऐसा कभी हो—
तुम्हारे आह्लाद से या दूसरों के,
किसी स्वैराचार से, अतिचार से,
तुम बढ़ो, प्लावन तुम्हारा घरघराता उठे—
यह स्रोतस्विनी ही कर्मनाशा कीर्तिनाशा घोर काल,
प्रवाहिनी बन जाए—
तो हमें स्वीकार है वह भी। उसी में रेत होकर।
फिर छनेंगे हम। जमेंगे हम। कहीं फिर पैर टेकेंगे।
कहीं फिर भी खड़ा होगा नए व्यक्तित्व का आकार।
मातः, उसे फिर संस्कार तुम देना।

यह दीप अकेला

यह दीप अकेला स्नेह भरा
है गर्व भरा मदमाता पर
इसको भी पंक्ति को दे दो
यह जन है : गाता गीत जिन्हें फिर और कौन गाएगा
पनडुब्बा : ये मोती सच्चे फिर कौन कृती लाएगा?
यह समिधा : ऐसी आग हठीला बिरला सुलगाएगा
यह अद्वितीय : यह मेरा : यह मैं स्वयं विसर्जित :
यह दीप अकेला स्नेह भरा
है गर्व भरा मदमाता पर
इस को भी पंक्ति दे दो
यह मधु है : स्वयं काल की मौना का युगसंचय
यह गोरस : जीवन-कामधेनु का अमृत-पूत पय
यह अंकुर : फोड़ धरा को रवि को तकता निर्भय
यह प्रकृत, स्वयंभू, ब्रह्म, अयुत:
इस को भी शक्ति को दे दो
यह दीप अकेला स्नेह भरा
है गर्व भरा मदमाता पर
इस को भी पंक्ति दे दो
यह वह विश्वास, नहीं जो अपनी लघुता में भी काँपा,
वह पीड़ा, जिसकी गहराई को स्वयं उसी ने नापा,
कुत्सा, अपमान, अवज्ञा के धुँधुआते कड़वे तम में
यह सदा-द्रवित, चिर-जागरूक, अनुरक्त-नेत्र,
उल्लंब-बाहु, यह चिर-अखंड अपनापा
जिज्ञासु, प्रबुद्ध, सदा श्रद्धामय
इस को भक्ति को दे दो
यह दीप अकेला स्नेह भरा
है गर्व भरा मदमाता पर
इस को भी पंक्ति दे दो।

कलगी बाजरे की

हरी बिछली घास।
दोलती कलगी छरहरे बाजरे की।
अगर मैं तुम को ललाती साँझ के नभ की अकेली तारिका
अब नहीं कहता,
या शरद के भोर की नीहार–न्हायी कुंई,
टटकी कली चम्पे की, वगैरह, तो
नहीं कारण कि मेरा हृदय उथला या कि सूना है
या कि मेरा प्यार मैला है।
बल्कि केवल यही : ये उपमान मैले हो गए हैं।
देवता इन प्रतीकों के कर गए हैं कूच।
कभी बासन अधिक घिसने से मुलम्मा छूट जाता है।
मगर क्या तुम नहीं पहचान पाओगी :
तुम्हारे रूप के—तुम हो, निकट हो, इसी जादू के—
निजी किसी सहज, गहरे बोध से, किस प्यार से मैं कह रहा हूँ—
अगर मैं यह कहूँ—
बिछली घास हो तुम
लहलहाती हवा मे कलगी छरहरे बाजरे की?
आज हम शहरातियों को
पालतु मालंच पर सँवरी जुही के फूल से
सृष्टि के विस्तार का—ऐश्वर्य का—औदार्य का—
कहीं सच्चा, कहीं प्यारा एक प्रतीक बिछली घास है,
या शरद की साँझ के सूने गगन की पीठिका पर दोलती कलगी
अकेली
बाजरे की।
और सचमुच, इन्हें जब–जब देखता हूँ
यह खुला वीरान संसृति का घना हो सिमट आता है—
और मैं एकांत होता हूँ समर्पित
शब्द जादू हैं—
मगर क्या समर्पण कुछ नहीं है?

अभ्यास

लघु एवं दीर्घ उत्तरीय प्रश्न

1. अज्ञेयजी का साहित्यिक परिचय देते हुए उनकी काव्य कृतियों की चर्चा कीजिए।
2. छायावादोत्तर काव्य धारा में अज्ञेयजी का स्थान निर्धारित कीजिए।
3. अज्ञेयजी के काव्य की विशेषताओं का मूल्यांकन कीजिए।
4. अज्ञेयजी की भाषा-शैली पर प्रकाश डालिए।

परियोजना कार्य

- अज्ञेयजी की भाषा को केंद्र में रखते हुए परियोजना कार्य पूर्ण कीजिए।

दक्षता-परीक्षण

- अज्ञेयजी पर उपलब्ध सामग्री का अध्ययन कर पावर प्वॉइंट प्रस्तुतीकरण दीजिए।

□

गजानन माधव मुक्तिबोध

साहित्यिक परिचय

मुक्तिबोधजी को प्रगतिशील कविता और नई कविता के बीच का एक सेतु भी माना जाता है। मुक्तिबोध का पूरा जीवन संघर्षों और विरोधों से भरा रहा। उन्होंने मार्क्सवाद और अस्तित्ववाद जैसी अनेक आधुनिक विचारधाराओं का अध्ययन किया था, जिसका प्रभाव उनकी कविताओं पर दिखाई देता है। पहली बार मुक्तिबोध की कविताएँ सन् 1943 ई. में अज्ञेय द्वारा संपादित 'तार सप्तक' में छपीं।

मुक्तिबोध के पूर्वज महाराष्ट्र के जलगाँव (खानदेश) के निवासी थे। उनके परदादा वासुदेवजी उन्नीसवीं सदी के आरंभ में महाराष्ट्र छोड़कर ग्वालियर (मध्य प्रदेश) के मुरैना जिला में पड़नेवाले श्योपुर नामक कस्बे में आ बसे थे।

मुक्तिबोध का जन्म 13 नवंबर, 1917 ई. को श्योपुर में माधवराव-पार्वती दंपती के घर हुआ। मुक्तिबोध की माँ पार्वतीबाई ईसागढ़ के एक समृद्ध किसान-परिवार की थीं। वे छठी कक्षा तक शिक्षित थीं। वे भावुक और स्वाभिमानी भद्र महिला थीं। हिंदी के प्रेमचंद और मराठी के हरिनारायण आप्टे उनके प्रिय लेखक थे। जन्म के समय शिशु का पूरा नाम रखा गया—गजानन माधव मुक्तिबोध। वे माता-पिता की तीसरी संतान थे। उनसे पहले के दोनों शिशु अधिक समय तक जीवित नहीं रह सके थे। इस कारण मुक्तिबोध के लालन-पालन और देखभाल पर अधिक ध्यान दिया गया, उन्हें परिवार में खूब स्नेह मिला।

मुक्तिबोध के पिता पुलिस विभाग के इंस्पेक्टर थे। प्राय: उनका तबादला होता रहता था, इसीलिए मुक्तिबोध की पढ़ाई में बाधा पड़ती रहती थी। मुक्तिबोध ने सन् 1935 ई. में साहित्य रचना का कार्य प्रारंभ किया और सन् 1939 ई. में शांताजी से प्रेम-विवाह किया।

मुक्तिबोध के लेखन की शुरुआत एक महत्त्वपूर्ण कवि के रूप में हुई, लेकिन बाद में मुक्तिबोध ने साहित्यिक विधाओं के सभी पहलुओं कवि, कहानीकार,

आलोचक, निबंधकार के रूप में अपनी ख्याति अर्जित की। पत्रिका संपादन में 'वसुधा' एवं 'नया खून' से भी मुक्तिबोध का जुड़ाव रहा है।

मुक्तिबोध को नई कविता के प्रमुख स्तंभों में से एक माना जाता है। यह मुक्तिबोध का ही साहित्य था, जिसने हिंदी साहित्य के प्रयोगवादी आंदोलन के चरमोत्कर्ष को चिह्नित किया, जो आगे चलकर नई कविता और नई कहानी के रूप में उपजा। उनकी उपस्थिति हिंदी साहित्य में नई आलोचना के रूप में भी अपना आकार ग्रहण कर रही थी।

मुक्तिबोध की काव्य रचनाओं में—'चाँद का मुँह टेढ़ा है' (कविता-संग्रह), 'भूरी भूरी खाक धूल' (कविता-संग्रह), 'अँधेरे में' (लंबी कविता), 'एक अंतर्कथा' (लंबी कविता) इत्यादि प्रमुख हैं।

मुक्तिबोध विचारधारा के रूप में व्यक्तिगत रूप से मार्क्सवाद की ओर झुके हुए हैं और इसका असर उनके साहित्य में परिलक्षित होता है। यह भी सच है कि मार्क्सवादी विचारधारा से अधिक उनकी रचनाओं में से मनोविज्ञान झाँकता है, जो उनकी एक अलग पहचान बनाता है। मुक्तिबोध दर्शन और मनोविज्ञान के छात्र रहे और उनकी तमाम रचनाओं में यह प्रतिबिंबित होता है। अंतर्द्वंद्व, मनोवैज्ञानिक विश्लेषण, अपने भीतर के अंधकार में झाँकना और इस मंथन से गुजरकर विषैले या भयानक दृश्य (सामान्यतः) बना देना उनका प्रमुख शगल रहा है।

मनुष्य की अस्मिता, आत्मसंघर्ष और प्रखर राजनीतिक चेतना से समृद्ध उनकी कविता पहली बार 'तार सप्तक' के माध्यम से सामने आई, लेकिन उनका कोई स्वतंत्र काव्य-संग्रह उनके जीवनकाल में प्रकाशित नहीं हो पाया। मृत्यु के बाद उन्हें एक महत्त्वपूर्ण कवि के रूप में प्रतिष्ठा प्राप्त हुई और उनका साहित्य प्रकाश में आया। 11 सितंबर, 1964 को हबीबगंज, भोपाल में उन्होंने अंतिम साँस ली।

काव्य खंड

विचार आते हैं

विचार आते हैं
लिखते समय नहीं
बोझ ढोते वक्त पीठ पर
सिर पर उठाते समय भार
परिश्रम करते समय
चाँद उगता है व
पानी में झलमलाने लगता है
हृदय के पानी में
विचार आते हैं
लिखते समय नहीं
···पत्थर ढोते वक्त
पीठ पर उठाते वक्त बोझ
साँप मारते समय पिछवाड़े
बच्चों की नेकर फचीटते वक्त
पत्थर पहाड़ बन जाते हैं
नक्शे बनते हैं भौगोलिक
पीठ कच्छप बन जाती है
समय पृथ्वी बन जाता है···

भूल-गलती

भूल-गलती
आज बैठी है जिरहबख्तर पहनकर
तख्त पर दिल के;
चमकते हैं खड़े हथियार उसके दूर तक,
आँखें चिलकती हैं नुकीले तेज पत्थर सी,
खड़ी हैं सिर झुकाए
सब कतारें
बेजुबाँ बेबस सलाम में,

अनगिनत खंभों व मेहराबों-थमे
दरबारे आम में।
सामने
बेचैन घावों की अजब तिरछी लकीरों से कटा
चेहरा
कि जिस पर काँप
दिल की भाप उठती है··
पहने हथकड़ी वह एक ऊँचा कद
समूचे जिस्म पर लत्तर
झलकते लाल लंबे दाग
बहते खून के।
वह कैद कर लाया गया ईमान··
सुलतानी निगाहों में निगाहें डालता,
बेखौफ नीली बिजलियों को फेंकता
खामोश!
मनसबदार,
शाइर और सूफी,
अल गजाली, इब्ने सिन्ना, अलबरूनी
आलिमो फाजिल सिपहसालार, सब सरदार
हैं खामोश!!
नामंजूर,
उसको जिंदगी की शर्म की सी शर्त
नामंजूर
हठ इनकार का सिर तान··खुद-मुख्तार
कोई सोचता उस वक्त—
छाए जा रहे हैं सल्तनत पर घने साये स्याह,
सुलतानी जिरहबख्तर बना है सिर्फ मिट्टी का,
वो—रेत का-सा ढेर—शाहंशाह,
शाही धाक का अब सिर्फ सन्नाटा!!
(लेकिन, न
जमाना साँप का काटा)
भूल (आलमगीर)

मेरी आपकी कमजोरियों के स्याह
लोहे का जिरहबख्तर पहन, खूँखार
हाँ खूँखार आलीजाह,
वो आँखें सचाई की निकाले डालता,
सब बस्तियाँ दिल की उजाड़े डालता
करता हमें वह घेर
बेबुनियाद, बेसिर-पैर¨
हम सब कैद हैं उसके चमकते तामझाम में
शाही मुकाम में!!
इतने में हमीं में से
अजीब कराह-सा कोई निकल भागा
भरे दरबारे-आम में मैं भी
सँभल जागा
कतारों में खड़े खुदगर्ज-बा-हथियार
बख्तरबंद समझौते
सहमकर, रह गए,
दिल में अलग जबड़ा, अलग दाढ़ी लिये,
दुमुँहेपन के सौ तजुर्बों की बुजुर्गी से भरे,
दढ़ियल सिपहसालार संजीदा
सहमकर रह गए!!
लेकिन, उधर उस ओर
कोई, बुर्ज के उस तरफ जा पहुँचा,
अँधेरी घाटियों के गोल टीलों, घने पेड़ों में
कहीं पर खो गया,
महसूस होता है कि यह बेनाम
बेमालूम दर्रों के इलाके में
(सचाई के सुनहले तेज अक्सों के धुँधलके में)
मुहैया कर रहा लश्कर;
हमारी हार का बदला चुकाने आएगा
संकल्प-धर्मा चेतना का रक्तप्लावित स्वर,
हमारे ही हृदय का गुप्त स्वर्णाक्षर
प्रकट होकर विकट हो जाएगा!!

अभ्यास

लघु एवं दीर्घ उत्तरीय प्रश्न

1. मुक्तिबोधजी का साहित्यिक परिचय देते हुए उनकी काव्य कृतियों की चर्चा कीजिए।
2. 'मुक्तिबोधजी की कविताएँ आधुनिक समाज का दस्तावेज हैं'। इस कथ्य की पुष्टि कीजिए।
3. मुक्तिबोधजी की कविताओं में निहित परिवेश की चर्चा कीजिए।

परियोजना कार्य

- मुक्तिबोधजी की भाषिक विशेषताओं को ध्यान में रखते हुए परियोजना कार्य पूर्ण कीजिए।

दक्षता-परीक्षण

- मुक्तिबोधजी पर उपलब्ध सामग्री का अध्ययन कर पावर प्वॉइंट प्रस्तुतीकरण दीजिए।

□

नागार्जुन

साहित्यिक परिचय

नागार्जुनजी हिंदी और मैथिली के महत्त्वपूर्ण लेखक और कवि हैं। अनेक भाषाओं के ज्ञाता तथा प्रगतिशील विचारधारा के साहित्यकार नागार्जुन ने हिंदी के अतिरिक्त मैथिली संस्कृत एवं बांग्ला में मौलिक रचनाओं का सृजन कर संस्कृत, मैथिली एवं बँगला से अनुवाद कार्य भी किया। साहित्य अकादमी पुरस्कार से सम्मानित नागार्जुन ने मैथिली में 'यात्री' उपनाम से लिखा।

नागार्जुनजी का जन्म 30 जून, 1911 ई. की ज्येष्ठ पूर्णिमा को वर्तमान मधुबनी जिले के सतलखा गाँव में हुआ था। यह नागार्जुन का ननिहाल था। उनका पैतृक गाँव वर्तमान दरभंगा जिले का तरौनी गाँव था। नागार्जुन के पिता का नाम गोकुल मिश्र और माता का नाम उमा देवी था। नागार्जुन के बचपन का नाम 'ठक्कन मिसर' था। गोकुल मिश्र और उमा देवी को लगातार चार संतानें हुईं और असमय ही वे भगवान् को प्यारी हो गईं। संतान न जीने के कारण गोकुल मिश्र अति निराशापूर्ण जीवन जी रहे थे। काफी दिनों के बाद इनका 'ठक्कन' नामकरण हुआ और बाबा वैद्यनाथ की कृपा-प्रसाद मानकर इस बालक का नाम वैद्यनाथ मिश्र रखा गया। छह वर्ष की आयु में ही वैद्यनाथ की माता का देहांत हो गया। इनके पिता अपने एकमात्र मातृहीन पुत्र को कंधे पर बैठाकर अपने संबंधियों के यहाँ इस गाँव से उस गाँव आया-जाया करते थे। इस प्रकार बचपन में ही इन्हें पिता की लाचारी के कारण घूमने की आदत पड़ गई और बड़े होकर घूमना उनके जीवन का स्वाभाविक अंग बन गया।

नागार्जुनजी के काव्य में भारतीय काव्य-परंपरा का रूप जीवंत रूप में देखने को मिलता है। नागार्जुन का कवि-व्यक्तित्व कालिदास और विद्यापति जैसे कई कालजयी कवियों के रचना-संसार के गहन अवगाहन, बौद्ध एवं मार्क्सवाद जैसे दर्शन के व्यावहारिक अनुगमन तथा सबसे बढ़कर अपने समय और परिवेश की समस्याओं,

चिंताओं एवं संघर्षों से प्रत्यक्ष जुड़ाव तथा लोक-संस्कृति एवं लोकहृदय की गहरी पहचान से निर्मित है।

नागार्जुनजी सही अर्थों में भारतीय मिट्टी से बने आधुनिकतम कवि हैं। उन्होंने आजादी के पहले और बाद में भी कई बड़े जनांदोलनों में भाग लिया था। सन् 1939 से 1942 ई. के बीच बिहार में किसानों के एक प्रदर्शन का नेतृत्व करने की वजह से वे जेल में रहे। आजादी के बाद लंबे समय तक वे पत्रकारिता से भी जुड़े रहे। जन संघर्ष में अडिग आस्था, जनता से गहरा लगाव और एक न्यायपूर्ण समाज का सपना, ये तीन गुण नागार्जुन के व्यक्तित्व में ही नहीं, उनके साहित्य में भी घुले-मिले हैं।

नागार्जुनजी की आरंभिक शिक्षा उक्त पारिवारिक स्थिति में 'लघु सिद्धांत कौमुदी' और 'अमरकोश' के सहारे आरंभ हुई। बाद में उन्होंने विधिवत् संस्कृत की पढ़ाई बनारस जाकर शुरू की। वहीं उन पर आर्य समाज का प्रभाव पड़ा और फिर बौद्ध दर्शन की ओर झुकाव हुआ। उन दिनों राजनीति में सुभाष चंद्र बोस उनके प्रिय थे। बौद्ध के रूप में उन्होंने राहुल सांकृत्यायन को अग्रज माना। बनारस से निकलकर कोलकाता और फिर दक्षिण भारत घूमते हुए लंका के विख्यात 'विद्यालंकार परिवेण' में जाकर बौद्ध धर्म की दीक्षा ली। सन् 1938 ई. के मध्य में वे लंका से वापस लौट आए, फिर उनका घुमक्कड़ जीवन आरंभ हुआ। साहित्यिक रचनाओं के साथ-साथ नागार्जुन राजनीतिक आंदोलनों में भी प्रत्यक्षतः भाग लेते रहे। स्वामी सहजानंद से प्रभावित होकर उन्होंने बिहार के किसान आंदोलन में भाग लिया और जेल की सजा भुगती। चंपारण के किसान आंदोलन में भी उन्होंने भाग लिया। वस्तुतः वे रचनात्मक के साथ-साथ सक्रिय प्रतिरोध में विश्वास रखते थे। सन् 1974 ई. के अप्रैल में जेपी के आंदोलन में भाग लेते हुए उन्होंने कहा था—"सत्ता प्रतिष्ठान की दुर्नीतियों के विरोध में एक जनयुद्ध चल रहा है, जिसमें मेरी हिस्सेदारी सिर्फ वाणी की ही नहीं, कर्म की हो, इसीलिए मैं आज अनशन पर हूँ, कल जेल भी जा सकता हूँ।" और सचमुच इस आंदोलन के सिलसिले में आपातकाल से पूर्व ही इन्हें गिरफ्तार कर लिया गया और काफी समय तक उन्हें जेल में रहना पड़ा।

नागार्जुनजी की पहली प्रकाशित रचना एक मैथिली कविता थी, जो सन् 1929 ई. में लहेरियासराय, दरभंगा से प्रकाशित 'मिथिला' नामक पत्रिका में छपी थी। उनकी पहली हिंदी रचना 'राम के प्रति' नामक कविता थी, जो सन् 1934 ई. में लाहौर से निकलने वाले साप्ताहिक 'विश्वबंधु' में छपी थी।

नागार्जुनजी लगभग अड़सठ वर्ष (सन् 1929 से 1997 ई.) तक रचनाकर्म

से जुड़े रहे। कालिदास उनके सर्वाधिक प्रिय कवि थे और 'मेघदूत' प्रिय पुस्तक। मेघदूत का मुक्तछंद में अनुवाद उन्होंने 1953 ई. में किया था। जयदेव के 'गीत गोविंद' का भावानुवाद वे सन् 1948 ई. में ही कर चुके थे। वस्तुत: 1944 और 1954 ई. के बीच नागार्जुनजी ने प्रचुर मात्रा में अनुवाद किया।

नागार्जुनजी की प्रमुख प्रकाशित काव्य कृतियाँ इस प्रकार हैं—'युगधारा' (1953), 'सतरंगे पंखोंवाली' (1959), 'प्यासी पथराई आँखें' (1962), 'तालाब की मछलियाँ' (1974), 'तुमने कहा था' (1980), 'खिचड़ी विप्लव देखा हमने' (1980), 'हजार-हजार बाँहोंवाली' (1981), 'पुरानी जूतियों का कोरस' (1983), 'रत्नगर्भ' (1984), 'ऐसे भी हम क्या! ऐसे भी तुम क्या!!' (1985), 'आखिर ऐसा क्या कह दिया मैंने' (1986), 'इस गुब्बारे की छाया में' (1990), 'भूल जाओ पुराने सपने' (1994), 'अपने खेत में' (1997), प्रबंध काव्य—'भस्मांकुर' (1970), 'भूमिजा'। हिंदी साहित्य का यह सर्जक 5 नवंबर, 1998 को चिर निद्रा में सो गया।

काव्य खंड

अकाल और उसके बाद

कई दिनों तक चूल्हा रोया, चक्की रही उदास
कई दिनों तक कानी कुतिया सोई उनके पास
कई दिनों तक लगी भीत पर छिपकलियों की गश्त
कई दिनों तक चूहों की भी हालत रही शिकस्त।
दाने आए घर के अंदर कई दिनों के बाद
धुआँ उठा आँगन से ऊपर कई दिनों के बाद
चमक उठी घर भर की आँखें कई दिनों के बाद
कौए ने खुजलाई पाँखें कई दिनों के बाद।

बादल को घिरते देखा है

अमल धवल गिरि के शिखरों पर,
बादल को घिरते देखा है।
छोटे-छोटे मोती जैसे
उसके शीतल तुहिन कणों को,
मानसरोवर के उन स्वर्णिम
कमलों पर गिरते देखा है,
बादल को घिरते देखा है।

तुंग हिमालय के कंधों पर
छोटी-बड़ी कई झीलें हैं,
उनके श्यामल नील सलिल में
समतल देशों से आ-आकर
पावस की ऊमस से आकुल
तिक्त-मधुर विष-तंतु खोजते
हंसों को तिरते देखा है।
बादल को घिरते देखा है।

ऋतु वसंत का सुप्रभात था
मंद-मंद था अनिल बह रहा
बालारुण की मृदु किरणें थीं
अगल-बगल स्वर्णाभ शिखर थे
एक-दूसरे से विरहित हो
अलग-बगल रहकर ही जिनको
सारी रात बितानी होगी,
निशाकाल से चिर-अभिशापित
बेबस उस चकवा-चकई का
बंद हुआ क्रंदन, फिर उनमें
उस महान् सरवर के तीरे
शैवालों की हरी दरी पर
प्रणय-कलह छिड़ते देखा है।
बादल को घिरते देखा है।

दुर्गम बर्फानी घाटी में
शत-सहस्र फुट ऊँचाई पर
अलख नाभि से उठनेवाले
निज के ही उन्मादक परिमल-
के पीछे धावित हो-होकर
तरल-तरुण कस्तूरी मृग को
अपने पर चिढ़ते देखा है।
बादल को घिरते देखा है।

कहाँ गया धनपति कुबेर वह?
कहाँ गई उसकी वह अलका?
नहीं ठिकाना कालिदास के
व्योम-प्रवाही गंगाजल का,
ढूँढा बहुत परंतु लगा क्या
मेघदूत का पता कहीं पर,
कौन बताए वह छायामय
बरस पड़ा होगा न यहीं पर,

जाने दो, वह कवि-कल्पित था,
मैंने तो भीषण जाड़ों में
नभ-चुंबी कैलाश शीर्ष पर,
महामेघ को झंझानिल से
गरज-गरज भिड़ते देखा है,
बादल को घिरते देखा है।

शत-शत निर्झर-निर्झरणी-कल
मुखरित देवदारु कानन में,
शोणित-धवल-भोजपत्रों से
छाई हुई कुटी के भीतर,
रंग-बिरंगे और सुगंधित
फूलों से कुंतल को साजे,
इंद्रनील की माला डाले
शंख-सरीखे सुघड़ गलों में,
कानों में कुवलय लटकाए,
शतदल लाल कमल वेणी में,
रजत-रचित मणि-खचित कलामय
पान पात्र द्राक्षासव-पूरित
रखे सामने अपने-अपने
लोहित चंदन की त्रिपदी पर,
नरम निदाग बाल-कस्तूरी
मृगछालों पर पलथी मारे
मदिरारुण आँखों वाले उन
उन्मद किन्नर-किन्नरियों की
मृदुल मनोरम अंगुलियों को
वंशी पर फिरते देखा है।
बादल को घिरते देखा है।

अभ्यास

लघु एवं दीर्घ उत्तरीय प्रश्न

1. नागार्जुनजी का साहित्यिक परिचय देते हुए उनकी प्रमुख कविताओं की चर्चा कीजिए।
2. 'नागार्जुनजी वेदना और विद्रोह के कवि हैं', इस कथन की पुष्टि कीजिए।
3. नागार्जुनजी की राजनैतिक कविताओं की चर्चा कीजिए।
4. नागार्जुनजी के प्रकृति चित्रण का विवेचन कीजिए।

परियोजना कार्य

- 'बादल को घिरते देखा है' कविता का मूल्यांकन करते हुए परियोजना कार्य पूर्ण कीजिए।

दक्षता-परीक्षण

- नागार्जुनजी पर उपलब्ध साहित्य का अध्ययन कर पावर प्वॉइंट प्रस्तुतीकरण दीजिए।

□

डॉ. धर्मवीर भारती

साहित्यिक परिचय

डॉ. धर्मवीर भारतीजी आधुनिक हिंदी साहित्य के प्रयोगवादी कविता के प्रमुख कवि हैं। वे एक समय की प्रख्यात साप्ताहिक पत्रिका 'धर्मयुग' के प्रधान संपादक भी थे। डॉ. धर्मवीर भारतीजी को सन् 1972 ई. में 'पद्मश्री' से सम्मानित किया गया। धर्मवीर भारतीजी का उपन्यास 'गुनाहों का देवता' साहित्य जगत् में कालजयी एवं अमर कृति मानी जाती है। धर्मवीर भारतीजी का जन्म 25 दिसंबर, 1926 ई. को प्रयागराज के अतरसुइया मुहल्ले में हुआ था। उनके पिता का नाम श्री चिरंजीव लाल वर्मा तथा माता का नाम श्रीमती चंदा देवी था। उन्होंने इलाहाबाद विश्वविद्यालय से हिंदी में पी-एच.डी. की उपाधि प्राप्त की तथा इसी विश्वविद्यालय में हिंदी के प्राध्यापक नियुक्त हुए। सन् 1951 में प्रकाशित हुए दूसरे 'तार सप्तक' से इन्होंने हिंदी साहित्य में अपनी पहचान बनाई। सन् 1959 ई. में उन्होंने 'धर्मयुग' पत्र के संपादक का कार्यभार सँभाला। 'धर्मयुग' के अतिरिक्त उन्होंने 'निकष' तथा 'संगम' नामक पत्रों का भी संपादन किया। वे आजीवन साहित्य साधना में लीन रहे। 4 सितंबर, 1997 ई. को मुंबई में उनका देहांत हो गया।

घर से प्राप्त आर्यसमाजी संस्कार, प्रयागराज और विश्वविद्यालय का साहित्यिक वातावरण, देश भर में होनेवाली राजनीतिक हलचलें, बाल्यावस्था में ही पिता की मृत्यु और उससे उत्पन्न आर्थिक संकट इन सबने धर्मवीर भारतीजी को अतिसंवेदनशील तथा तर्कशील बना दिया। भारतीजी के साहित्य में उनके विशद अध्ययन और यात्रा-अनुभवों का प्रभाव स्पष्ट देखा जा सकता है।

धर्मवीर भारतीजी को आर्यसमाज की चिंतन और तर्कशैली भी प्रभावित करती है और रामायण, महाभारत और श्रीमद्भागवत भी। प्रसाद और शरतचंद्र का साहित्य उन्हें विशेष प्रिय था। आर्थिक विकास के लिए मार्क्स के सिद्धांत उनके आदर्श थे, परंतु मार्क्सवादियों की अधीरता और मताग्रहता उन्हें अप्रिय

थे। 'सिद्ध साहित्य' उनके शोध' का विषय था । पश्चिमी साहित्यकारों में शीले और आस्करवाइल्ड उन्हें विशेष प्रिय थे। भारतीजी को फूलों का बेहद शौक था। उनके साहित्य में भी फूलों से संबंधित बिंब प्रचुर मात्रा में मिलते हैं।

आलोचकों ने भारतीजी को प्रेम और रोमांस का रचनाकार माना है। धर्मवीर भारती की कविताओं, कहानियों और उपन्यासों में प्रेम और रोमांस का यह तत्त्व स्पष्ट रूप से मौजूद है, परंतु उसके साथ-साथ इतिहास और समकालीन स्थितियों पर भी उनकी पैनी दृष्टि रही है, जिसके संकेत उनकी कविताओं, कहानियों, उपन्यासों, नाटकों, आलोचना तथा संपादकीयों में स्पष्ट देखे जा सकते हैं। धर्मवीर भारतीजी की कहानियों-उपन्यासों में मध्यवर्गीय जीवन के यथार्थ के चित्र हैं— 'अंधा युग' में स्वातंत्र्योत्तर भारत में आई मूल्यहीनता के प्रति चिंता है।

डॉ. धर्मवीर भारतीजी बहुमुखी प्रतिभा के धनी साहित्यकार थे। उन्होंने हिंदी साहित्य की विभिन्न विधाओं पर अपनी लेखनी चलाई। उनकी प्रमुख रचनाएँ निम्नलिखित हैं—

काव्य-संग्रह : 'ठंडा लोहा', 'सात गीत वर्ष', 'कनुप्रिया', 'सपना अभी भी' आदि।

गीति नाट्य : 'अंधा युग'।

काव्य खंड

बोआई का गीत

गोरी-गोरी सौंधी धरती-कारे-कारे बीज
बदरा पानी दे!
क्यारी-क्यारी गूँज उठा संगीत
बोने वालो! नई फसल में बोओगे क्या चीज?
बदरा पानी दे!
मैं बोऊँगा बीर बहूटी, इंद्रधनुष सतरंग
नए सितारे, नई पीढ़ियाँ, नए धान का रंग
बदरा पानी दे!
हम बोएँगे हरी चुनरियाँ, कजरी, मेहँदी
राखी के कुछ सूत और सावन की पहली तीज!
बदरा पानी दे!

कविता की मौत

लादकर ये आज किसका शव चले?
और इस छतनार बरगद के तले,
किस अभागन का जनाजा है रुका
बैठ इसके पाँयते, गरदन झुका,
कौन कहता है कि कविता मर गई?
मर गई कविता,
नहीं तुमने सुना?
हाँ, वही कविता
कि जिसकी आग से
सूरज बना
धरती जमी
बरसात लहराई
और जिसकी गोद में बेहोश पुरवाई
पँखुरियों पर थमी?

वही कविता
विष्णुपद से जो निकल
और ब्रह्मा के कमंडल से उबल
बादलों की तहों को झकझोरती
चाँदनी के रजत फूल बटोरती
शंभु के कैलाश पर्वत को हिला
उतर आई आदमी की जमीं पर,
चल पड़ी फिर मुसकराती
शस्य-श्यामल फूल, फल, फसल खिलाती,
स्वर्ग से पाताल तक
जो एक धारा बन बही
पर न आखिर एक दिन वह भी रही!
मर गई कविता वही
एक तुलसी-पत्र औ'
दो बूँद गंगाजल बिना,
मर गई कविता, नहीं तुमने सुना?
भूख ने उसकी जवानी तोड़ दी,
उस अभागिन की अछूती माँग का सिंदूर
मर गया बनकर तपेदिक का मरीज
औ' सितारों से कहीं मासूम संतानें,
माँगने को भीख हैं मजबूर,
या पटरियों के किनारे से उठा
बेचते हैं,
अधजले
कोयले,
(याद आती है मुझे
भागवत की वह बड़ी मशहूर बात
जबकि ब्रज की एक गोपी
बेचने को दही निकली,
औ' कन्हैया की रसीली याद में
बिसर कर सुध-बुध
बन गई थी खुद दही,

और ये मासूम बच्चे भी,
बेचने जो कोयले निकले
बन गए खुद कोयले
श्याम की माया)
और अब ये कोयले भी हैं अनाथ
क्योंकि उनका भी सहारा चल बसा!
भूख ने उसकी जवानी तोड़ दी!
यों बड़ी ही नेक थी कविता
मगर धनहीन थी, कमजोर थी
और बेचारी गरीबिन मर गई!
मर गई कविता?
जवानी मर गई?
मर गया सूरज सितारे मर गए,
मर गए, सौंदर्य सारे मर गए?
सृष्टि के प्रारंभ से चलती हुई
प्यार की हर साँस पर पलती हुई
आदमीयत की कहानी मर गई?
झूठ है यह!
आदमी इतना नहीं कमजोर है!
पलक के जल और माथे के पसीने से
सींचता आया सदा जो स्वर्ग की भी नींव
ये परिस्थितियाँ बना देंगी उसे निर्जीव!
झूठ है यह!
फिर उठेगा वह
और सूरज की मिलेगी रोशनी
सितारों की जगमगाहट मिलेगी!
कफन में लिपटे हुए सौंदर्य को
फिर किरन की नरम आहट मिलेगी!
फिर उठेगा वह,
और बिखरे हुए सारे स्वर समेट
पोंछ उनसे खून,
फिर बुनेगा नई कविता का वितान

नए मनु के नए युग का जगमगाता गान!
भूख, खूँरेजी, गरीबी हो मगर
आदमी के सृजन की ताकत
इन सबों की शक्ति के ऊपर
और कविता सृजन की आवाज है
फिर उभरकर कहेगी कविता
"क्या हुआ दुनिया अगर मरघट बनी,
अभी मेरी आखिरी आवाज़ बाकी है,
हो चुकी हैवानियत की इंतेहा,
आदमीयत का अभी आगाज़ बाकी है!
लो तुम्हें मैं फिर नया विश्वास देती हूँ,
नया इतिहास देती हूँ!"
कौन कहता है कि कविता मर गई?

अभ्यास

लघु एवं दीर्घ उत्तरीय प्रश्न

1. डॉ. धर्मवीर भारतीजी का साहित्यिक परिचय देते हुए उनकी रचनाओं पर प्रकाश डालिए।
2. 'बोआई का गीत' कविता के आधार पर भारतीजी की काव्य कला का मूल्यांकन कीजिए।
3. भारतीजी के साहित्यिक अवदान का मूल्यांकन कीजिए।
4. 'कविता की मौत' कविता का मूल्यांकन कीजिए।

परियोजना कार्य

- डॉ. धर्मवीर भारतीजी के काव्य वैशिष्ट्य का मूल्यांकन करते हुए भाषा को केंद्र में रखकर परियोजना कार्य पूर्ण कीजिए।

दक्षता-परीक्षण

- डॉ. धर्मवीर भारतीजी पर उपलब्ध सामग्री का अध्ययन कर पावर प्वॉइंट प्रस्तुतीकरण दीजिए।

□

सुदामा पांडेय 'धूमिल'

साहित्यिक परिचय

धूमिल का मूल नाम सुदामा पांडेय था। सुदामा पांडेय 'धूमिल' नाम से वे जीवन भर कविताएँ लिखते रहे। 9 नवंबर, सन् 1936 ई. को बनारस के खेवली गाँव में जन्मे सुदामा पांडेय की प्रारंभिक शिक्षा गाँव की प्राथमिक पाठशाला में हुई। हरहुआ के कुर्मी क्षत्रिय इंटर कॉलेज से उन्होंने सन् 1953 ई. में हाईस्कूल की परीक्षा उत्तीर्ण की। आगे की पढ़ाई के लिए सुदामा पांडेय बनारस गए तो, मगर अर्थाभाव के चलते उसे जारी न रख सके, फिर आजीविका की तलाश में सुदामा पांडेय काशी से कलकत्ता तक भटकते रहे। नौकरी भी मिली तो लाभ कम, मानसिक यंत्रणा उन पर ज्यादा भारी पड़ी। सन् 1958 ई. में आई.टी.आई. (वाराणसी) से विद्युत् डिप्लोमा लेकर सुदामा पांडेय वहीं विद्युत् अनुदेशक बन गए।

धूमिल ने कक्षा 7 में पढ़ते हुए रची सबसे पहली रचना। इनकी प्रारंभिक रचनाएँ गीत के रूप में मिलती हैं—'बाँसुरी जल गई' इनके फुटकर व शुरुआती गीतों का संग्रह है, जो अब उपलब्ध नहीं है। उनकी कीर्ति का आधार बना 'संसद से सड़क तक' नामक कविता-संग्रह, जो सन् 1971 ई. में प्रकाशित हुआ। भय, भूख, अकाल, सत्तालोलुपता, अकर्मण्यता और अंतहीन भटकाव को रेखांकित करती, आक्रामकता से भरपूर इस संग्रह की सभी कविताएँ अपने में बेजोड़ हैं। पच्चीस कविताओं से युक्त इस संग्रह में लगभग सभी रचनाएँ तत्कालीन सामाजिक, राजनीतिक परिदृश्य का भी गहराई से परिचय कराती हैं।

सन् 1960 ई. के बाद की हिंदी कविता में जिस मोहभंग की शुरुआत हुई थी, धूमिल उसकी अभिव्यक्ति करनेवाले अत्यंत प्रभावशाली कवि हैं। उनकी कविता में परंपरा, सभ्यता, सुरुचि, शालीनता और भद्रता का विरोध है, क्योंकि इन सबकी आड़ में जो हृदय पलता है, उसे धूमिल पहचानते हैं। कवि धूमिल यह भी जानते हैं कि व्यवस्था अपनी रक्षा के लिए इन सबका उपयोग करती है, इसलिए वे इन

सबका विरोध करते हैं। इस विरोध के कारण उनकी कविता में एक प्रकार की आक्रामकता मिलती है, किंतु उससे उनकी कविता की प्रभावशीलता बढ़ती है। धूमिल अकविता आंदोलन के प्रमुख कवियों में से एक हैं। धूमिल अपनी कविता के माध्यम से एक ऐसी काव्य भाषा विकसित करते हैं, जो नई कविता के दौर की काव्य-भाषा की रूमानियत, अतिशय कल्पनाशीलता और जटिल बिंबधर्मिता से मुक्त है। उनकी भाषा काव्य-सत्य को जीवन सत्य के अधिकाधिक निकट लाती है।

धूमिल के तीन काव्य-संग्रह प्रकाशित हैं—'संसद् से सड़क तक'-1972, 'कल सुनना मुझे'-1976 और 'सुदामा पांडे का प्रजातंत्र'-1984।

सुदामा पांडेय 'धूमिल' को मरणोपरांत सन् 1979 ई. में 'कल सुनना मुझे' काव्य-संग्रह के लिए साहित्य अकादमी पुरस्कार से सम्मानित किया गया।

धूमिल की कुछ लोकप्रिय कविताएँ हैं—'मोचीराम', 'बीस साल बाद', 'पटकथा', 'रोटी और संसद्', 'लोहे का स्वाद' आदि।

हिंदी साहित्य की साठोत्तरी कविता के शलाका पुरुष सुदामा पांडेय 'धूमिल' अपने विशेष बागी तेवर व समग्र ऊष्मा के सहारे कविताओं में संबोधन की मुद्रा में ललकारते दिखते हैं। तत्कालीन परिवेश में अनेक काव्यांदोलनों का दौर सक्रिय था, परंतु वे किसी के सुर में सुर मिलाने के कायल न थे। उन्होंने तमाम ठगे हुए लोगों को जुबान दी। कालांतर में यही बुलंद व खनकदार आवाज का कवि जन-जन की जुबान पर छा गया।

कवि धूमिल का शिल्प-विधान और भाषा अपने समकालीन सरोकारों, गँवई सुगंध, ईमानदार व्यक्ति की एक अनूठी झलक है। उनकी नजर में 'कविता भाषा में आदमी होने की तमीज' है। वे मानते हैं—एक सही कविता पहले एक सार्थक वक्तव्य होती है। यह भी सच है कि वे भाषा का भ्रम तोड़ना चाहते हैं। वे जनता की यातना और दुःख से उभरी तेजस्वी भाषा में कविताई करना पसंद करते हैं। वे कहते हैं—"आज महत्त्व शिल्प का नहीं, कथ्य का है, सवाल यह नहीं कि आपने किस तरह कहा है, सवाल यह है कि आपने क्या कहा है।"

लोक संघर्ष में तपकर कुंदन बना यह कवि 10 फरवरी, 1975 को ब्रेन ट्यूमर से परास्त होकर अनंत यात्रा की ओर निकल गया।

काव्य खंड

मोचीराम

राँपी से उठी हुई आँखों ने मुझे
क्षण-भर टटोला
और फिर
जैसे पतियाए हुए स्वर में
वह हँसते हुए बोला—
बाबूजी सच कहूँ—मेरी निगाह में
न कोई छोटा है
न कोई बड़ा है
मेरे लिये, हर आदमी एक जोड़ी जूता है
जो मेरे सामने
मरम्मत के लिए खड़ा है।
और असल बात तो यह है
कि वह चाहे जो है
जैसा है, जहाँ कहीं है
आजकल
कोई आदमी जूते की नाप से
बाहर नहीं है
फिर भी मुझे खयाल है रहता है
कि पेशेवर हाथों और फटे जूतों के बीच
कहीं-न-कहीं एक आदमी है
जिस पर टाँके पड़ते हैं,
जो जूते से झाँकती हुई अंगुली की चोट छाती पर
हथौड़े की तरह सहता है।
यहाँ तरह-तरह के जूते आते हैं
और आदमी की अलग-अलग 'नवैयत'
बतलाते हैं
सबकी अपनी-अपनी शक्ल है
अपनी-अपनी शैली है

मसलन एक जूता है—
जूता क्या है—चकतियों की थैली है
इसे एक आदमी पहनता है
जिसे चेचक ने चुग लिया है
उस पर उम्मीद को तरह देती हुई हँसी है
जैसे 'टेलीफून' के खंभे पर
कोई पतंग फँसी है
और खड़खड़ा रही है।
'बाबूजी! इस पर पैसा क्यों फूँकते हो?'
मैं कहना चाहता हूँ
मगर मेरी आवाज लड़खड़ा रही है
मैं महसूस करता हूँ—भीतर से
एक आवाज आती है—'कैसे आदमी हो
अपनी जाति पर थूकते हो।'
आप यकीन करें, उस समय
मैं चकतियों की जगह आँखें टाँकता हूँ
और पेशे में पड़े हुए आदमी को
बड़ी मुश्किल से निबाहता हूँ।
एक जूता और है, जिससे पैर को
'नाँघकर' एक आदमी निकलता है
सैर को
न वह अक्लमंद है
न वक्त का पाबंद है
उसकी आँखों में लालच है
हाथों में घड़ी है
उसे जाना कहीं नहीं है
मगर चेहरे पर
बड़ी हड़बड़ी है
वह कोई बनिया है
या बिसाती है
मगर रोब ऐसा कि हिटलर का नाती है
'इशे बाँद्धो, उशे काट्टो, हियाँ ठोक्को, वहाँ पीट्टो

घिस्सा दो, अइशा चमकाओ, जूत्ते को ऐना बनाओ
'ओफ्फ! बड़ी गरमी है'
रुमाल से हवा करता है,
मौसम के नाम पर बिसूरता है
सड़क पर 'आतियों-जातियों' को
बानर की तरह घूरता है
गरज यह कि घंटे भर खटवाता है
मगर नामा देते वक्त
साफ 'नट' जाता है
'शरीफों को लूटते हो' वह गुर्राता है
और कुछ सिक्के फेंककर
आगे बढ़ जाता है
अचानक चिहुँककर सड़क से उछलता है
और पटरी पर चढ़ जाता है
चोट जब पेशे पर पड़ती है
तो कहीं-न-कहीं एक चोर कील
दबी रह जाती है
जो मौका पाकर उभरती है
और अंगुली में गड़ती है।
मगर इसका मतलब यह नहीं है
कि मुझे कोई गलतफहमी है
मुझे हर वक्त यह खयाल रहता है कि जूते
और पेशे के बीच
कहीं-न-कहीं एक अदद आदमी है
जिस पर टाँके पड़ते हैं
जो जूते से झाँकती हुई अंगुली की चोट
छाती पर
हथौड़े की तरह सहता है
और बाबूजी! असल बात तो यह है कि जिंदा रहने के पीछे
अगर सही तर्क नहीं है
तो रामनामी बेचकर या रंडियों की
दलाली करके रोजी कमाने में

कोई फर्क नहीं है
और यही वह जगह है जहाँ हर आदमी
अपने पेशे से छूटकर
भीड़ का टमकता हुआ हिस्सा बन जाता है
सभी लोगों की तरह
भाषा उसे काटती है
मौसम सताता है
अब आप इस बसंत को ही लो,
यह दिन को ताँत की तरह तानता है
पेड़ों पर लाल-लाल पत्तों के हजारों सुखतल्ले
धूप में, सीझने के लिए लटकाता है
सच कहता हूँ—उस समय
राँपी की मूठ को हाथ में सँभालना
मुश्किल हो जाता है
आँख कहीं जाती है
हाथ कहीं जाता है
मन किसी झुँझलाए हुए बच्चे-सा
काम पर आने से बार-बार इनकार करता है
लगता है कि चमड़े की शराफत के पीछे
कोई जंगल है, जो आदमी पर
पेड़ से वार करता है
और यह चौंकने की नहीं, सोचने की बात है
मगर जो जिंदगी को पुस्तक से नापता है
जो असलियत और अनुभव के बीच
खून के किसी कमजात मौके पर कायर है
वह बड़ी आसानी से कह सकता है
कि यार! तू मोची नहीं, शायर है
असल में वह एक दिलचस्प गलतफहमी का
शिकार है
जो वह सोचता कि पेशा एक जाति है
और भाषा पर
आदमी का नहीं, किसी जाति का अधिकार है

जबकि असलियत है यह है कि आग
सबको जलाती है सच्चाई
सबसे होकर गुजरती है
कुछ हैं, जिन्हें शब्द मिल चुके हैं
कुछ हैं, जो अक्षरों के आगे अंधे हैं
वे हर अन्याय को चुपचाप सहते हैं
और पेट की आग से डरते हैं
जबकि मैं जानता हूँ कि 'इनकार से भरी हुई एक चीख'
और 'एक समझदार चुप'
दोनों का मतलब एक है—
भविष्य गढ़ने में 'चुप' और 'चीख'
अपनी-अपनी जगह एक ही किस्म से
अपना-अपना फर्ज अदा करते हैं।

रोटी और संसद्

एक आदमी
रोटी बेलता है
एक आदमी रोटी खाता है
एक तीसरा आदमी भी है
जो न रोटी बेलता है, न रोटी खाता है
वह सिर्फ रोटी से खेलता है
मैं पूछता हूँ—
'यह तीसरा आदमी कौन है ?'
मेरे देश की संसद् मौन है।

अभ्यास

लघु एवं दीर्घ उत्तरीय प्रश्न

1. सुदामा पांडे 'धूमिल' जी का साहित्यिक परिचय देते हुए उनकी रचनाओं पर प्रकाश डालिए।
2. 'मोचीराम' कविता के वैशिष्ट्य का मूल्यांकन कीजिए।

3. धूमिलजी के काव्य में समकालीन परिवेश का विवेचन कीजिए।
4. धूमिलजी के साहित्य की विशेषताओं को उद्‌घाटित कीजिए।

परियोजना कार्य

- सुदामा पांडे 'धूमिल' जी के काव्य वैशिष्ट्य का विवेचन करते हुए परियोजना कार्य पूर्ण कीजिए।

दक्षता-परीक्षण

- सुदामा पांडे 'धूमिल' जी पर उपलब्ध सामग्री का अध्ययन कर पावर प्वॉइंट प्रस्तुतीकरण दीजिए।

□

(ब) हिंदी साहित्य में शोध

शोध वास्तव में किसी महत्त्वपूर्ण समस्या अथवा चिंतनीय बिंदु के सम्यक् विश्लेषण और समाधान ढूँढ़ने का कार्य है। साहित्यिक शोध के अंतर्गत किसी महत्त्वपूर्ण साहित्यिक प्रश्न, समस्या अथवा अथवा विमर्श के बिंदु को स्थान दिया जाता है और उस जिज्ञासा को हल करने के लिए उसके अतीत को खँगालते हुए वर्तमान से उसे जोड़कर अनेक साहित्यिक प्रयोगों के माध्यम से निष्कर्ष तक पहुँचा जाता है। यह जानने की इच्छा या जिज्ञासा ही शोध का प्रारंभिक आधार बिंदु होती है, जिसे विस्तार देकर शोध कार्य पूर्णता को प्राप्त होता है।

शोध कार्य को करने के लिए अनेक विधियों का सहारा लेना होता है, जिसमें सामग्री का संकलन, विश्लेषण, चिंतन और तत्पश्चात् प्राप्त ज्ञान को सत्यापित करते हुए शोध प्रबंध का लेखन किया जाता है। ज्ञान-विज्ञान के सभी क्षेत्र शोध के अंतर्गत रखे जा सकते हैं। शोध मनुष्य के ज्ञान को नई दिशा प्रदान करता है, क्योंकि मौलिक चिंतन के द्वारा शोध से जो निष्कर्ष निकलते हैं, वे मानवता के लिए उपयोगी होते हैं और पथ-प्रदर्शक का कार्य करते हैं। वास्तव में ज्ञान-विज्ञान की अज्ञात अथवा अल्प ज्ञात सामग्री को पूर्णतः ज्ञात करना या ज्ञान के क्षेत्र में किसी अभाव की अपने मौलिक चिंतन से पूर्ति करना ही शोध कहलाता है।

यह सर्वस्वीकृत तथ्य है कि मनुष्य चिंतनशील तथा अध्ययनशील प्राणी है और वह प्रकृति तथा ज्ञान के अन्य रहस्यों को जानने के लिए सदैव प्रयत्नशील रहा है और यही कारण है कि मनुष्य ने न सिर्फ उन रहस्यों की गुत्थियों को सुलझाया, बल्कि अपने चिंतन कौशल से सभी जीव-जंतुओं में सर्वश्रेष्ठ होकर उन पर विजय प्राप्त की। मनुष्य की यही श्रेष्ठता उसे शोध हेतु कौशल प्रदान करती है और वह इस कौशल से नूतन ज्ञान प्राप्त कर तथ्यपरक, तर्कसंगत एवं वैज्ञानिकता से परिपूर्ण निष्कर्ष निकालता है, जिससे ज्ञान के नए क्षितिज खुलते हैं और मनुष्यता लाभान्वित होती है।

अंग्रेजी का 'रिसर्च' शब्द फ्रेंच शब्द 'रीसर्च' से आया है, जो 'री' और 'सर्च' से मिलकर बना है, जिसका अर्थ है—'पुनः देखना', 'पुनः खोज', 'अन्वेषण', 'गवेषणा', 'अनुसंधान', 'शोध' इत्यादि। 'खोज' शब्द इसके वास्तविक अर्थ को प्रस्तुत नहीं करता और सामान्य शब्द के तौर पर प्रयुक्त किया जाता है, जो अतिव्याप्ति दोष है, 'अन्वेषण' शब्द भी विज्ञान के कुछ अभीष्ट तक ही पहुँच पाता है और वास्तविक अर्थ का द्योतन नहीं करता, 'गवेषणा' शब्द वैदिककाल से गाय की खोज के अभिप्राय हेतु प्रयोग में लाया जाता है और इसमें भी अव्याप्ति दोष है, 'अनुसंधान' शब्द सन् 1960 के दशक तक रिसर्च के लिए प्रयोग में लाया जाता था, जिसका अर्थ है किसी के पीछे तीर छोड़ना अथवा किसी समस्या की तह में जाना, जो काफी हद तक मूल के निकट है, किंतु संभवतः अपेक्षाकृत सुगम और छोटा शब्द 'शोध' प्राप्त हो जाने के बाद से शोध को ही रिसर्च के लिए सातवें दशक से आज तक प्रयोग में लाया जा रहा है। 'शोध' शब्द 'शुद्ध' से निर्मित है, जिसका अर्थ शुद्ध या परिमार्जित करना, समस्या का समाधान करना अथवा प्रामाणिक जानकारी सामने लाना है, जो इस अर्थ को पूर्णतः व्यंजित करता है।

इस प्रकार शोध शब्द से समस्या को हल करना, पुराने समाधान की कमियों को दूर करना तथा नए निष्कर्ष लाकर पुनः मौलिकता की नवीन संदर्भों में प्रतिष्ठा करना जैसे अर्थ प्राप्त होने के कारण इसे रिसर्च के सम्यक् एवं पूर्णता प्रदान करनेवाले पर्याय के रूप में देखा जाना चाहिए।

शोध की परिभाषा

- मरियम वेबस्टर ऑनलाइन शब्दकोश के अनुसार—"शोध का अभिप्राय एक अध्ययनशील जाँच है, जिसमें नए तथ्यों, व्यावहारिक अनुप्रयोगों या संशोधित सिद्धांतों के आलोक में स्वीकृत सिद्धांतों की खोजपूर्ण, तथ्यपरक, संशोधित व्याख्या प्रस्तुत की जाती है, जो अनुसंधान एवं अनुप्रयोग पर आधारित होती है।"
- ड्रेवर के अनुसार—"किसी नए ज्ञान की खोज अथवा किसी पुराने ज्ञान के पुष्टीकरण के लिए किए गए व्यवस्थित प्रयास को शोध कहते हैं।"
- पी.वी. यंग के अनुसार—"शोध एक ऐसी व्यवस्थित विधि है, जिसके द्वारा नए तथ्यों की खोज तथा पुराने तथ्यों की पुष्टि की जाती है और उनके अनुक्रमों, परस्पर संबंधों, कारणात्मक व्याख्याओं एवं प्राकृतिक नियमों, जो उन्हें संचालित करते हैं, का अध्ययन किया जाता है।"
- कार्लिंगर के अनुसार—"वैज्ञानिक शोध प्राकृतिक घटनाओं के बीच

अनुमानित संबंधों की खोज हेतु निर्मित परिकल्पनाओं का व्यवस्थित, नियंत्रित, अनुभव सम्मत तथा आलोचनात्मक अध्ययन है।

- थियोडॉर्सन के अनुसार—"किसी समस्या के व्यवस्थित अध्ययन से या किसी समस्या से संबंधित ज्ञान को बढ़ाने के निष्पक्ष प्रयासों को शोध कहते हैं।
- आचार्य हजारीप्रसाद द्विवेदी के अनुसार—"स्थूल अर्थों में वह (शोध) नवीन और विस्मृत तथ्यों का अनुसंधान है, जिसको अंग्रेजी में डिस्कवरी ऑफ फैक्ट्स कहते हैं।"
- आचार्य विनयमोहन शर्मा के अनुसार—"शोध नए तथ्यों की खोज ही नहीं, उनकी तर्कसम्मत व्याख्या भी है।"
- डॉ. नगेंद्र के अनुसार—"अनेकता में एकता की सिद्धि का नाम ही सत्य है—इसी का अर्थ है साक्षात्कार, अतः शोध का यह रूप सत्य की उपलब्धि अथवा आत्मा के अधिक से अधिक निकट है।"

साहित्य में शोध की प्रविधियाँ : डॉ. देवशंकर नवीन के मतानुसार साहित्य में शोध हेतु निम्नलिखित शोध प्रविधियों का प्रयोग किया जाता है—

- तुलनात्मक शोध (एक ही साहित्य के अंतर्गत तुलनात्मक शोध, एक साहित्य का अन्य साहित्यों पर प्रभाव, दो या दो से अधिक साहित्यों, साहित्यकारों का तुलनात्मक अध्ययन, समान युग या विभिन्न युगों के साहित्यकारों का तुलनात्मक अध्ययन, विभिन्न भाषाओं के साहित्य का तुलनात्मक अध्ययन)
- विकासात्मक पद्धति
- ऐतिहासिक पद्धति
- विवरणात्मक पद्धति
- संरचनात्मक पद्धति
- विवेचनात्मक पद्धति
- विश्लेषणात्मक पद्धति

शोध के अंग : शोध के चार अंग होते हैं—

(क) ज्ञान-क्षेत्र की किसी समस्या को सुलझाने का संकल्प

(ख) इससे संबंधित आँकड़ों या सामग्री का संकलन

(ग) आँकड़ों का विश्लेषण

(घ) मौलिक एवं प्रासंगिक निष्कर्षों की प्राप्ति।

शोध को अध्ययन की दृष्टि से निम्नलिखित अंगों में बाँटा जा सकता है—

- शोध के विषय या शीर्षक का निर्धारण
- शोध से संबंधित समस्या या चुनौतियों का निर्धारण
- शोध से संबंधित आँकड़ों या साहित्य का संकलन
- परिकल्पना का निर्माण
- शोध का प्रारूप तैयार करना
- तथ्यों का संग्रहण कर प्रासंगिक तथ्यों का विश्लेषण
- परिकल्पना की जाँच
- शोध प्रतिवेदन तैयार करना

शोध का महत्त्व : शोध मनुष्य की जिज्ञासाओं का सर्वोत्तम विश्रामस्थल है, जहाँ से प्राप्त निष्कर्ष उसे ज्ञान के क्षेत्र में मौलिक एवं प्रासंगिक तथ्यों को प्राप्त करने में सहायता करते हैं। डॉ. देवशंकर नवीन के अनुसार शोध के महत्त्व को निम्नांकित रूपों में देखा जा सकता है—

- शोध मानव ज्ञान को दिशा प्रदान करता है, ज्ञान-भंडार को विकसित और परिमार्जित करता है।
- शोध से व्यावहारिक समस्याओं का समाधान होता है।
- शोध से व्यक्तित्व का बौद्धिक विकास होता है।
- शोध सामाजिक विकास का सहायक है।
- शोध जिज्ञासामूलक प्रवृत्ति की संतुष्टि करता है।
- शोध अनेक नवीन कार्यविधियों एवं उत्पादों को विकसित करता है।
- शोध पूर्वाग्रहों के निदान और निवारण में सहायक होता है।
- शोध ज्ञान के विविध पक्षों में गहनता और सूक्ष्मता प्रदान करता है।
- सांस्कृतिक उन्नति का रहस्य शोध में निहित है।
- शोध नए सत्यों के अन्वेषण द्वारा अज्ञान मिटाता है, सत्य की प्राप्ति हेतु उत्कृष्टतर विधियाँ और श्रेष्ठ परिणाम प्रदान करता है।

अभ्यास

लघु एवं दीर्घ उत्तरीय प्रश्न

1. शोध क्या है ? स्पष्ट कीजिए।
2. शोध के संबंध में विभिन्न विद्वानों द्वारा दी गई परिभाषाओं का उल्लेख कीजिए।

3. साहित्य में प्रयुक्त की जानेवाली शोध की विभिन्न प्रविधियों का वर्णन कीजिए।
4. शोध के अंगों पर प्रकाश डालिए।
5. शोध के महत्त्व पर निबंध लिखिए।

परियोजना कार्य

- हिंदी साहित्य में शोध के अर्थ, परिभाषा, प्रविधि, अंग और महत्त्व पर परियोजना कार्य पूर्ण कीजिए।

दक्षता-परीक्षण

- हिंदी साहित्य में शोध पर उपलब्ध सामग्री का अध्ययन कर पावर प्वॉइंट प्रस्तुतीकरण दीजिए।

□□□

शीघ्र प्रकाश्य

उत्तर प्रदेश सरकार द्वारा राष्ट्रीय शिक्षा नीति-2020 के अनुरूप प्रदेश के समस्त विश्वविद्यालयों एवं महाविद्यालयों हेतु पुनर्गठित एकीकृत हिंदी पाठ्यक्रम के शेष सेमेस्टरों तथा सह पाठ्यक्रम के प्रथम छह सेमेस्टरों हेतु **डॉ. पुनीत बिसारिया, डॉ. वीरेंद्र सिंह यादव एवं डॉ. यतेंद्र सिंह कुशवाहा** द्वारा लिखित अन्य पाठ्य पुस्तकें—

हिंदी

1. बी.ए. प्रथम वर्ष द्वितीय सेमेस्टर **कार्यालयीय हिंदी और कंप्यूटर**
2. बी.ए. द्वितीय वर्ष तृतीय सेमेस्टर **हिंदी गद्य**
3. बी.ए. द्वितीय वर्ष चतुर्थ समेस्टर **हिंदी अनुवाद**
4. बी.ए. तृतीय वर्ष पंचम् सेमेस्टर प्रथम प्रश्न-पत्र **साहित्यशास्त्र और हिंदी आलोचना**
5. बी.ए. तृतीय वर्ष पंचम् सेमेस्टर द्वितीय प्रश्न-पत्र **हिंदी का राष्ट्रीय काव्य**
6. बी.ए. तृतीय वर्ष षष्ठ सेमेस्टर प्रथम प्रश्न-पत्र **भाषा विज्ञान, हिंदी भाषा तथा देवनागरी लिपि**
7. बी.ए. तृतीय वर्ष षष्ठ सेमेस्टर द्वितीय प्रश्न-पत्र **लोक साहित्य एवं लोक संस्कृति**

सह पाठ्यक्रम

1. **संचार कौशल और व्यक्तित्व विकास**
2. **भोजन, पोषण और स्वच्छता**
3. **प्राथमिक चिकित्सा और स्वास्थ्य**
4. **मानव मूल्य और पर्यावरण अध्ययन**
5. **शारीरिक शिक्षा और योग**
6. **विश्लेषणात्मक क्षमता और डिजिटल जागरूकता**
